이디스 워튼의 환상 이야기

The Ghost Stories of Edith Wharton

Edith Wharton

The Ghost Stories of Edith Wharton

이디스 워튼의
환상 이야기

이디스 워튼 지음 · 성소희 옮김

RAINBOW PUBLIC BOOKS

차 례

Edith Wharton

1화 시간이 흐른 후에야

"오, 하나 *있어*, 물론. 하지만 너희는 절대 모를걸."

반년 전 햇살이 밝게 빛나던 6월의 어느 날, 정원에서 웃고 떠드는 가운데 나왔던 말이었다. 메리 보인은 12월이 된 지금 이 말을 다시 떠올리고 의미를 새롭게 깨달았다.

어둑하게 해가 저물고 있었다. 메리 보인은 서재에서 가정부 트리물이 램프를 갖고 오기를 기다렸다.

저 말을 한 사람은 친구 앨리다 스테어였다. 그들은 팽번에 있는 스테어의 집 잔디밭에 둘러앉아 차를 마시면서 문제의 서재가 중심적 '특징'인 그 집에 관해 이야기를 나누고 있었다.

그 당시 메리와 에드워드 보인 부부는 잉글랜드 남부나 남서부에 있는 시골집을 찾고 있었다. 두 사람은 잉글랜드에 도착하자마자 앨리다 스테어를 찾아가서 도움을 청했다.

스테어가 원하는 조건에 꼭 맞는 집을 멋지게 찾아내서 즐겁게 살고 있었기 때문이었다.

스테어는 두 사람에게 알맞은 집을 몇 차례 제안했지만, 보인 부부는 변덕을 부리며 번번이 퇴짜를 놓았다. 그러자 스테어는 마지막으로 남은 집을 소개했다. "저기, 도싯(영국 잉글랜드 남서부의 주-옮긴이)에 링이라는 저택이 있어. 집주인이 휴고의 친척이거든. 아마 헐값에 사들일 수 있을 거야."

스테어는 왜 집값이 저렴한지 설명했다. 링 저택은 기차역에서 멀리 떨어진 데다 전기와 온수 파이프 같은 설비가 제대로 갖추어져 있지 않았다. 하지만 보인 부부는 집의 상태를 듣고 뛸 듯이 기뻐했다. 낭만적인 미국인이었던 두 사람은 유별난 건축 조건에 따르는 온갖 실용적 불편함을 고집스럽게 찾아 헤매고 있었다.

"그야말로 완전히 불편해야 낡은 주택에서 산다고 할 수 있는 법이지." 메리 보인보다 더 괴짜 같은 에드워드 보인이 익살스럽게 말했다. "'편안하다'라는 느낌이 눈곱만큼이라도 들면 전시회장에서 번호가 매겨진 상품을 사다가 조립한 것 같을 거야."

보인 부부는 계속해서 원하는 조건을 끝도 없이 우스꽝스러울 만큼 정확하게 늘어놓았다. 두 사람은 링 저택이 *정말로* 튜더 왕조(1485년부터 1603년 사이에 잉글랜드를 다스린 왕가-옮긴이) 시대의 건물이라는 말을 믿지 못하다가 스테어의 설명을 한참 들은 후에야 집의 실체를 깨달았다.

그 집에는 난방 장치도 없었다. 마을 교회는 말 그대로 집의 마당 안에 들어서 있었다. 게다가 경악스럽게도 상수도가 설치되어 있는지조차 확실하지 않았다.

"말도 안 되게 불편한데!" 스테어가 그 집의 단점을 줄줄이 열거하자 에드워드 보인은 오히려 열광했다. 그런데 스테어가 마지막 단점을 말한 순간, 그의 표정이 굳어지더니 믿지 못하겠다는 듯 되물었다. "유령? 세상에 유령 따윈 없다는 걸 몰랐나!"

보인 부부는 동시에 웃음을 터뜨렸다. 하지만 메리 보인은 마냥 편하게 웃지 못했다. 그녀는 스테어가 허무맹랑한 유령 이야기를 진지하고 단호한 태도로 말하는 모습에 놀랐다. 그러자 마음속에 새집에 관한 잡다한 생각이 이어졌다.

"오, 도싯에는 유령이 득시글해. 잘 알잖아."

"그래, 그래. 하지만 다른 사람의 집에 있는 유령을 보겠답시고 몇십 킬로나 운전해서 가고 싶진 않아. 우리 집 안에 있길 바라는 거지. 링의 그 집에는 유령이 없나?"

에드워드 보인의 응수에 스테어가 웃음을 터뜨리더니, 알 듯 말 듯 한 그 말을 꺼냈다. "오, 하나 *있어*, 물론. 하지만 너희는 절대 모를걸"

"절대 모를 거라고?" 에드워드 보인이 스테어에게 따지듯 물었다. "사람들이 모르는데 어떻게 유령이라는 거야?"

"나도 잘 몰라. 그냥 그렇다고 하더라."

"유령이 있긴 있는데, 아무도 그게 유령이라는 걸 모른다고?"

"글쎄, 어쨌든 나중에 가서야 안대."

"나중에 가서야?"

"한참…, 오랜 시간이 지난 후에야."

"하지만 그게 지상을 떠도는 망자의 영혼이라는 사실이 확인되면, 링 저택에 사는 사람들이 그 유령의 모습이나 특징을 대대로 전하지 않았겠어? 그 유령은 어떻게 자신의 진짜 존재를 계속 감출 수 있는 거지?"

앨리다 스테어는 그저 고개만 가로저었다. "나한테 묻지 마. 그냥 그렇대."

"그러다가…," 잠자코 있던 메리 보인이 깊은 동굴 속의 예언자처럼 큰 목소리로 불쑥 말했다. "오래 지난 후에 갑자기 혼잣말하겠지. *그건 유령이었구나!*" 메리 보인의 목소리는 무덤처럼 음산했다. 그녀는 남편과 친구의 장난기 어린 농담에 저도 모르게 그런 목소리가 튀어나오자 깜짝 놀랐다.

스테어의 눈에도 똑같은 충격의 그림자가 슬쩍 스쳤다. "그런 것 같아. 그렇게 깨달을 때까지 그저 기다려야 하는 거지."

"아, 잠깐만!" 에드워드 보인이 끼어들었다. "한참 후에 먼 과거를 되돌아보며 유령의 존재를 깨닫기에는 인생이 너무나 짧잖아. 우리는 그보다 더 나은 삶을 살 수 있을 거야, 그렇지 메리?"

나중에 밝혀졌듯이, 그들의 운명도 별다른 것이 없었다. 보인 부부는 앨리다 스테어와 대화하고 석 달 후 링에 정착했다. 그들이 간절하게 바랐던 삶, 하루하루를 무엇으로 채울지 미리 계획해놓기까지 했던 삶이 그렇게 시작됐다.

어둠이 짙게 깔린 12월의 황혼 무렵, 메리 보인은 널찍한 덮개를 덮어놓은 벽난로 곁에 앉아 있었다. 벽난로 바로 위로 까만 오크를 다듬어 만든 서까래가 떠 있었다. 중간 기둥을 세운 창문 너머로 언덕이 깊은 적막 속에 가라앉는 것 같았다. 그런 느낌은 메리 보인이 한껏 즐길 수 있는 궁극적인 사치였다.

메리 보인은 남편의 사업 때문에 뜻하지 않게 뉴욕을 떠나야 했고, 거의 14년 동안 볼품없는 중서부 시골 마을에서 영혼을 짓누르는 일상을 견뎌야 했다. 보인 부부는 지긋지긋한 엔지니어링 사업에 오랫동안 끈덕지게 매달렸다.

그러다 지금 돌이켜보아도 믿기지 않을 만큼 블루 스타 광산에서 생각지도 못했던 대박이 터졌다. 뜻밖의 횡재가 보인 부부를 여유를 맛보고 즐길 수 있는 삶으로 단숨에 바꾸어놓았다.

하지만 보인 부부는 빈둥거리며 새로운 인생을 누릴 마음이 조금도 없었다. 그들은 꿈꾸던 일을 하며 조화롭게 살아가리라고 마음먹었다. 메리 보인은 그림을 그리고 잿빛 담으로 둘러싸인 정원을 가꾸고 싶었다. 에드워드 보인은 오랫동안 계획만 세워두었던 책 〈문화의 경제적 기반〉을 드디어 쓸 때라고 생각했다.

두 사람은 이렇게 몸과 마음의 에너지를 오롯이 쏟을 일을 계획해두었지만, 아무리 애를 써도 외부의 방해에서 벗어날 수 없었다. 아무리 외진 곳을 찾아가도 원하는 만큼 바깥세상에서 멀어질 수 없었고, 과거 속으로 빠져들 수 없었다.

보인 부부는 잉글랜드 남부의 끄트머리에서 황량한 분위기를 물씬 풍기는 도싯을 본 순간 대번에 마음을 빼앗겼다. 그들은 도싯이 다른 주들과 바다로 완전히 둘러싸인 섬이라고 느꼈고, 여러 주로 만든 둥지 한가운데 있다고 표현하곤 했다.

무엇보다도 이곳은 얼마 움직이지 않아도 충분히 고립감을 느낄 수 있었기에 경이로웠다. 도심지에서 고작 몇 킬로만 들어가도 외진 곳이 나왔다. 그 짧은 거리가 커다란 차이를 만들어 냈다.

한 번은 에드워드 보인이 침을 튀겨가며 열광적으로 설명했다. "바로 그런 게 헤아릴 수 없는 깊이와 위안을 주는 거지. 빵에 버터를 듬뿍 발라서 아주 맛있게 한입 가득 베어 물 수 있을 것 같은 느낌이야."

링 저택에는 보인 부부가 즐길 수 있는 버터가 확실히 듬뿍 발려 있었다. 드넓은 언덕의 능선 아래 숨은 낡은 집에는 머나먼 과거와 오래도록 대화한 흔적이 미세하게 남아 있었다. 보인 부부에게는 링이 그리 화려하지도 대단하지도 않은 집이라는 사실이 오히려 특별한 매력으로 다가왔다.

그 특별한 매력이란 깊고 어둑한 생명의 저수지에 수백 년 동안 잠겨 있던 건물이 내뿜는 매력이었다. 이곳에서 생명은 그다지 강렬하고 활발하게 움직이지 않았을 것이다. 틀림없이 링 저택은 아주 오랫동안 과거 속으로 고요히 가라앉았을 것이다.

가을날 부슬비가 주목 나무로 둘러싸인 물고기 연못 위로 소리 없이 떨어지듯이….

모든 존재로부터 물러난 이 후미진 곳의 가장 깊은 바닥에도 때때로 기이하리만치 예리한 감정이 깃들었다. 메리 보인은 이 집에 온 첫날부터 강렬한 기억들이 불가사의하게 뒤흔들리는 것을 느꼈다.

12월의 바로 그 날 해 질 녘, 그 감정은 어느 때보다도 강렬하게 느껴졌다. 메리 보인은 가정부 트리믈이 서재에 램프를 가져오길 기다리고 있었다. 그녀는 자리에서 일어나 벽난로의 그림자 사이에 섰다.

남편은 점심 식사를 마친 후 오래도록 언덕을 산책하러 나가고 없었다. 최근 들어 남편은 혼자서 산책하고 싶어 하는 눈치였다. 그녀는 둘 사이가 멀어지지 않았다고 굳게 믿었다. 그 대신 남편이 책 쓰는 일에 시달리고 있으며, 오후에는 고독에 잠긴 채 아침에 글을 쓰다 맞닥뜨린 고민거리를 차분히 생각해봐야 한다고 결론 내렸다.

확실히 집필 작업은 그녀의 예상만큼 순조롭지 않은 것 같았다. 요즘 남편은 머릿속이 복잡한지 미간에 늘 주름이 잡혀 있었다. 그가 엔지니어링 사업에 매진할 때는 그런 주름을 한 번도 보지 못했다. 그때도 남편은 툭하면 녹초가 되어서 당장에라도 앓아누울 것처럼 보였지만, '걱정'이라는 악마에 이토록 휘둘리지는 않았다.

다행스럽게도 남편이 읽어준 원고 몇 장(서문과 제1장의 요약문)에서는 그가 주제를 확실하게 이해하고 있으며, 점점 자신감이 붙고 있다는 사실이 엿보였다.

메리 보인은 당혹스러웠다. 이제 남편은 사업을 접었고, 우발적 사건 사고가 터질까 봐 마음을 졸일 필요도 없었다. 불안할 이유가 하나 사라진 셈이었다. 그렇다면 건강이 나빠진 걸까?

하지만 그는 도싯으로 오고 나서 건강을 되찾았다. 기운이 팔팔해졌으며 눈빛이 맑아졌고 안색도 불그스레하게 생기가 돌았다.

사실, 그녀가 남편이 달라졌다고 느낀 시점은 겨우 지난주였다. 정확히 표현할 수는 없지만, 그는 분명히 변했다. 그녀는 남편이 곁에 없으면 불안했다. 그런데 남편과 함께 있으면 긴장해서 말이 잘 나오지 않았다. 꼭 비밀을 감춘 사람이 *그녀인* 것처럼!

그들 사이에 비밀이 *있다는* 생각이 들자 문득 호기심이 밀려왔다. 메리 보인은 기다란 서재를 둘러보았다.

'이 집이 문제일까?'

이 서재가 비밀로 가득 차 있을지도 몰랐다. 밤이 찾아오면 낮은 천장과 줄지어 세워 놓은 책들이 그을음으로 뒤덮인 벽난로에서 떨어져나온 부드러운 그림자들과 켜켜이 포개지듯이 비밀도 점점 쌓이고 있는 것 같았다.

'뭐, 당연하지. 유령이 나오는 집이라잖아!' 그녀는 생각에 잠겼다.

유령, 앨리다 스테어가 말해준 감지할 수 없는 유령.

보인 부부는 링에 정착하고 한두 달 정도 유령에 관해 장난스럽게 농담하곤 했다. 그러나 유령은 그 존재를 상상하기엔 너무도 희미했고, 결국 시간이 흐르면서 서서히 보인 부부의 관심 밖으로 밀려났다.

처음에 메리 보인은 귀신 들린 집에 들어와 사는 사람이라면 으레 품을 법한 질문을 주변 이웃에게 몇 차례 물어보았다.

하지만 "그렇게들 말합니다."라는 모호한 대답 말고는 아무것도 들을 수 없었다. 보아하니 그 유령의 정체가 한 번도 확실히 밝혀지지 않아서 구체적인 전설이나 민담조차 생겨나지 않은 것 같았다.

얼마 후, 보인 부부는 귀신 들린 집에서 산다는 문제의 손익을 따져보다가 링의 낡은 주택은 그 자체로 좋은 집이니 초자연적 현상은 신경 쓰지 말자고 결론지었다.

"아무 힘도 못 쓰는 그 불쌍한 유령 말이야. 사람들이 이렇게 관심조차 주지 않으니 텅 빈 곳에서 헛되이 아름다운 날개를 퍼덕이나 봐." 메리 보인이 웃으며 말했다.

"그것보다는…." 에드워드 보인이 똑같이 농담조로 대꾸했다.

"유령 같은 것들에 너무 많이 둘러싸여 있으면 자기가 *바로* 그 유령이라고 단언하지 못하는 거지."

이후로 보인 부부는 보이지 않는 동거인을 입에 올리지도 않았다. 그들은 어느덧 유령을 잊어버렸다는 사실조차 깨닫지 못했다.

메리 보인이 난롯가에 서 있는 지금, 한때 잠시 호기심을 느꼈던 대상이 그녀의 머릿속에서 되살아났다. 이제 메리 보인은 유령의 의미를 새롭게 깨달았다. 미스터리가 숨어 있는 광경을 날마다 접하면 서서히 깨달을 수 있는 의미였다.

유령을 볼 수 있는 존재, 자기 자신의 과거와 아무도 모르게 은밀히 이야기를 나누는 존재는 당연히 링 저택 그 자체였다.

만약 사람이 이 집과 내밀한 대화를 나눌 수만 있다면 집이 품은 비밀을 마주할 수 있을 것이고, 제 눈으로 직접 유령을 볼 수 있을 것이다.

남편은 날마다 이 서재에 홀로 오랫동안 머물렀다. 오후가 될 때까지 메리 보인이 서재에 얼씬도 하지 않았기 때문이다. 그는 유령의 의미를 진작에 알아차렸을지도 모른다. 그리고 이 집이, 이 서재가 보여주는 비밀의 무게를 잠자코 견디고 있었을 것이다.

메리 보인은 유령 세계의 규칙에 정통했기 때문에 누구든 직접 본 유령에 관해서 말할 수 없다는 사실을 잘 알았다. 유령을 보았다고 말하는 것은 신사들의 사교 클럽에서 귀부인의 이름을 입에 올리는 것만큼이나 심각하고 저속한 위반 사항이었다.

그녀는 여기에까지 생각이 미쳤지만, 마음이 개운하지 않았다. '뭐, 어쨌거나 오싹한 장난을 칠 때가 아니라면 그이가 정말로 오래된 유령에 신경 쓸까?' 그녀는 곰곰이 생각해보았다.

그 순간 다시 한번 근본적인 딜레마에 부딪혔다. 사람마다 유령의 존재를 느끼는 정도가 다르다는 사실은 이 문제와 아무런 상관이 없었다. 누구든 링에서 유령을 보더라도 그 사실을 모를 테니까.

"오랜 시간이 지난 후에야 알겠지." 앨리다 스테어는 그렇게 말했다.

음…. 남편이 링에 오자마자 유령을 보았다면? 그리고 겨우 지난주에야 정말로 무슨 일이 벌어졌는지 깨달았다면? 시간이 속삭이는 주문에 갈수록 깊이 빠져든 메리 보인은 링으로 이사하고 초반이 어땠는지 떠올려보았다.

처음에는 짐을 풀어서 정돈하고 책을 정리하느라 정신없이 바쁘면서도 신났던 일만 기억났다. 그때 두 사람은 서서히 자기 자신의 보물을 드러내 보이는 저택을 돌아다니며 집안 곳곳 외진 구석에서 서로를 소리쳐 부르곤 했다.

이윽고 지난 10월의 어느 상쾌한 오후도 차츰 기억 속에서 되살아났다. 그때는 낡은 저택을 꼼꼼하게 살펴보며 열광적으로 탐험하고 법석을 떨던 나날이 모두 지난 후였다.

그날 메리 보인은 마치 소설 속 여주인공처럼 지붕 아래의 나선형 계단을 올랐다. 그 계단을 타고 오르면 지붕에서 돌출된 납작한 발판에 올라설 수 있었다. 아래에서는 지붕의 돌출부가 보이지 않았다. 게다가 지붕은 모든 방향으로 너무 가파르게 경사져 있어서 구조에 익숙한 사람이 아니라면 누구도 올라갈 수 없을 것처럼 보였다.

이 숨은 공간에서 바라보는 경치는 넋을 잃을 만큼 아름다웠다. 메리 보인은 남편에게 얼른 이 사실을 알려주고 싶은 마음에 서둘러 서재로 내려갔다. 그는 잠시 원고를 내버려 두고 아내가 발견한 것을 함께 즐기러 지붕으로 올라갔다.

메리 보인은 남편이 곁에 서서 한쪽 팔로 자기를 감싸 안았던 것을 여전히 기억했다. 두 사람은 길게 뻗어 있는 언덕의 지평선을 바라보았다. 그리고 시선을 돌려 물고기 연못 주변을 감싼 주목 울타리의 복잡한 무늬와 잔디밭의 삼나무가 드리우는 그림자를 흐뭇하게 감상했다.

"자, 이제 반대쪽도 볼까?" 그는 그녀를 품 안으로 더 바짝 끌어당기면서 돌려세웠다. 그녀는 잿빛 담벼락을 두른 정원의 풍경과 대문가에 쭈그려 앉은 사자 조각상, 언덕 아래 큰길까지 쭉 뻗은 라임 나무 오솔길의 모습을 온몸으로 받아들였다.

맛 좋은 물을 벌컥벌컥 들이켜는 기분이었다.

바로 그때, 두 사람이 서로를 꼭 껴안고 경치를 즐기던 그때, 메리 보인은 남편의 팔이 느슨해지는 것을 느꼈다. 남편은 어딘가를 향해 날카롭게 "이봐요!" 하고 소리쳤다. 그녀는 고개를 돌려 남편을 쳐다봤다.

그렇다. 메리 보인은 이제 정확하게 떠올릴 수 있었다. 남편을 슬쩍 쳐다보니 불안, 아니 더 정확히는 당혹스러운 그림자가 얼굴에 드리워져 있었다. 남편의 시선을 좇아 눈길을 돌리자 사람의 형상이 보였다.

그 형상은 헐렁하고 희끄무레한 옷을 입고 마당의 라임 나무 오솔길을 따라 어슬렁대고 있었다. 낯선 곳에서 길을 찾아 헤매는 사람처럼 걸음걸이가 수상쩍었다.

그녀는 시력이 나쁜 탓에 호리호리하고 희끗희끗한 존재가 움직인다는 인상만 어슴푸레하게 받았다. 그 형상과 옷차림은 어딘가 낯설었다. 적어도 주변과 어울리지 않아 보였다.

남편은 더 제대로 본 것 같았다. 그는 무엇을 보았는지 그녀를 밀쳐두고 "잠깐!"이라고 외치며 황급히 계단을 따라 내려갔다. 그녀가 계단을 안전하게 내려갈 수 있게 손을 내밀어 도와주는 것조차 잊었다.

메리 보인은 살짝 현기증을 느꼈다. 남편과 함께 기대고 있었던 굴뚝을 잠시 짚고 서 있다가 조심스럽게 계단을 내려와 남편을 뒤쫓았다. 그녀는 층계참에 도착해서 다시 멈춰 섰다. 왜 멈췄는지 그녀도 이유를 알 수 없었다.

난간에 기대서 눈을 크게 뜨고 햇빛이 얼룩덜룩하게 비치는 집안 깊은 곳을 바라보았다. 그곳에는 침묵만 감돌고 있었다.

그녀는 한동안 충계참에서 벗어나지 못했다. 그때 집안 깊숙한 곳 어딘가에서 문이 닫히는 소리가 들렸다. 그녀는 무의식적인 충동에 이끌려 계단을 밟고 아래층 현관으로 내려갔다.

현관문이 열려 있어서 햇빛이 환하게 비치는 마당이 보였다.

현관도 마당도 텅 비어 있었다. 서재 문도 열려 있었다. 메리 보인은 서재 안에서 무슨 소리라도 나는지 귀를 기울여 보았지만 아무 소리도 들리지 않았다.

서재 안으로 들어서니 남편이 혼자 책상에 앉아 원고지를 멍하니 만지작거리고 있었다.

에드워드 보인이 고개를 들어 그녀를 올려다보았다. 그는 그녀를 보고 놀란 것 같았다. 얼굴에 드리워져 있었던 불안의 그림자는 사라지고 없었다. 오히려 낯빛이 평소보다 조금 더 밝아진 것 같았다.

"뭐였어? 누구였어?" 그녀가 물었다.

"누구?" 그가 되물었다. 그는 여전히 놀란 마음을 가라앉히지 못한 듯했다.

"우리 집 쪽으로 오고 있던 사람…. 같이 봤잖아."

그는 잠시 생각에 잠기는 것 같았다. "그 사람? 아, 나는 피터스를 본 줄 알았지. 마구간 배수관에 관해 뭘 좀 물어보려고 얼른 뛰어나갔는데, 내가 도착하기도 전에 사라져버렸어."

"사라졌다고? 위에서 보고 있을 때는 아주 느리게 걷는 것 같던데?"

그는 어깨를 으쓱했다. "나도 그런 줄 알았어. 내가 내려가는 동안 갑자기 빨리 걸었나 보지 뭐. 그나저나 해가 지기 전에 멜던 절벽에 올라가 보는 게 어때?"

그렇게 대화가 끝났다. 메리 보인은 그 일을 무심코 넘겼다.

멜던 절벽에 올라서 눈 앞에 펼쳐진 마법 같은 경치를 보자마자 그 일은 씻은 듯이 잊혔다. 링 저택의 지붕 위로 높이 솟아 있는 헐벗은 절벽은 그들이 발견하자마자 언젠가 반드시 올라가 보겠노라고 마음먹은 곳이었다. 틀림없이 메리 보인은 멜던 절벽 때문에 집 근처에 낯선 형상이 나타났던 일은 까맣게 잊고 있었을 것이다.

그 일 자체에는 불길한 낌새가 전혀 없었다. 남편이 꾸물거리며 걷고 있는 행상에게 볼일이 있어서 급히 달려간 일은 지극히 자연스럽게 느껴졌다.

당시 보인 부부는 인근에서 일하는 기술자들을 늘 기다리곤 했다. 집 근처에서 그들이 보이면 서둘러 뛰어가서 궁금한 것을 묻거나 필요한 것을 요구했다. 분명히 그 희끄무레한 형상도 멀리서는 피터스처럼 보였을 것이다.

하지만 지금 그 장면을 돌이켜 생각해보니 남편의 설명은 말이 되지 않았다. 그 불안한 표정은 무엇 때문이었을까? 잘 알고 지내는 피터스가 나타났는데 왜 불안해했을까? 게다가 정말로 마구간 배수관에 관해 질문하려고 했었다면, 피터스를 만나지 못했는데 도대체 왜 그렇게 안도하는 표정을 지었을까?

메리 보인은 이 질문들에 하나도 답할 수 없었다. 그녀는 순식간에 꼬리에 꼬리를 물고 이어지는 질문들이 이제까지 내내 자기 마음속에 있었다는 사실을, 그동안 그녀가 떠올려주기만을 기다리고 있었다는 사실만을 깨달았다.

메리 보인은 머릿속이 뒤죽박죽 혼란스러워지자 지쳐서 창가로 다가갔다. 이제 서재는 완연히 어둠에 물들었다. 그녀는 바깥세상이 여전히 희미한 불빛으로 가득한 것을 보고 놀랐다.

창밖으로 마당을 물끄러미 내다보는데 저 멀리 앙상한 라임나뭇가지 사이로 희미한 형상이 나타났다. 그 형상은 회색 배경 속에서 더 짙은 회색 얼룩처럼 보였다. 별안간 그 회색 얼룩이 그녀를 향해 움직였다. 그녀의 심장이 쿵쾅댔다.

"유령이야!"

그 순간, 메리 보인은 불현듯 예정된 시간이 찾아왔다는 생각이 들었다. 두 달 전 지붕에서 어렴풋이 보았던 그 형상이 이제야 정체를 드러내고 피터스가 *아니라는* 사실을 밝힐 때가 된 듯했다. 진실이 드러날 때가 임박했고, 그녀의 영혼은 공포로 물들어갔다.

겨우 눈을 한 번 깜박일 찰나에 그 형상이 뚜렷한 실체를 갖추었다. 시력이 나쁜 그녀에게도 그 모습이 분명하게 보였다.

에드워드 보인이었다. 남편이 집안에 들어서자 그녀는 다가가 어리석은 착각을 털어놓았다.

"정말 말도 안 되게 바보 같아!" 그녀가 웃음을 터뜨리며 말했다. "난 기억도 *못* 하고 있었네!"

"뭘 기억해?" 남편이 그녀를 팔로 감싸 안으며 물었다.

"링 저택의 유령을 보더라도 절대 그 사실을 알아차릴 수 없다는 거 말이야."

메리 보인은 남편의 소맷자락을 잡았다. 그는 가만히 있었다. 표정조차 변하지 않았고, 걱정이 어려 있는 주름도 전혀 움직이지 않았다.

"유령을 본 것 같아?" 그가 한참 후에 질문했다.

"그게…, 사실 *당신이* 유령인 줄 알았어, 여보. 잠시 헛걸 본 거지."

"나를? 방금?" 그의 팔에서 힘이 빠졌다. 그는 여전히 나지막하게 웃는 아내를 바라보며 뒤로 물러섰다. "세상에, 자기야, 그만해! 기껏 생각해낸 장난이 겨우 그 정도야?"

"아, 알겠어. 그만할게. *당신은* 어때?" 메리 보인은 느닷없이 남편을 돌아보며 물었다.

그때 트리믈이 편지와 램프를 쟁반에 받쳐 들고 들어왔다. 에드워드 보인이 쟁반 위로 몸을 슬쩍 굽혀 바라보자, 램프의 불빛이 그의 얼굴에 가닿았다.

"*당신은* 어떻냐고 묻잖아." 메리 보인이 고집스럽게 질문했다. 트리믈은 램프를 더 가져와 달라는 지시를 듣고 물러났다.

"내가 뭘?" 그가 편지를 펼치면서 멍하니 대답했다. 불빛에 비친 얼굴에서 걱정이 가득한 주름이 선명하게 도드라졌다.

"유령을 보려고 애쓰던 거 포기했냐고." 남편을 떠보려는 질문이었다. 그녀의 심장이 빠르게 뛰었다.

에드워드 보인은 편지를 치우고 난롯가 쪽으로 걸어갔다. 그가 벽난로의 그림자에 파묻혔다. "애초에 유령을 보겠다고 애쓴 적이 없는데?" 그가 신문지의 포장을 벗겨내면서 대답했다.

"그래, 그렇겠지…." 메리 보인은 집요하게 대화를 이어갔다. "정말 짜증 나는 게 뭔지 알아? 애써 봤자 소용이 없다는 거야. 한참 시간이 지난 후에야 자기가 본 게 뭔지 알게 된다잖아."

그는 아내의 말을 제대로 듣지 못했다는 듯 아무 대꾸 없이 신문만 펼쳤다. 이따금 그의 두 손 사이에서 신문지가 바스락거렸다. 얼마 후 그는 고개를 들고 입을 뗐다. "*얼마나 오래* 지나야 한다는 건지 알아?"

메리 보인은 난롯가 곁에 놓아둔 낮은 의자에 몸을 깊이 파묻고 남편을 올려다보았다. 그녀는 둥그런 램프 불빛에 비친 남편의 옆얼굴을 보고 깜짝 놀랐다.

"글쎄, 모르겠어. *당신은* 어때?" 그녀는 남편을 더 강하게 떠보기 위해 조금 전과 같은 질문을 반복했다.

그는 신문지를 모아 구기더니 엉뚱하게도 다시 펼쳐 램프 앞으로 가져다 댔다.

"세상에, 나야 모르지! 그냥 물어본 거야." 그의 대답에서는 어딘가 초조한 기색이 희미하게 묻어났다. "그 유령과 관련된 전설이나 전통 같은 게 있나?"

"내가 아는 건 없어." 그녀가 대답했다. '왜 그런 걸 물어보는 거야?'라고 덧붙이고 싶은 충동이 들었지만, 트리믈이 램프와 차를 갖고 다시 들어오는 바람에 질문을 삼켰다.

램프가 하나 더 늘어나자 그림자가 옅게 흩어지며 사라졌다.

한층 밝아진 곳에서 차를 마시는 평범한 일상을 되풀이하니 메리 보인은 오후에 마음을 어둡게 물들였던 불안감이 한결 사그라든 기분이었다. 그녀는 잠시 차를 마시는 데 집중했다.

다시 고개를 들었더니 남편의 얼굴이 달라져 있어서 당황스러웠다. 그는 멀찍이 떨어진 램프 곁에 앉아 편지 읽는 데 푹 빠져 있었다. 그의 얼굴은 원래 모습대로 돌아와 있었다. 그가 편지에서 무언가 발견하고 표정을 바꿨기 때문일까? 아니면 그저 그녀의 시점이 달라졌기 때문일까?

그의 얼굴을 바라볼수록 변화가 더 분명하게 드러났다. 늘 머리를 싸매고 글을 쓰느라 생겨난 피로의 흔적과 긴장감이 어려 있던 주름이 어느새 사라지고 없었다. 그가 메리 보인의 시선을 느꼈는지 고개를 들었다. 그는 아내와 눈이 마주치자 미소를 지었다.

"나도 차를 마셔야겠어. 마시고 싶어 죽는 줄 알았거든. 자, 여기 당신 편지야."

그녀는 남편에게 찻잔을 건네주고 편지를 받았다. 다시 의자로 돌아와 앉은 그녀는 무성의하게 느릿느릿 편지 봉투를 뜯었다.

그녀는 편지를 읽자마자 벌떡 일어섰고, 그 바람에 편지지가 바닥으로 떨어졌다. 그녀는 남편에게 신문에서 오려낸 기사 조각을 내밀었다.

"에드워드! 이게 뭘까? 무슨 뜻이지?"

에드워드 보인은 그녀와 거의 동시에 자리에서 일어났다. 그녀가 입을 열기도 전에 그녀의 외침을 들은 것만 같았다. 두 사람은 결투에서 적수의 약점을 찾아내려고 이리저리 뜯어보는 것처럼 의자와 책상을 사이에 두고 한동안 서로를 빤히 바라봤다.

"뭐라고? 깜짝 놀랐잖아!" 그가 반쯤 짜증이 섞인 웃음을 터뜨리며 그녀에게 다가왔다.

그의 얼굴에 다시 불안의 그림자가 드리워졌다. 불길한 예감을 떠올린 표정은 아니었다. 메리 보인은 바짝 긴장한 남편의 눈길과 입술이 종잡을 수 없이 방황하는 것을 보며 그가 눈에 보이지 않는 무언가에 둘러싸인 것 같다고 느꼈다.

그녀는 남편에게 신문 기사 조각을 제대로 건네지도 못할 만큼 손이 덜덜 떨렸다.

"이 기사를 봐봐. 미국의 〈워키쇼 센티넬〉에 실린 거야. 얼웰이라는 사람이 당신을 고소했대. 블루 스타 광산에 뭔가 문제가 있었나 봐. 나머지는 무슨 말인지 잘 모르겠어."

두 사람은 다시 서로의 얼굴을 들여다보았다. 메리 보인은 남편의 얼굴에서 긴장감과 경계심이 즉시 사라진 것을 보고 깜짝 놀랐다.

"아, 그거!" 그는 종잇조각을 받아들고 슬쩍 내려보더니 별 대수롭지 않다는 듯 접어버렸다. "메리, 오늘 왜 이래? 나쁜 소식이라도 있는 줄 알았네."

그녀는 별일 아니라고 안심시켜주는 남편의 목소리를 들으며 형언할 수 없는 공포가 천천히 가라앉는 것을 느꼈다.

"그럼 당신은 이 사실을 알고 있었구나. 괜찮은 거야?"

"당연히 알고 있었지. 다 괜찮아."

"하지만 도대체 뭐가 *문제야*? 이해가 안 가. 이 사람이 왜 당신을 고소한 거야?"

"소송을 걸 수 있는 문제라면 죄다 걸고넘어졌을걸?" 에드워드 보인은 기사 조각을 툭 던져놓고 난롯가 근처 안락의자에 털썩 앉았다. "정말로 알고 싶어? 그렇게 재미있는 내용은 아닌데. 그냥 블루 스타 이권을 놓고 다투는 거야."

"얼웰이라는 사람은 누구야? 처음 들어보는데."

"아, 내가 사업에 참여시킨 친구야. 내가 좀 도와줬지. 언젠가 한 번 얘기했던 것 같은데."

"그럼 잊어버렸나 봐…." 그녀는 기억을 더듬어보았지만, 도무지 생각나지 않았다. "당신이 그 사람을 도와줬는데 왜 이렇게 앙갚음을 하는 거야?"

"사기꾼 변호사가 살살 꾀어서 쥐고 흔드나 보지. 기술적인 문제도 얽혀 있고 좀 복잡해. 전후 사정을 다 들으면 지루해서 못 견딜걸."

메리 보인은 콕 찌르는 듯한 양심의 가책을 느꼈다. 그녀는 미국에서 아내들이 남편의 사업에 도통 관심을 보이지 않는다며 비난하곤 했다. 하지만 그녀 역시 남편 사업의 다양한 이해관계가 담겨 있는 거래 보고서에 꾸준히 관심을 기울이지 못했다.

미국 중서부의 벽지에서 생활하던 시절, 남편은 안락한 가정생활을 꾸리기 위해 몹시 고되게 일했다.

그녀는 잠시 여유라도 생기면 눈앞의 걱정거리를 모두 잊어버린 채 늘 꿈꾸던 생활로 달아나곤 했다.

영국 시골에서 즐기는 새로운 인생이 보인 부부에게 정말로 마법을 걸어놓은 지금, 메리 보인은 자기가 그동안 올바르게 행동했는지 한두 번쯤 자문해보았다.

그러나 이런 질문은 진심 어린 성찰이나 자책이 아니라 공상과 가벼운 회상에 지나지 않았다. 이제야 메리 보인은 자신이 행복할 수 있었던 물질적 기반을 너무도 모르고 있었다는 사실을 처음으로 깨닫고 충격받았다.

그녀는 다시 남편을 흘깃 바라보았다. 침착한 남편의 얼굴을 보자 마음이 놓였지만, 그녀는 정말로 안심해도 되는지 더 확실히 알고 싶었다.

"그래도 고소당했는데 걱정되지 않아? 왜 나한테는 아무 얘기도 안 한 거야?"

그는 두 질문에 관한 대답을 한꺼번에 말했다. "처음에는 *정말로* 걱정스러워서 말을 안 했어. 정확히는 짜증이 났던 거지만…. 이제는 전부 옛날 일이야. 당신한테 편지 보낸 사람이 〈워키쇼 센티넬〉의 옛날 기사를 발견했나 봐."

메리 보인은 남편의 대답을 듣자 안도감이 밀려왔다. "정말로 다 끝난 거지? 자기가 승소했지?"

그는 잠시 대답하지 않고 머뭇거렸다. "그가 고소를 취하했어. 그게 전부야."

그녀가 너무 쉽게 안심해선 안 된다는 듯 고집스럽게 되물었다. "이길 가능성이 없으니까 취하한 거 아니야?"

"아, 가능성이 없었지."

그녀는 여전히 마음속 한구석에 희미하게 맴도는 불안감을 떨치려고 몸부림쳤다. "언제 취하된 거야?"

그가 또 입을 다물었다. 불안감이 다시 돌아온 것 같았다.

"방금 소식을 들었어. 이제까지 내내 소식을 기다리고 있었거든."

"방금? 조금 전에 받은 편지 중에 그런 내용이 있었어?"

"그래. 편지 중에 있었어."

그녀는 더 캐묻지 않았다. 아주 잠깐 침묵이 흘렀다.

그는 일어서서 서재를 성큼성큼 가로지르더니 그녀 곁에 있는 소파에 앉았다. 한쪽 팔을 둘러 그녀를 껴안았다.

그녀는 남편의 손이 자기를 감싸 안고 자기의 손을 찾아 더듬거리는 것을 느꼈다. 남편의 뺨에서 전해지는 온기에 이끌려 천천히 고개를 돌리고 웃고 있는 그의 두 눈을 마주 보았다.

"전부 괜찮은 거지? 다 잘됐지?" 그녀가 물었다. 이제 의심은 모두 녹아서 사라지고 없었다.

"그럼. 이보다 더 괜찮을 수는 없어! 약속할게." 그는 그녀를 더 꼭 껴안으며 웃었다.

훗날, 메리 보인은 그 이튿날에 있었던 이상한 일을 하나씩 떠올려보았다. 가장 이상했던 일은 그녀가 너무 갑작스럽고 완전하게 안도감을 되찾았다는 사실이었다.

메리 보인이 천장이 낮게 깔린 어슴푸레한 방에서 깨어났을 때 안도감은 공중에 감돌고 있었다. 그 감각은 그녀와 함께 아래층으로 내려가 식탁에 앉았다. 그뿐만 아니라 불가에서 그녀에게 번쩍 빛을 쏘아 보냈고, 음식을 담은 단지의 옆면과 조지 왕조 시대의 찻주전자에 세로로 파인 투박한 장식에서도 모습을 드러냈다.

전날 신문 기사를 읽던 순간 온몸에 퍼졌던 공포와 미래에 대한 막연한 불안감, 과거에 대한 충격적 회상이 아내의 도덕적 책무를 게을리했다는 불편한 죄책감을 간접적 방식으로 모두 씻어준 것 같았다.

만약 그녀가 정말로 남편의 사업에 무심했었다 하더라도 그것은 남편을 믿었기 때문이었다. 그녀의 지금 심리 상태가 증명하듯 남편을 향한 굳은 믿음은 무심함을 무의식적으로 정당화했다.

게다가 에드워드 보인은 성가신 소송 문제와 아내의 의심을 맞닥뜨리고도 자기 자신이 믿을 만한 사람이라는 사실을 증명해냈다. 메리 보인은 어제 남편을 몇 차례나 떠보았다.

그녀의 심문을 무사히 넘긴 에드워드 보인은 그 어느 때보다 침착하고 자연스러웠으며, 가장 에드워드 보인다웠다. 그도 아내의 의심을 모두 알고 있었고, 아내만큼이나 오해를 풀고 싶었던 것 같았다.

메리 보인이 여느 날 아침과 마찬가지로 정원을 한 바퀴 둘러보러 나오니 날씨가 청명했다. 꼭 햇살이 눈부시게 빛나는 여름날 같아서 메리 보인은 깜짝 놀랐다.

그녀는 서재에 앉아 있는 남편이 원고 작업에 집중할 수 있도록 혼자 나왔다. 서재 문가를 지나면서 남편을 살짝 쳐다보니 그는 파이프를 물고 말없이 앉아서 원고지 위로 몸을 숙이고 있었다.

이제는 그녀가 아침 일과를 시작할 때였다. 그토록 화창한 겨울날이면 벌써 봄이 다녀간 듯한 정원 이곳저곳을 흐뭇하게 살펴보며 거니는 것이 일과였다.

정원에는 이 오래된 집에 잠들어 있는 우아함을 일깨울 가능성이 끝없이 펼쳐져 있었다. 원래 모습을 함부로 바꾸지 않고도 아름다움을 밖으로 끄집어낼 기회는 무한했기 때문에, 봄과 가을에 피워낼 것들을 계획하기에 겨울은 너무도 짧았다.

그날 아침, 안도감을 되찾은 메리 보인의 마음에는 특별한 열정까지 샘솟았다. 그녀는 사랑스럽고 평화로운 정원을 한층 더 아름답게 가꿀 계획에 달려들었다.

먼저 텃밭으로 갔다. 배나무가 벽을 타고 자라며 복잡한 문양을 이루고 있었다. 나뭇가지에 매달아 놓은 은색 새집에서는 비둘기가 날개를 파닥이거나 부리로 몸을 단장했다.

다만 온실 배관에 문제가 있었다. 그녀는 오늘 도체스터에서 기술자가 오기를 기다리고 있었다. 그는 기차를 타고 와서 보일러를 살펴보고 무엇이 문제인지 정확하게 알려줄 것이다.

그녀는 축축한 온기가 훅 끼치는 온실로 들어섰다. 오래전에 인기 있었던 외래종 꽃들에서 울긋불긋한 색깔이 선명하게 감돌았고, 코를 간질이는 향기가 풍겨 왔다. 외래종 가운데 링에서 자생하는 식물도 보였다.

기술자는 아직 도착하지 않은 모양이었다. 그날은 인공적으로 조절되는 온실 공기 속에서 그를 기다리며 시간을 낭비하기에는 너무도 귀한 날이었다. 그녀는 다시 온실 밖으로 나와서 야외 볼링장에 깔아둔 폭신폭신한 잔디를 밟으며 집 뒤편 정원으로 성큼성큼 걸어갔다.

계단 모양으로 깎아놓은 경사진 잔디밭에 올라서 물고기 연못과 주목 울타리를 건너다보았다. 옆으로 길게 늘어진 집의 정면과 구부러진 굴뚝, 파란 지붕 모두 옅은 금빛으로 일렁이는 습한 공기에 푹 젖어 있었다.

정원을 수놓은 나무와 연못 너머 활짝 열린 창문과 시원하게 연기를 뿜어내는 굴뚝을 바라보니 따뜻한 인간의 존재가 느껴졌다. 햇살이 따사롭게 비치는 담벼락에서 집을 보자 마음이 천천히 성숙해가는 것 같았다.

메리 보인은 정원의 풍경에 처음으로 그런 친밀감을 느꼈다.

이 집의 비밀이 모두 좋을 것이라는 확신, 아이들을 타이를 때 흔히 말하듯 '자기 자신을 위해' 간직하는 비밀이라는 확신마저 들었다. 비밀에 깃든 힘은 링 저택이 햇살 아래서 오래도록 엮어 나가는 조화로운 이야기 속에 보인 부부의 삶을 고스란히 담아줄 것만 같았다.

그때 뒤에서 발걸음 소리가 들렸다. 메리 보인은 정원사가 도체스터에서 온 기술자를 데리고 온 줄 알았다. 그런데 뒤돌아보니 한 사람밖에 보이지 않았다. 제법 젊고 체격이 좋은 남자였다. 어째서인지 정확한 이유를 댈 수는 없었지만, 그 남자는 메리 보인이 생각하는 온실 보일러 전문가의 모습과 영 딴판이었다.

그는 그녀를 발견하고 잠시 멈춰 서서 모자를 슬쩍 들어 올리며 인사했다. 그 태도를 보니 일부러 방해한 것은 아니라고 알려주는 신사 같았다. 어쩌면 여행자일지도 몰랐다. 링에도 이따금 교양 있는 여행객들이 찾아오곤 했다.

메리 보인은 낯선 이가 카메라를 슬며시 숨기거나, 아니면 갑작스러운 출현의 핑곗거리로 카메라를 내보이길 내심 기대했지만, 그 남자는 잠자코 있었다.

잠시 후, 메리 보인은 섣불리 움직이지 않고 정중하게 서 있는 상대에게 어울리는 말투로 질문했다. "누구…, 만나러 오셨나요?"

"보인 씨를 만나러 왔습니다."

억양보다는 말투에서 그가 미국인이라는 사실이 어렴풋하게 느껴졌다. 메리 보인은 그를 더 유심히 살펴보았다. 부드러운 펠트 모자의 챙이 그의 얼굴에 그림자를 드리운 탓에 시력이 나쁜 메리 보인은 그의 얼굴을 정확하게 볼 수 없었지만, 그의 얼굴은 진지해 보였다. '업무차' 방문한 사람, 예의 바르지만 자신의 권리를 확고하게 아는 사람의 얼굴 같았다.

그녀는 과거에 그런 방문객을 많이 만나 보았기 때문에 그 남자가 진지하게 남편을 만나고 싶어 한다는 사실을 이해했다.

하지만 남편의 아침 작업 시간을 방해하고 싶지 않았다. 게다가 남편이 누구에게든 아침에 찾아와도 좋다고 허락했을지도 의심스러웠다.

"제 남편과 약속을 미리 잡아두셨던가요?"

그 남자는 머뭇거렸다. 그런 질문은 예상하지 못한 것 같았다.

"아마 제가 찾아올 걸 알고 있을 겁니다."

이번에는 메리 보인이 곧바로 대답하지 않고 머뭇거렸다.

"글쎄, 지금은 그이가 글을 쓰는 시간이라서요. 아침에는 아무도 만나지 않는답니다."

그는 잠시 아무런 말도 없이 그녀를 바라보았다. 그러더니 그녀의 말에 수긍한다는 듯이 물러났다. 그대로 돌아서 가려다 잠시 멈추더니 고요한 집의 정면을 흘깃 쳐다보았다.

그에게서 피곤하고 실망한 기색이 엿보였다. 아주 먼 데서 찾아온 데다 다시 이 집을 방문할 여유가 없어서 낙담한 듯했다.

메리 보인은 이대로 그를 돌려보내면 그의 일이 헛수고로 돌아갈지도 모른다는 생각이 들었다. 괜히 미안해진 그녀는 서둘러서 그를 쫓아갔다.

"저…, 혹시 멀리서 찾아오셨나요?"

그는 여전히 진중한 표정으로 그녀를 바라보았다. "네, 멀리서 왔습니다."

"그러면 집 안으로 들어가 보세요. 남편이 틀림없이 만나줄 거예요. 그이는 지금 서재에 있답니다."

마지막 말은 무심결에 나온 것이었다. 그녀도 자기가 왜 남편이 서재에 있다고 말했는지 알 수 없었다. 다만 멀리서 온 손님을 그대로 되돌려보내려고 했던 일을 어떻게든 보상해야 한다는 생각이 어렴풋 든 것 같았다.

방문객이 고맙다고 말하려던 순간, 그녀는 다른 사람을 데리고 나타난 정원사에게 정신이 팔렸다. 정원사 곁에 있는 사람은 어느 모로 보나 보일러 전문가였다.
"이쪽이에요." 그녀는 손님에게 손짓으로 길을 알려주었다.
보일러 기술자와 이야기를 나누는 데 열중하느라 손님은 곧 잊어버렸다.

메리 보인과 기술자는 아주 오랫동안 이야기를 나누고 온실을 살펴봤다. 기술자는 돌아가는 기차 편마저 포기하고 작업에 몰두했고, 메리 보인도 오전 내내 그와 함께 화분 사이를 오갔다.

마침내 일이 다 끝났을 때는 벌써 점심시간이 되어 있었다.

그녀는 시간이 훌쩍 지나간 것을 깨닫고 깜짝 놀랐다. 서둘러 집으로 돌아가면서 남편이 마중 나와 있기를 살짝 기대했다.

마당에는 보조 정원사만 갈퀴로 자갈을 모으고 있을 뿐 다른 사람은 아무도 없었다. 현관에 들어서니 온 집안이 너무 조용했다. 그녀는 남편이 여전히 글을 쓰고 있다고 생각했다.

남편을 방해하고 싶지 않았던 그녀는 응접실로 들어갔다.

테이블에 앉아서 보일러 기술자에게 지불해야 할 비용을 다시 계산하는 데 열중했다.

온실 따위에 사치스럽게 돈을 쓸 수 있다는 사실이 여전히 낯설었다. 어쩐지 그 사실은 전날 느꼈던 막연한 공포와 대비되어 오늘 되찾은 안도감의 일부, 남편의 말처럼 '이보다 더 괜찮을 수 없는' 상황의 일부가 된 것 같았다.

메리 보인이 커다란 액수를 계산하고 기록하는 데 여념이 없을 때 트리믈이 문가에 나타나 점심을 어떻게 차릴지 물었다.

트리믈은 점심시간을 알릴 때면 국가 기밀을 폭로하기라도 하듯 엄숙하게 이야기했다. 트리믈과 메리 보인이 평소에 즐기는 장난이었다. 하지만 계산하는 데 정신이 팔린 메리 보인은 트리믈이 하는 말에 무성의하게 알겠다고만 웅얼거렸다.

트리믈은 무언가 개운치 않은 듯 문가에서 머뭇거렸다. 메리 보인은 트리믈이 별생각 없이 무조건 알겠다고 대답하는 자기를 은근히 나무라는 것 같다고 느꼈다.

이윽고 트리믈이 복도를 걸어가는 소리가 들렸다. 메리 보인은 금액을 적어두었던 종이를 치우고 현관을 건너 서재로 갔다.

서재 문은 여전히 닫혀 있었다. 그녀는 남편을 방해하고 싶지 않아 문을 열지 망설였다. 남편이 평소보다 지나치게 글을 오래 쓰는 것도 좋지 않을 듯해서 걱정스러웠다.

그녀가 주저하며 서 있는데 트리믈이 다시 나타나 식사가 준비되었다고 알렸다. 그 말에 압박을 느낀 메리 보인은 서재 문을 열었다.

책상은 비어 있었다. 그녀는 남편이 책장 근처에 있는 줄 알고 방안을 둘러보았다. 여전히 남편이 보이지 않아서 불러보았지만 아무런 대답이 없었다. 남편은 서재에 없는 것 같았다.

그녀는 트리믈에게 돌아갔다.

"그이가 위층에 있나 봐. 올라가서 점심 식사가 준비되었다고 알려줘."

트리믈은 안주인의 지시를 따라야 한다는 확고한 의무감과 그 지시가 어리석은 일이라는 분명한 확신 사이에서 갈팡질팡하는 것 같았다. 그녀가 잠시 망설이더니 입을 뗐다. "저기…, 마님. 보인 씨는 위층에 안 계세요."

"자기 방에 없다고? 확실해?"

"네, 확실해요."

메리 보인은 시계를 쳐다보았다. "그러면 어디에 있지?"

"밖으로 나가셨어요." 트리플은 논리적인 사람이라면 가장 먼저 물어봤을 질문을 정중하게 기다리고 있었던 것처럼 살짝 거만한 태도로 대답했다.

메리 보인은 자기가 올바르게 추측했다고 생각했다. 남편이 온실로 마중 나왔지만 길이 엇갈린 모양이었다.

틀림없이 그는 마당을 지나는 대신 남쪽 문을 통과해 더 짧은 길로 질러갔을 것이다. 그녀는 현관으로 건너가 프랑스식 유리창 너머로 주목이 늘어서 있는 정원을 바라보았다.

트리플이 또다시 머뭇거리더니 입을 열었다. "저, 마님. 보인 씨는 그쪽으로 나가지 않으셨어요."

메리 보인이 뒤를 쳐다봤다. "그럼 대체 *어디*로 갔지? 나간 시간은 언제쯤이고?"

"현관문으로요. 그대로 주택 진입로로 나가셨어요."

트리플은 누가 여러 가지를 한꺼번에 질문하더라도 한 번에 전부 대답하는 법이 없었다.

"진입로로? 이 시간에?" 메리는 현관문으로 걸어가 마당의 앙상한 라임 나뭇가지 사이를 훑어보았다.

바깥은 텅 비어 있었다.

"그이가 무슨 말이라도 남기지 않았어?"

트리믈은 말을 해야 할지 말아야 할지 갈등하다가 사실대로 말해야 한다는 압박감에 끝내 굴복한 듯했다.

"아니요. 그저 그 신사분과 함께 나가셨어요."

"신사분? 무슨 신사분?"

메리 보인은 난데없는 소식에 놀라서 홱 뒤돌아섰다.

"아까 찾아오신 신사분이요, 마님." 이번에 트리믈은 순순히 대답했다.

"누가 언제 찾아왔는데? 얼른 말해 봐, 트리믈!"

그때 메리 보인은 너무 배가 고팠고, 당장 남편과 온실에 관해 의논하고 싶었다. 아마 그 때문에 평소와 달리 가정부를 몰아세웠을 것이다.

그녀는 소리치고 나서야 정신을 차렸고, 트리믈의 눈에서 반항의 기운을 읽어냈다. 충직한 하인이 지나친 압박에 시달린 끝에 품을 만한 반항심이었다.

"정확히 언제인지는 저도 잘 모르겠습니다, 마님. 제가 집안으로 들인 게 아니라서요." 사려 깊은 트리믈은 안주인의 태도가 평소와 다르다는 사실을 모른 체하고 침착하게 대답했다.

"네가 집안에 들인 게 아니라고?"

"네, 마님. 초인종이 울렸을 때 저는 식사 재료를 손질하고 있었어요. 그리고 아그네스는…."

"그럼 아그네스에게 가서 물어봐."

트리믈은 여전히 차분한 얼굴로 참을성 있게 대답했다.

"아그네스도 모를 거예요. 시내에서 새로 사 온 램프의 심지를 손질하다가 손을 데었거든요." 트리믈은 새 램프를 마뜩잖아했다. 메리 보인도 그 사실을 잘 알고 있었다. "그래서 도켓 부인이 아그네스 대신 부엌 하녀에게 나가보라고 했답니다."

메리 보인은 다시 시계를 쳐다보았다. "벌써 두 시가 지났어. 부엌 하녀에게 가서 그이가 아무런 말도 안 남겼는지 물어보도록 해."

메리 보인은 식당으로 갔다. 이윽고 트리믈이 와서 부엌 하녀에게 들은 말을 전했다. 손님은 11시쯤에 초인종을 눌렀고, 에드워드 보인은 아무런 전갈도 남기지 않고 손님과 함께 나갔다. 부엌 하녀는 손님의 이름도 몰랐다. 그가 자기 이름을 밝히지 않았기 때문이었다. 그는 종잇조각에 자기 이름을 써서 접은 뒤 하녀에게 건네주며 곧장 에드워드 보인에게 전해달라고 부탁했다.

메리 보인은 남편이 누구와 어디로 갔는지 궁금해하며 점심을 먹었다. 그녀가 식사를 마치자 트리믈이 응접실로 커피를 가져왔다.

이제 메리 보인의 호기심은 한층 더 깊어졌고, 불안감까지 희미하게 피어올랐다. 오전에 아무런 말도 남기지 않고 외출하다니…, 에드워드 보인답지 않은 일이었다. 게다가 그는 누군지도 모를 방문객을 순순히 따라나섰다. 손님의 정체를 알 수 없으니 그가 말없이 사라진 일이 더욱더 수상했다.

한때 메리 보인은 늘 일로 바쁜 엔지니어의 아내로 살았다.

당시 남편은 갑자기 찾아오는 손님들을 맞아야 했고, 불규칙한 생활을 감수해야 했다. 그 덕분에 그녀도 뜻밖의 손님을 체념하고 받아들이는 법을 배웠다.

에드워드 보인은 사업에서 손을 뗀 뒤로 수도승처럼 규칙적으로 생활했다. 그는 혼란스럽고 불안정했던 세월, 요란하게 덜컹거리는 식당차에 '서서' 점심과 저녁을 급히 해결해야 했던 과거를 보상하기라도 하듯 극도로 규칙적이고 단조롭지만 세련된 생활을 고집했다.

그는 예상치 못한 놀라운 일을 바라는 아내를 무시했다. 또 취향이 섬세한 사람은 반복되는 습관에서 조금씩 무한하게 커지는 즐거움을 느끼는 법이라고 힘주어 말했다.

하지만 예상 밖의 일이 전혀 일어나지 않는 삶이란 존재할 수 없다. 아무리 에드워드 보인이 완벽한 계획과 대비를 꿈꾸었더라도 머지않아 그의 소망이 불가능한 것으로 드러나리라는 사실은 불 보듯 뻔했다.

메리 보인은 남편이 지루한 대화를 얼른 끝낸 뒤 손님을 역까지 바래다주러 나갔으리라고 결론 내렸다. 역까지 가지는 않았더라도 중간 지점까지는 배웅 나갔을 것이다.

그러자 메리 보인은 걱정을 한결 덜 수 있었다. 그녀는 집 밖으로 나가서 정원사와 다시 이야기를 나누었다. 대화를 끝낸 후에는 마을 우체국까지 1.5킬로 정도 걸어갔다. 다시 집으로 향할 무렵에는 해가 뉘엿뉘엿 넘어가기 시작했다.

그녀는 언덕에 난 오솔길로 걸었다. 남편은 역까지 나갔다 큰길로 집에 돌아올 테니 중간에 그를 마주칠 가능성은 거의 없었다. 그녀는 남편이 먼저 집에 도착했으리라고 확신했다.

집에 이르렀을 때 트리플에게 남편이 집에 왔는지 묻지도 않고 곧장 서재로 갔다. 서재에는 아무도 없었다. 책상 위의 원고지는 점심에 보았을 때와 정확히 똑같이 놓여 있었다. 그녀는 식사 시간을 알리러 찾아왔을 때 원고지가 놓여 있던 모습이 놀라울 정도로 생생하게 기억났다.

그 순간 메리 보인은 알 수 없는 공포에 사로잡혔다. 등 뒤로 서재 문을 닫았다. 침묵만 가라앉은 기다란 서재에 홀로 서 있으니 막연한 공포가 모양과 소리를 구체적으로 갖추고 그림자 사이에 몸을 숨긴 채 숨을 내뿜는 듯했다.

그녀는 시력이 나쁜 눈을 부릅뜨고 그림자 사이를 훑었다.

정말로 서재 안에 존재하는 무언가를 얼핏 본 것 같았다. 그 존재는 멀찍이 떨어진 곳에서 그녀를 관찰하는 듯했다. 흠칫 놀란 메리 보인은 허겁지겁 종으로 달려가 끈을 홱 잡아당겼다.

트리플은 별안간 울린 종소리에 다급히 램프를 들고 서재로 들어왔다. 메리 보인은 익숙한 얼굴을 다시 보자 정신이 번쩍 들어 한숨을 내쉬었다.

"남편이 집에 있으면 차를 내와도 좋아." 메리 보인은 정말로 볼일이 있어서 종을 울린 것처럼 말했다.

"알겠습니다, 마님. 하지만 보인 씨께서는 집에 안 계세요."

트리플이 램프를 내려놓으면서 대답했다.

"집에 없다고? 집으로 돌아왔다가 다시 나갔다는 말이야?"

"아니요, 마님. 아직 돌아오지 않으셨어요."

메리 보인의 마음속에서 다시 공포가 일렁였다. 그녀는 공포가 자신을 단단히 옭아맸다는 사실을 깨달았다.

"그…, 신사분과 나간 후로?"

"그 신사분과 나간 후로요."

"그 사람은 도대체 *누구야*?" 메리 보인이 날카로운 목소리로 소리쳤다. 온갖 소음이 뒤섞여 난장판인 곳에서 자기 목소리가 묻히지 않게 애쓰는 사람 같았다.

"그건 저도 모릅니다, 마님." 트리믈이 램프 곁에 서서 대답했다. 트리믈에게도 불안의 그림자가 드리워졌는지 그녀의 발그레하고 통통한 뺨이 별안간 수척해 보였다.

"하지만 부엌 하녀는 알잖아. 부엌 하녀가 그 사람을 맞았다고 하지 않았어?"

"부엌 하녀도 모릅니다, 마님. 그 사람이 이름을 적은 종이를 접어버려서 보지 못했다고 했어요."

메리 보인은 마음이 불안하게 요동치는 가운데서도 자기와 트리믈이 정체 모를 손님을 공식적이고 관습적인 표현이 아니라 모호한 대명사 '그 사람'으로 부르고 있다는 사실을 알아차렸다. 바로 그 순간 그녀는 그의 이름이 적혀 있다는 종잇조각을 떠올렸다.

"하지만 그 사람한테도 이름이 있을 거 아냐! 그 종이는 어디에 있어?"

그녀는 책상으로 다가가 어지럽게 흩어져 있는 서류들을 뒤졌다. 그녀의 눈길을 가장 먼저 잡아끈 것은 남편의 필체로 적혀 있는 미완성의 편지였다. 편지지 위에 남편의 펜이 놓여 있었다. 꼭 누가 갑자기 불러서 펜을 놓은 것 같았다.

친애하는 파비스에게.

얼웰의 죽음을 알리는 자네의 편지를 방금 막 받았네.
이제 골치 아플 일은 없을 것 같지만,
더 안전해지려면….

'파비스가 누구지?'

메리 보인은 편지지를 옆으로 툭 던져두고 다시 서류 사이를 뒤지기 시작했다. 종잇조각은 보이지 않았다. 책상 위 서류들은 남편이 무언가에 깜짝 놀라 허겁지겁 쓸어모은 것처럼 한데 뭉쳐 있었다.

"잠깐, 부엌 하녀는 그 사람을 *봤잖아*. 부엌 하녀를 불러와."

메리 보인이 지시했다. 그녀는 그렇게 간단한 해결책을 왜 진작 생각해내지 못했는지 어처구니가 없었다.

트리믈은 자리를 뜰 수 있다는 사실이 감사한 듯 즉시 물러났다. 메리 보인은 곧 침착함을 되찾았고 부엌 하녀에게 물어볼 내용을 정리했다. 얼마 후 트리믈이 불안에 떠는 부엌 하녀를 데리고 왔다.

부엌 하녀는 그 신사를 처음 봤다고 했다. 그 사실은 메리 보인도 이미 알고 있었다. 메리 보인은 그가 뭐라고 말했는지, 그리고 무엇보다도 어떻게 생겼는지 물었다. 부엌 하녀는 첫 번째 질문에 쉽게 대답했다. 그 신사가 당황스러울 정도로 말이 없었기 때문이었다. 그는 그저 보인 씨를 만나러 왔다고만 말했고, 쪽지에 무언가 휘갈겨 쓰더니 즉시 보인 씨에게 전해 달라고 부탁했다.

"그가 뭐라고 썼는지는 모르고? 쪽지에 쓴 내용이 그의 *이름이라*는 건 확실해?"

부엌 하녀는 확실치는 않지만 아마 이름이 맞을 거라고 대답했다. 보인 씨에게 누구라고 전해야 하는지 묻자 대뜸 쪽지에 무언가 썼기 때문이라고 덧붙였다.

"그 종이를 남편한테 가져갔더니 아무 말 없었어?"

부엌 하녀는 에드워드 보인이 아무 말도 하지 않았던 것 같지만, 확실하지는 않다고 대답했다. 하녀는 바깥주인에게 쪽지를 건네주니 그가 펼쳐보았다고 했다. 그런데 손님이 어느새 자기를 따라 서재 앞까지 와 있길래, 두 사람만 남겨두고 조용히 물러났다고 했다.

"잠깐, 그냥 두 사람을 서재에 두고 나갔다고? 그러면 그들이 집 밖으로 나간 건 어떻게 아는 거지?"

부엌 하녀는 제대로 대답하지 못하고 잠시 횡설수설했다. 그러자 트리믈이 나서서 도와주었다. 트리믈은 부엌 하녀가 현관을 가로질러 뒤편 복도를 오가는 길에 바깥주인과 손님이 대화하는 소리를 들었고, 그들이 함께 현관문으로 나서는 모습을 보았다고 에둘러서 이야기했다.

"그 낯선 신사를 두 번 봤다면, 어떻게 생겼는지 설명할 수 있겠구나."

메리 보인이 표현력을 요구하는 마지막 질문을 던지자 부엌 하녀는 인내심이 마침내 한계에 다다른 듯했다. 아무래도 부엌 하녀에게는 현관문으로 나가서 손님을 '안으로 모시는 일' 자체가 감히 상상도 할 수 없는 일인 것 같았다.

그녀는 당황해서 말하기 능력을 통째로 잃어버렸는지 헐떡거리며 용을 쓰다가 겨우 몇 마디 더듬거렸다. "그분의 모자가, 어…, 조금 특이했어요. 그게…."

"특이하다고? 뭐가?" 메리 보인이 벌컥 쏘아붙였다. 바로 그 순간, 메리 보인의 머릿속에 그날 아침의 장면이 번득였다. 이내 그다음 장면들도 잇달아 떠올랐다. "그 사람의 모자챙이 넓었다는 말이지? 얼굴이 창백하고, 제법 젊어 보이고?"

메리 보인은 핏기 하나 없이 새파랗게 질린 얼굴로 부엌 하녀를 다그쳤다. 부엌 하녀는 아무런 대답도 하지 못했다. 알맞은 대답을 떠올려 말했더라도 이미 확신에 차서 혼자만의 생각에 깊이 빠진 메리 보인에게는 전혀 들리지 않았을 것이다.

낯선 사람. 정원에서 만난 낯선 사람! 왜 진작에 그 사람을 떠올리지 못했을까? 이제는 다른 사람에게 손님에 관해 꼬치꼬치 캐어물을 필요가 없었다. 남편을 만나러 와서 함께 밖으로 나간 사람은 바로 그 남자였다. 그는 누구일까? 남편은 왜 순순히 그를 따라나섰을까?

메리 보인은 남편과 자주 했던 말을 문득 떠올렸다. 두 사람은 잉글랜드가 너무 좁다고 이야기하곤 했다.

"길을 잃는 게 지독하게 어려운 곳이야."

길을 잃는 게 지독하게 어려운 곳!

남편은 그렇게 말했었다. 그런데 지금은 수사 기관 전체가 손전등을 들고 나서서 해안과 해협을 샅샅이 뒤지고 있다. 에드워드 보인의 이름을 대서특필한 벽보가 시내와 마을 곳곳의 담벼락에 붙었다. 에드워드 보인의 사진은 경찰에 쫓기는 범죄자의 사진처럼 영국 전역에 퍼졌다.

메리 보인은 남편의 사진을 볼 때마다 가슴이 찢어지는 듯했다. 작고, 좁고, 사람이 너무 붐비는 이 섬나라, 경찰이 치안을 유지하고 정부가 통치하는 이 섬나라는 이제 무시무시한 비밀을 수호하는 스핑크스가 되었다.

스핑크스는 비탄에 빠진 메리 보인의 눈을 되쏘아 보고 있다. 다른 이들은 절대 모를 무언가를 혼자서만 안다는 사악한 쾌락에 젖어 있다는 듯이!

에드워드 보인이 사라지고 2주 동안, 그에게서는 어떤 연락도 없었다. 그가 어디로 움직였다는 흔적조차 없었다. 극심한 고통에 시달리는 가족의 가슴에 기대감을 불어넣는 그 흔한 허위 신고조차 드물었다.

에드워드 보인이 집을 나서는 모습을 본 사람은 부엌 하녀밖에 없었다. 에드워드 보인과 함께 나갔다는 '그 신사'를 본 사람도 부엌 하녀밖에 없었다.

경찰은 이웃 주민에게도 질문해봤지만, 그날 링 저택 근처나 인근 마을에서 낯선 이를 봤다는 사람은 아무도 없었다. 근처 마을이나 언덕을 가로지르는 오솔길, 기차역 등에서 혼자 있는 혹은 누군가와 함께 있는 에드워드 보인을 보았다는 사람 역시 아무도 없었다. 영국 겨울날의 화창했던 한낮이 에드워드 보인을 흔적도 없이 집어삼켜 버렸다. 그는 세상 끝 암흑 속으로 사라져버린 것만 같았다.

수사 기관이 공식적인 수단을 모조리 동원해서 맹렬히 수색 작업을 펼칠 때, 메리 보인은 사건의 단서라도 찾을 수 있을까 해서 남편의 서류를 샅샅이 뒤졌다.

메리 보인은 남편의 행방불명 이전에 벌어진 복잡한 문젯거리, 그녀가 모르고 있었던 분쟁이나 채무 따위의 흔적이라도 찾고 싶었다.

그의 은밀한 사생활에 그런 흔적이 있었다고 하더라도, 손님이 이름을 썼다는 종잇조각처럼 모두 사라지고 없었다. 남편의 행방을 짐작할 만한 단서는 전혀 없었다.

다만, 단서라고 확신하기는 어렵고 유일한 실마리로 보이는 것이 하나 있었다. 정체불명의 손님이 찾아왔을 때 남편이 쓰고 있었던 것으로 보이는 편지였다. 메리 보인은 그 편지를 읽고, 또 읽은 뒤 경찰에 제출했다. 그러나 경찰 역시 그 편지에서 별다른 정보를 추측해내지 못했다.

'친애하는 파비스에게. 얼웰의 죽음을 알리는 자네의 편지를 방금 막 받았네. 이제 골치 아플 일은 없을 것 같지만, 더 안전해지려면….' 이게 전부였다.

'골치 아플 일'이 무엇인지는 쉽게 헤아려볼 수 있었다. 메리 보인이 편지로 받아보았던 신문 기사의 내용, 블루 스타 광산 사업을 함께했던 동료 한 명이 남편을 고소한 일을 가리키는 말일 것이다.

남편이 쓰다 만 편지에서 얻은 유일하게 새로운 정보는 그가 고소 결과를 여전히 우려하고 있었다는 사실이었다. 그는 아내에게 소송이 취하되었으니 걱정하지 말라고 말했었고, 또 편지 내용으로 미루어보아 고소인이 사망하기까지 했지만 계속 불안에 떨었다.

메리 보인은 '파비스'가 누구인지 알아내려고 미국에 전보를 보냈다. 며칠 후 그로부터 답신을 받았다. 파비스는 워키쇼의 변호사였다.

그는 얼웰의 고소 사건에 관한 새로운 정보를 알려주지 않았다. 그는 이 사건에 직접적인 이해관계가 없는 듯했다. 그저 에드워드 보인의 지인, 혹은 중재자라서 고소 내용을 잘 알고 있을 뿐인 것 같았다. 게다가 파비스는 에드워드 보인이 무슨 목적으로 자기 도움을 얻으려 했는지조차 모르겠다고 딱 잘라 말했다.

아무것도 모르겠다는 파비스의 말은 메리 보인이 남편의 행방불명 이후 2주 동안 벌인 조사 끝에 유일하게 얻은 정보였다. 그 후로 몇 주가 더디게 흘렀고, 새로운 단서는 단 하나도 나타나지 않았다.

메리 보인은 경찰이 여전히 남편을 수색하고 있다는 사실을 잘 알았지만, 어쩐지 시간이 느릿하게 늘어지고 수색 작업도 소강상태로 접어들어 예전의 활기를 잃은 것처럼 느껴졌다.

하루하루가 그 불가사의한 날 때문에 공포에 질려서 정상 상태로 되돌아갈 때까지 서로 간격을 넓히고 천천히 흘러가기로 정한 것 같았다. 충격적인 사건을 마주한 인간의 상상력도 마찬가지였다. 불길한 상상력이 여전히 사람들의 마음을 사로잡고 있다는 사실에는 의심할 여지가 없었다.

한 시간, 두 시간이 흐르고 한 주, 두 주가 흐르면서 불길한 상상의 힘은 느슨해지기 시작했다. 일상생활이라는 가마솥에서 그칠 새 없이 끓어오르는 갖가지 새로운 문제가 마음속 중심을 차지하며 천천히 기존의 걱정과 불안을 밀어냈다. 어쩔 수 없는 일이었다.

메리 보인도 불안이 조금씩 잦아드는 것을 느꼈다. 물론 두려운 상상은 여전히 그녀의 마음을 끊임없이 흔들었다. 흔들림은 더 규칙적으로 변했고, 속력도 서서히 줄어들었다. 심지어 그 불안이 지루하고 피로하게 느껴지는 순간도 있었다.

그녀는 공포에 길들어서 영원한 공포를 당연한 일상의 조건으로 받아들이는 자기 모습을 깨달았다. 정신은 또렷하지만, 몸을 움직일 수 없게 만드는 독약을 마신 것 같았다.

공포를 당연하게 여기는 찰나의 순간은 몇 시간으로, 며칠로 늘어났다. 메리 보인은 공포를 무신경하게 묵인하는 상태가 되었다. 그녀는 문명의 발전에서 아무런 관련도 없이 희미한 인상만 받는 야만인처럼 무심한 눈길로 틀에 박힌 일상을 지켜보았다.

자기가 그 일상의 일부, 끝없이 굴러가는 바퀴의 살이 되었다고 생각하기에 이르렀다. 자기 자신이 방에 놓인 가구처럼 느껴졌다. 아무런 감각도 감정도 없이 의자, 테이블과 함께 먼지를 뒤집어쓰는 물건이 된 것 같았다. 갈수록 깊어지는 이 무심함은 그녀를 링 저택에 단단히 옭아맸다.

'변화'가 필요하다며 친구들이 애원하고 의사가 충고했지만, 그녀는 링을 떠나지 않았다. 친구들은 메리 보인이 언젠가 남편이 사라진 그 자리에 다시 돌아오리라 믿기 때문에 떠나지 않으려 한다고 생각했다.

그녀가 남편을 하염없이 기다린다는 추측으로부터 미담이 만들어지고 퍼져나갔다. 하지만 메리 보인은 남편이 돌아오리라고 믿지 않았다.

그녀를 에워싼 고통이 너무도 깊고 짙어서 더는 희미한 희망조차 품을 수 없었다. 그녀는 남편이 절대 돌아오지 않으리라고…, 마치 그날 문가에 서 있던 손님이 실은 죽음이었던 것처럼 그가 영영 사라져버렸다고 확신했다.

그녀는 남편의 실종을 둘러싸고 언론이나 경찰이 제시한 가설, 심지어 자기 스스로 생각해낸 가설마저 하나씩 모두 거부했다. 완전한 무기력에 빠진 채 그녀의 마음이 공포를 달랠 수 있는 설명을 거부했다. 메리 보인의 마음은 남편이 완전히 떠나버렸다는 확실한 사실 속으로 깊이 가라앉았다.

그녀는 남편에게 무슨 일이 일어났는지 절대 모를 것이다. 아무도 모를 것이다. 하지만 그 집은 *알고 있었다*. 그녀가 저녁마다 홀로 오랜 시간을 보낸 서재는 알고 있었다. 서재는 남편이 마지막으로 있었던 곳, 그 낯선 이가 와서 남편을 데리고 나간 곳이기 때문이다.

그녀가 딛고 있는 서재의 바닥은 그날 남편의 발걸음을 느꼈다. 책장에 꽂힌 책들은 남편의 얼굴을 보았다. 이따금 낡고 거

묫한 서재의 벽에 깃든 강력한 의식이 당장에라도 비밀을 털어놓을 것 같았다.

애석하게도 그 폭로의 순간은 단 한 번도 찾아오지 않았다.

그녀도 그 순간이 절대 오지 않으리라는 사실을 잘 알았다.

링은 품고 있던 비밀을 수다스럽게 떠벌리는 집이 아니었다.

링에 얽힌 전설이 증명했다시피, 이 집은 뜻밖에 발견한 미스터리에 말없이 가담하는 공범이자 결코 비밀을 흘리지 않는 관리인이었다. 링의 침묵과 마주 보고 앉은 메리 보인은 인간의 힘으로 그 침묵을 깨려는 시도가 헛되다고 생각했다.

"그게 정직하지 *않았다*는 말이 아닙니다. 하지만 *정직했다*는 말도 아니죠. 그건 그냥 사업이었습니다."

메리 보인은 이 말에 흠칫 놀라서 고개를 들고 상대를 빤히 바라보았다.

30분 전, 가정부가 '파비스'라고 적힌 명함을 들고 왔을 때 메리 보인은 즉시 그 이름을 알아보았다. 남편이 미처 끝내지 못한 편지를 읽었던 순간부터 그녀의 의식 속에 자리 잡은 이름이었다.

서재로 가보니 키가 작고 혈색이 창백한 남자가 기다리고 있었다. 그는 대머리에 금테 안경을 쓰고 있었다. 남편이 마지막으로 속마음을 털어놓으려고 했던 사람을 마주 보자 메리 보인은 전율했다.

파비스는 링에 방문한 목적을 정중하게, 하지만 손목시계를 차고 다니며 늘 시간을 의식하는 사람답게 단도직입적으로 설명했다.

그는 우선 사업차 영국에 '잠시 들렀다.'라고 밝힌 후, 링과 가까운 도체스터에 머무르고 있어서 보인 부인에게 인사조차 하지 않고 떠날 순 없었다고 이야기했다. 그러더니 로버트 얼웰의 가족과 관련된 문제를 어떻게 처리하고 싶은지 불쑥 물었다.

메리 보인은 파비스의 말을 듣자 어렴풋했던 불안감이 마음속에 다시 피어오르는 것을 느꼈다. 파비스는 에드워드 보인이 그 미완의 편지에서 정말로 하고 싶었던 말을 알고 있는 걸까?

그녀는 얼웰의 가족과 관련된 문제가 무엇인지 설명해달라고 부탁했다. 파비스는 그녀가 그 문제에 관해 여전히 아는 바가 없다는 사실에 놀라는 눈치였다. 에드워드 보인의 아내가 정말로 그 일을 그토록 모를 수 있을까?

"저는…, 아무것도 몰라요. 그냥…, 알려주세요." 메리 보인이 더듬거렸다.

파비스는 옛이야기를 펼쳐놓기 시작했다. 그는 모호하게 감춰져 있던 블루 스타 광산의 이야기를 충격적일 만큼 솔직하게 설명했다. 남편의 사업에 관해 구체적으로 아는 것이 없었던 메리 보인은 이제야 모든 것을 확실하게 이해했다.

에드워드 보인은 기민하게 기회를 붙잡지 못했던 사람을 '희생양으로 삼아서' 기발한 투기로 돈을 왕창 벌었다.

그렇게 당한 순진한 피해자가 바로 젊은 로버트 얼웰이었다.

얼웰은 블루 스타 광산의 투기 계획에 '인생을 걸었었다.'

메리 보인이 충격받아 외마디 비명을 지르자, 파비스는 금테 안경 너머로 냉정한 눈빛을 던졌다.

"로버트 얼웰은 그렇게 똑똑하지 못했죠. 그뿐입니다. 만약 똑똑했다면 그 역시 머리를 굴려서 보인 씨와 똑같이 행동했을 겁니다. 그런 일은 사업을 하다 보면 매일 같이 일어나죠. 아마 과학자들은 적자생존이라고 부를 겁니다. 아시겠죠?" 그는 적절한 비유를 들었다고 생각했는지 흐뭇해 보였다.

메리 보인은 다음 질문을 떠올리고 온몸이 오그라드는 것 같았다. 꼭 입에 맴도는 말에서 메스꺼운 맛이 나는 것 같았다.

"그렇다면 우리 남편이 불명예스러운 일을 했다는 말씀 아닌가요?"

파비스는 메리 보인의 질문을 냉철하게 헤아려보았다. "오! 아닙니다. 그런 말이 아닙니다. 그 일이 정직하지 않았다는 말은 아닙니다." 그는 서재에 꽂힌 무수한 책들에서 정확한 표현을 찾아내려는 듯 책들을 위아래로 훑어보았다. "그게 정직하지 *않았다*는 말이 아닙니다. 하지만 *정직했다*는 말도 아니죠. 그건 그냥 사업이었습니다."

결국 그는 '정직하다'라는 말보다 더 알맞은 말을 찾지 못했다. 메리 보인은 공포에 질린 얼굴로 파비스를 물끄러미 바라보았다. 그는 사악한 권력자가 보낸 냉담한 사절처럼 보였다.

"하지만 얼웰 씨의 변호인은 당신의 의견에 동의하지 않은 것 같은데요. 얼웰 씨가 변호인단의 조언을 듣고 고소를 취하했다고 알고 있어요."

"아, 맞습니다. 그들도 얼웰이 고소할 근거가 없다는 걸 알았습니다. 법적으로 따졌을 때요. 얼웰은 고소를 취하하라는 충고를 듣고 절망에 빠졌습니다. 아시겠지만, 그는 빚을 내서 블루 스타에 투자했다 거의 다 잃었으니까요. 궁지에 몰린 거죠. 그래서 고소할 근거가 없다는 말을 듣고 총으로 자살한 겁니다."

공포가 거센 파도처럼 몰려와서 메리 보인을 휩쓸었다.

"총으로 자살했다고요? 그 일 때문에 자살한 거예요?"

"글쎄, 정확히 말하면 자살은 아니죠. 총으로 자기 자신을 쏜 후에도 두 달간 숨이 붙어 있었으니까요." 파비스는 '녹음된 소리'를 들려주는 기계처럼 아무런 감정도 없이 말을 내뱉었다.

"그러면 그가 자살을 시도했다가 실패했다는 말씀이세요? 그가 다시 자살을 시도했나요?"

"오! 다시 *시도할* 필요는 없었습니다." 파비스가 음산하게 말했다.

두 사람은 서로를 마주 보며 아무 말 없이 앉아 있었다. 파비스는 생각에 잠겨 손가락으로 안경테를 만지작거렸다. 메리 보인은 미동도 하지 않았다. 그녀는 온몸이 굳어서 두 손을 무릎에 올린 채 가만히 앉아 있었다.

"하지만 이런 일을 전부 알고 계셨다면…," 마침내 메리 보인이 입을 열었다. 그녀는 목소리를 제대로 낼 수가 없어 거의 속삭이듯 말했다. "우리 남편이 실종되고 제가 전보를 보냈을 때, 왜 그이의 편지 내용을 이해하지 못하겠다고 말씀하셨나요?"

파비스는 그 질문을 듣고도 전혀 당황하지 않은 듯했다. "그야, 편지 내용을 이해하지 못했으니까요. 엄밀히 말해서요. 설사 제가 이해했더라도 당시는 이런 일을 말씀드리기에 적절한 때가 아니었습니다. 얼웰의 문제는 고소가 취하되었을 때 모두 끝났습니다. 제가 고소에 관해 무엇을 알려드렸든지 간에 남편분을 찾는 데 아무런 도움도 안 됐을 겁니다."

메리 보인은 계속해서 그를 빤히 바라보았다. "그러면 지금은 왜 알려주시는 건가요?"

파비스는 이번에도 주저하지 않고 대답했다. "처음에 저는 부인께서 보기보다 더 많이 알고 계신다고 생각했습니다. 그러니까 얼웰의 죽음을 둘러싼 상황에 관해서요. 그런데 요즘 사람들이 다시 얼웰 이야기를 꺼내더군요. 이 문제를 사사건건 들먹이고 있어요. 그러니 부인께서 잘 모르신다면 아셔야 한다고 생각했습니다."

메리 보인은 아무런 대꾸도 하지 않고 가만히 있었다.

파비스가 말을 이어갔다. "얼웰 문제가 최근 아주 심각한 상황으로 번졌습니다. 얼웰의 부인은 자존심이 강한 여자입니다. 힘이 남아 있는 한 끝까지 싸우는 사람이죠. 낮에 일하러 나가고, 밤에 삯바느질까지 했다고 하더군요. 그런데 큰 병이 들었답니다. 심장에 문제가 생겼다나요. 자식들로 모자라서 연로한 어머니까지 돌보다 그 부담을 못 이기고 무너진 거지요. 그래서 결국 도움을 청해야 했고요. 그 때문에 고소 사건에 대중의 관심이 쏠렸습니다. 언론도 주목하고 있고, 얼웰 부인을 돕는 모금도 시작됐습니다. 이제 세상 사람들 모두 로버트 얼웰을 좋아합니다. 워키쇼의 유력 인사 대다수도 마찬가지죠. 그러니 사람들이 궁금해하기 시작한 겁니다. 도대체 왜…."

파비스는 잠시 말을 멈추고 안주머니를 더듬었다. "이것 좀 보시죠. 〈워키쇼 센티넬〉이 이 사건과 관련된 이야기를 빠짐없이 보도했습니다. 물론 조금 선정적으로 다루기는 했습니다만, 그래도 한 번 살펴보시는 게 나을 겁니다."

그가 접어둔 신문 기사 조각을 건넸다. 메리 보인은 기사 조각을 받아들고 천천히 펼쳤다. 그녀는 남편이 사라지기 전날 저녁 바로 그 서재에서 똑같이 〈워키쇼 센티넬〉에서 오려낸 기사 조각을 펼쳐 읽고 처음으로 깊은 불안에 빠졌던 일이 기억났다.

신문에 대문짝만하게 적혀 있는 기사 제목 '보인에게 희생당한 얼웰의 미망인이 도움을 청해야 할 위기에 몰리다.'를 보고 눈을 살짝 찌푸렸다.

기사에는 초상이 두 장 실려 있었다. 하나는 에드워드 보인의 사진이었다. 보인 부부가 영국으로 이주한 해에 찍은 것으로 그녀는 남편의 모습을 담은 사진 중 그 사진을 가장 좋아했다.

사진 속에서 에드워드 보인은 2층 메리 보인의 침실에 있는 책상 곁에 서 있었다. 메리 보인은 사진 속 남편의 눈과 마주치자 그 기사를 도저히 읽지 못할 것 같았다. 그녀는 날카로운 고통을 느끼며 눈을 감았다.

"혹시 신문을 계속 받아보고 싶으시다면…." 파비스가 계속 설명하는 소리가 들렸다.

메리 보인은 억지로 눈을 떠 다른 초상을 들여다보았다. 사진 속에는 제법 젊고 체격이 좋은 남자가 있었다. 얼굴은 넓은 모자챙이 드리우는 그림자에 흐릿하게 가려져 있었다.

이 모습을 어디서 봤더라?

그녀는 당황해서 사진을 뚫어지도록 쳐다보았다. 귓가에서 심장이 쿵쾅대는 것 같았다. 그녀는 버럭 소리를 질렀다.

"이 사람이야! 남편을 만나러 왔던 사람이 이 사람이에요!"

파비스가 깜짝 놀라 벌떡 일어서는 소리가 들렸다. 정신을 차려보니 그녀는 소파 구석에 미끄러져 있었고, 파비스가 놀란 얼굴로 그녀를 굽어보고 있었다. 그녀가 자세를 고쳐 앉고 떨어뜨렸던 기사 조각을 집어 들었다.

"바로 이 사람이에요! 틀림없어요. 분명히 알아볼 수 있어요!" 그녀의 목소리가 자신의 귀에도 비명처럼 들렸다.

파비스의 말이 아득히 먼 곳에서 안개가 끝없이 펼쳐진 계곡 아래에서 들려오는 것 같았다. "보인 부인, 지금 상태가 안 좋으신 듯합니다. 누구라도 부를까요? 물이라도 한잔 갖다 드릴까요?"

"아니, 아니, 아니요!" 그녀는 신문 기사를 움켜쥔 채 이성을 잃고 파비스에게 달려들었다. "말했잖아요. 이 사람이라고! 이 사람을 *알아요*! 정원에서 저한테 말을 걸었어요!"

파비스는 메리 보인의 손에서 신문 기사를 빼내 사진을 들여다봤다. "그럴 리가 있습니까? 부인. 이 사람은 로버트 얼웰입니다."

"로버트 얼웰?" 그녀는 새하얗게 질렸다. 눈길이 허공을 맴도는 것 같았다. "그러면 그이를 찾아온 손님이 로버트 얼웰이었군요."

"보인을 찾아왔다니요? 그가 여기서 사라진 날 말씀입니까?" 메리 보인과 달리 파비스의 목소리는 오히려 더 낮아졌다. 그는 몸을 굽히고 자상한 손길로 그녀를 부축하며 조심스럽게 다시 의자에 앉혔다. "그럴 리가요. 얼웰은 죽었습니다. 아시잖아요?"

메리 보인은 앉아서 사진을 뚫어지도록 쳐다봤다. 파비스가 하는 말은 전혀 귀에 들리지 않았다.

"보인 씨가 제게 보내려고 했던 편지 기억나시죠? 그날 서재 책상에서 찾으신 편지 말입니다. 얼웰이 죽었다는 소식을 들은 직후에 쓴 편지였잖습니까." 메리 보인은 파비스의 침착한 목소리가 이상하게 떨린다는 사실을 알아챘다. "당연히 기억하실 텐데요!" 파비스가 강한 어조로 말했다.

그렇다. 메리 보인은 기억하고 있었다. 그녀가 모든 사실을 똑똑히 알고 있다는 게 가장 지독한 공포였다. 로버트 얼웰은 남편이 사라지기 전에 이미 사망했다. 신문에 실린 사진 속 남자가 바로 로버트 얼웰이다. 사진 속 남자는 그녀가 정원에서 만나 이야기를 나눴던 사람이기도 하다.

그녀는 고개를 들고 느릿하게 서재를 둘러보았다. 서재는 사진 속 남자가 그날 편지를 쓰고 있던 남편을 찾아온 광경을 목격했을 것이다. 그녀는 뿌연 안개가 머릿속으로 밀려드는 것 같았다.

그때 반쯤 잊고 있었던 말이 머릿속에서 희미하게 울려 퍼졌다. 보인 부부가 링의 저택을 보기도 전에, 링에서 살 거라고 상상도 하기 전에, 앨리다 스테어가 팽번의 잔디밭에서 했던 말….

"이 사람은 저한테 말을 걸었던 그 남자예요!" 그녀가 똑같은 말을 반복하며 파비스를 쳐다보았다.

그는 당황스러운 마음을 감추려 애쓰고 있었다. 아마 그는 스스로 자상하게 위로하는 표정을 짓고 있다고 생각했을 것이다. 하지만 그의 입가는 창백하게 질려 있었다.

'내가 미쳤다고 생각하겠지. 하지만 난 미친 게 아니야.'

그 순간 그녀는 이 기이한 상황의 전후 사정을 문득 깨달았다.

메리 보인은 잠자코 앉아 떨리는 입술을 진정시키며 원래 목소리가 돌아오기를 기다렸다. 얼마 후, 그녀는 파비스를 똑바로 바라보았다. "한 가지만 알려주시겠어요? 로버트 얼웰이 자살한 날이 언제죠?"

"언…, 언제냐고요?" 파비스가 더듬거렸다.

"네, 자살한 날짜요. 기억하시겠어요?" 그녀는 파비스가 자기를 더 이상하게 생각한다는 사실을 눈치챘다. "다 이유가 있답니다."

"네, 그러실 테죠. 다만 제가 정확히 알지를 못해서요. 대충 두 달 전입니다."

"저는 정확한 날짜를 알고 싶어요."

파비스는 신문을 집어 들고 훑어보았다. "여기 나와 있을 겁니다." 그는 여전히 그녀를 달래는 투로 말했다. "여기 있네요. 지난 10월…,"

그녀가 말을 가로챘다. "20일! 맞죠?"

그가 그녀를 날카롭게 바라보면서 대답했다. "그렇습니다, 20일. 그럼 *알고 계셨던* 겁니까?"

"아뇨, 이제야 알게 된 거죠…." 그녀의 시선은 파비스를 지나쳐 더 먼 곳까지 이어졌다. "20일, 일요일. 그날 그 사람이 처음 왔어요."

파비스는 들릴 듯 말 듯 작은 목소리로 되물었다. "*이곳에* 처음 왔다고요?"

"네."

"그러면 그 사람을 두 번 보신 겁니까?"

"네, 두 번 봤어요." 그녀는 나직하게 말했다. "10월 20일에 처음 왔어요. 우리가 멜던 절벽에 처음으로 올랐던 날이라 날짜를 기억하고 있답니다."

그녀는 거의 잊고 있었던 그날의 사건이 아니었다면 끝까지 무슨 영문인지 몰랐겠다고 생각하며 헛웃음을 치고 작게 한숨을 내쉬었다. 파비스는 그녀의 시선을 가로막으려는 듯 그녀를 꼼꼼하게 뜯어봤다.

"우리는 지붕에서 그 사람을 봤어요…." 그녀가 계속 말을 이었다. "라임 나무 오솔길을 따라 우리 집 쪽으로 오고 있었죠. 저 사진에 나온 옷차림과 똑같았고요. 그이가 먼저 그 사람을 발견했어요. 깜짝 놀라서는 저를 내버려 두고 먼저 달려가더라고요. 오솔길로 가보니까 아무도 없더래요. 그가 사라지고 없었다고 했죠."

"얼웰이…, 사라져버렸다고요?" 파비스가 머뭇거리며 물었다.

"네."

두 사람의 속삭임이 길을 더듬어 서로에게 나아가는 것 같았다.

"저는 무슨 일인 줄 몰랐죠. 이제야 알겠네요. 그때 그는 우리 집에 오려고 *노력했었어요*. 하지만 아직 목숨이 끊어지지 않아서 우리에게 올 수 없었죠. 마침내 숨이 끊어질 때까지 두 달이나 기다려야 했던 거예요. 죽은 후에야 우리 집을 다시 찾았고요. 그렇게 그이가 그 사람과 함께 떠나버렸어요."

메리 보인은 어려운 퍼즐을 맞추는 데 성공한 아이처럼 의기양양한 표정으로 파비스를 바라보며 고개를 끄덕였다. 그러다가 느닷없이 절규하며 양손으로 관자놀이를 눌렀다.

"오, 세상에! 제가 그 사람을 에드워드에게 보냈어요. 그 사람에게 서재로 가면 된다고 알려줬어요! 제가 여기로 그 사람을 보냈어요!" 그녀가 소리 질렀다.

책이 가득 들어찬 사방의 벽이 그녀를 향해 달려드는 것 같았다. 서재가 안에서부터 무너져내리는 듯했다. 파비스가 아주 멀리서, 무너져 내리는 서재의 벽 너머로 그녀에게 고함치며 다가오려고 버둥거리는 소리가 들렸다.

그녀는 감각을 잃었고, 그의 손길도 느낄 수 없었다. 그가 하는 말도 알아들을 수 없었다. 방이 무너지면서 내는 요란한 굉음 사이로 팽번의 잔디밭에서 이야기하던 앨리다 스테어의 목소리만 또렷하게 들렸다.

"나중에 가서야 안대."

목소리가 이야기했다.

"한참…, 한참 오랜 시간이 지난 후에야…."

2화 하녀를 부르는 종소리

내가 장티푸스를 앓고 난 가을이었다. 병원에 누워 지낸 지 석 달 만에 퇴원했을 때 나는 너무나 쇠약해져 제대로 서지도 못하고 휘청거렸다. 나를 말동무 겸 하녀로 고용했던 귀부인 두세 명은 허약한 내 몰골을 보더니 더는 일을 줄 수 없겠다고 퇴짜를 놓았다.

수중의 돈도 거의 바닥나버렸다. 하숙집에서 생활하며 직업소개소를 돌아다니고, 어떤 식으로든 썩 그럴듯해 보이는 구인광고만 보면 연락하며 두 달을 보내고 났더니 자신감도 모두 달아났다. 애태우며 지내봤자 건강이 더 좋아지지도 않았다.

어쩌다가 내 인생이 이렇게 꼬였는지 이해할 수 없었다. 어쨌거나 내 운명은 바뀌었다. 아니, 적어도 당시에는 그렇다고 생각했다.

하루는 레일턴 부인이 나를 찾아와서 잠시 이야기를 나눴다. 레일턴 부인은 나를 미국에 처음 데려가 준 어느 귀부인의 친구였고, 늘 친절하고 자상했다. 그녀가 왜 이렇게 안색이 안 좋냐고 묻기에 장티푸스를 앓고 나서 힘들게 지내고 있다고 대답했다.

"어머나, 하틀리 양. 마침 당신에게 딱 알맞은 곳이 있어요. 같이 의논해봐야 할 테니 내일 날 만나러 와요."

다음 날 레일턴 부인을 찾아갔더니 조카딸이라는 브림프턴 부인을 소개했다. 브림프턴 부인은 제법 젊었지만, 몹시 병약하다고 했다. 또 피곤한 도시 생활을 견디지 못하고 허드슨강 근처의 시골 별장에서 일 년 내내 지낸다고 했다.

"자, 하틀리 양." 레일턴 부인이 쾌활하게 말했다.

언제든 그 유쾌한 태도를 보고 있노라면 무슨 일이건 틀림없이 더 좋아지리라는 예감이 들었다.

"이제 내 말 알겠죠? 내가 추천하는 곳은 그다지 쾌적하고 명랑한 곳이 아니에요. 휑뎅그렁하니 울적한 저택이랍니다. 우리 조카딸은 늘 불안에 시달리고 우울한 상태에 빠져 있어요. 조카사위도 있고요. 뭐…, 그곳에 머무는 경우는 드물지만요. 게다가 조카딸은 아이를 둘이나 잃었답니다. 작년에 하틀리 양을 그곳으로 보냈다면, 장밋빛으로 빛나고 생기 넘치는 처녀를 지하 묘지에 가둬두는 일이나 다름없다고 생각했을 거예요. 하지만 지금 하틀리 양은 그리 건강한 상태가 아니잖아요, 그렇죠? 게다가 조용한 곳과 맑은 시골 공기, 영양분 가득한 음식, 규칙적인 생활이야말로 지금 당신에게 꼭 필요한 것들이니까요. 내 말을 오해하지 말았으면 해요."

내가 약간 의기소침해 보였는지 레일턴 부인이 서둘러 말을 덧붙였다.

"지루하다고 생각할 수도 있지만, 견디지 못할 만큼 괴롭지는 않을 거예요. 우리 조카딸은 천사 같은 아이랍니다. 조카딸이 원래 데리고 있던 하녀는 지난봄에 세상을 떴는데, 그전까지 20년 동안 조카딸의 시중을 들었죠. 조카딸이 밟은 땅마저 신성하게 여길 정도로 조카딸을 좋아했어요. 조카딸은 집안 하인들 누구에게든 친절하답니다. 당신도 잘 알겠지만, 안주인이 친절하면 하인들도 대개 사근사근하고 명랑하잖아요. 그러니 하틀리 양도 틀림없이 그곳 하인들과 잘 지낼 거예요. 그리고 우리 조카딸에게는 당신 같은 사람이 꼭 필요하답니다. 말수도 적고 예의 바른 데다 신분에 비해 교육도 많이 받았으니까요. 글도 큰소리로 잘 읽잖아요, 그렇죠? 참 잘 됐어요. 우리 조카딸도 책 읽기를 좋아하거든요. 조카딸은 시중드는 하녀와 말동무처럼 지내길 바라죠. 예전 하녀는 그랬어요. 조카딸이 그 하녀를 얼마나 그리워하는지 말로 다 못 할 정도예요. 무척이나 외로워하죠…. 자, 그럼 결정했나요?"

"아, 부인…," 내가 대답했다. "저는 그다지 외로움을 타지 않는답니다."

"그러면 좋아요. 가면 되겠군요. 내가 추천하면 조카딸도 흔쾌히 받아줄 거예요. 당장 전보를 보내놓을 테니 오후 기차를 타면 되겠죠. 지금 그 애 곁에서 시중드는 사람이 아무도 없거든요. 그러니 하틀리 양이 곧바로 가줬으면 해요."

당장 브림프턴 부인의 별장으로 가더라도 아무 문제가 없었지만, 마음속 한구석에 뭔가가 망설여졌다. 나는 미적거리며 레일턴 부인에게 물었다. "그러면 부인…, 브림프턴 씨는요?"

"말했다시피, 조카사위는 거의 늘 떠나 있어요." 레일턴 부인이 재빨리 대답했다. "그리고 그가 별장에 오면…, 그냥 그 사람을 피해 있도록 해요."

나는 그길로 오후 기차를 탔고, 네 시쯤 되어서 D 역에 내렸다. 마차를 타고 온 마부가 나를 기다리고 있었다. 그는 나를 마차에 태우고 빠른 속도로 달렸다. 흐린 10월의 오후였다.

빗방울을 잔뜩 머금은 구름이 머리 위로 낮게 걸려 있었다. 마차가 브림프턴 별장의 숲으로 접어들 무렵 햇빛은 이미 자취를 감춘 뒤였다.

별장으로 이어진 진입로는 숲 사이로 2, 3킬로 정도 구불구불하게 이어져 있었다. 곧 자갈을 깔아놓은 마당이 나왔다. 마당은 높이 자란 검은 관목숲으로 둘러싸여 있었다. 창문으로 흘러나오는 불빛은 전혀 보이지 않았고, 건물은 조금 음침해 보였다.

나는 마부에게 아무것도 묻지 않았다. 하인들에게 모시는 주인이 어떻냐고 정보를 캐어묻는 편이 아니었다. 기다렸다가 직접 사람을 만나보고 판단하는 편이 더 좋았다.

건물 외관으로 보아하니 딱 알맞은 집에 찾아왔다는 사실을 알 수 있었다. 모든 것이 보기 좋게 정돈되어 있었다. 인상이 좋아 보이는 요리사가 뒷문으로 나와서 나를 맞아주었고, 가정부를 불러 내게 방을 보여주라고 일렀다.

"부인 마님은 나중에 뵙도록 해요." 가정부가 말했다. "브림프턴 부인은 지금 손님하고 계세요."

나는 브림프턴 부인에게 손님이 많지 않을 거로 생각했었다. 부인이 손님과 함께 있다는 말을 듣자 어쩐지 기운이 솟았다. 가정부를 따라 위층으로 올라가다 위쪽 층계참에 난 문 너머로 집의 중심 공간을 바라봤다.

그곳은 어두운 목판과 고색창연한 초상화로 멋지게 꾸며져 있었다. 한 층 더 올라가자 하인들이 지내는 부속 건물이 나왔다. 실내는 굉장히 어두컴컴했다.

가정부가 램프를 미처 챙겨오지 못해 미안하다고 말했다. "그래도 당신이 쓸 방에 성냥이 있어요. 조심하기만 하면 괜찮을 거예요. 복도 끝에 디딤대가 있으니 주의하시고, 그 바로 뒷방을 쓰면 된답니다."

나는 가정부의 설명을 들으면서 앞을 바라보았다. 복도 한가운데 여자가 서 있었다. 우리가 복도를 따라 걸어가자 그 여자는 문 너머로 물러났다.

가정부는 그 여자를 알아채지 못한 것 같았다. 그 여자는 얼굴이 창백했고, 홀쭉하게 마른 몸에 어두운색 모직 실내복과 앞치마를 입고 있었다. 나는 그 여자가 주임 가정부라고 생각했고, 왜 우리에게 인사하지 않는지 의아했다. 그 여자는 나를 물끄러미 바라보기만 했다.

내가 쓸 방은 복도 끝에 있는 사각형 홀과 통했다. 그런데 방문 맞은편에 다른 문이 열려 있었다. 가정부는 그 열린 문을 보더니, 큰소리로 짜증을 냈다.

"아니, 블라인더 부인이 또 문을 열어놨네!"

"블라인더 부인은 가정부 중 책임자인가요?"

"책임자요? 그런 사람은 없어요. 블라인더 부인은 요리사예요."

"그럼 저 방이 블라인더 부인의 방인가요?"

"맙소사, 아니에요!" 가정부가 손으로 십자를 그었다. "누구의 방도 아니에요. 그러니까…, 그냥 비어 있다는 말이죠. 그리고 저렇게 문을 열어두면 안 돼요. 브림프턴 부인은 저 방문을 항상 잠가두라고 하세요."

가정부가 내 방문을 열었다. 방은 깔끔했고 비치된 가구도 훌륭했다. 벽에는 그림도 한두 점 걸려 있었다. 가정부가 초에 불을 붙이고는 여섯 시에 하인들의 거처 홀에서 차를 마실 거라고 알려주었다. 그리고 차 마시는 시간이 끝나면 브림프턴 부인을 만날 수 있다고 덧붙인 후 자리를 떴다.

나는 시간에 맞춰 홀로 나갔다. 하인들이 모여서 유쾌하게 이야기를 나누고 있었다. 그들이 흘린 말로 미루어보아 레일턴 부인의 장담대로 브림프턴 부인은 몹시 친절한 것 같았다.

나는 그들의 대화에 집중하지 못했다. 어두운 실내복을 입었던 창백한 여자도 차를 마시러 홀로 들어오는지 살피느라 정신이 딴 데 팔려있었다.

그녀는 나타나지 않았다. 나는 그 여자가 따로 식사하는지 궁금해졌다. 가정부가 아니라면 도대체 누구일까? 그때 그녀가 숙련된 간호사일지도 모른다는 생각이 문득 떠올랐다.

그렇다면 물론 자기 방에서 따로 식사하겠지. 게다가 브림프턴 부인이 정말 환자라면, 간호사를 당연히 둘 법도 했다. 그러자 골치가 아파졌다. 솔직히 말해서, 간호사는 친해지기가 가장 어려운 부류였다.

집에 간호사가 있다는 사실을 미리 알았더라면 레일턴 부인의 제안을 거절했을 것이다. 그렇지만 이미 이곳에 와버렸고, 간호사가 있다며 불평해봤자 아무 소용이 없었다. 나는 궁금한 것이 있다고 해서 여기저기 묻고 다니는 사람이 아니었기에 잠자코 다가올 일을 기다렸다.

차 마시는 시간이 끝나고 가정부가 다른 하인에게 물었다.

"랜퍼드 씨는 가셨나요?" 하인이 그렇다고 대답하자, 가정부는 나에게 함께 브림프턴 부인을 뵈러 가자고 말했다.

브림프턴 부인은 침실에 누워 있었다. 부인이 누운 기다란 안락의자는 난롯가 근처에 있었고, 그 곁에 갓을 씌운 램프가 하나 서 있었다.

부인은 연약하고 섬세해 보였다. 부인의 미소를 보는 순간, 그분을 위해 못 할 일이 없을 것 같다는 생각이 들었다. 그녀는 나직한 목소리로 무척 다정하게 말했다. 내 이름과 나이뿐만 아니라 더 필요한 것은 없는지, 외딴 시골에서 지내는 일이 걱정스럽진 않은지도 물어보았다.

"부인 마님과 함께 있다면 외롭지 않을 거예요." 이 말을 입밖에 내놓고 스스로 깜짝 놀랐다. 나는 감정에 따라 충동적으로 행동하는 사람이 아니었지만, 방금은 생각이 무심코 밖으로 튀어나왔다.

브림프턴 부인은 내 말이 흐뭇한 것 같았다. 그리고 내가 앞으로도 외롭지 않게 잘 지냈으면 좋겠다고 말했다. 그녀는 화장실에 관해서 몇 가지 지시했고, 내일 아침 가정부 아그네스가 물품을 보관해둔 곳을 알려줄 거라고 덧붙였다.

"오늘 저녁은 피곤하네. 위층에서 저녁을 먹어야겠어." 브림프턴 부인이 말했다. "아그네스가 식사를 나를 거야. 하틀리 양은 방으로 돌아가서 짐을 풀고 조금 쉬어도 좋아. 나중에 내려와서 옷 벗는 걸 도와줘."

"알겠습니다, 부인." 내가 대답했다. "아마 종을 울려서 저를 부르시겠죠?"

나는 그 순간 부인의 표정이 이상해 보인다고 생각했다.

"아니, 아그네스를 보내서 부를 거야." 부인이 재빨리 대답하더니 책을 다시 집어 들었다.

흠…, 확실히 이상했다. 안주인이 뭔가 필요할 때마다 다른 가정부를 보내서 시녀를 부른다니! 나는 이 집에 하인을 부르는 종이 없는지 궁금했다.

다음날 방마다 종이 하나씩 있다는 사실을 알아챘다. 브림프턴 부인의 방에서 내 방으로 곧장 연결된 특별한 종도 하나 있었다. 종을 발견한 뒤로는 브림프턴 부인이 나를 부르는 방식이 정말로 이상하게 느껴졌다. 부인은 무슨 일이 있을 때마다 종을 울려서 아그네스를 불렀고, 그러면 아그네스는 하인들 거처를 꼬박 걸어서 나를 데리러 왔다.

브림프턴 부인의 집에서 이상한 점은 그뿐만이 아니었다. 도착한 지 이틀째 되던 날 브림프턴 부인을 돌보는 간호사가 없다는 사실을 알았다. 그래서 아그네스에게 전날 오후 복도에서 보았던 여자가 누구인지 물어보았다. 아그네스는 복도에서 아무도 보지 못했다고 대답했다. 내가 망상에 빠져 헛것을 보았다고 생각하는 눈치였다.

물론, 우리가 지나갔던 복도는 무척 어두컴컴했다. 아그네스가 램프를 가져오지 않아서 미안하다고 말했을 정도였다. 하지만 그 여자를 똑똑히 보았다. 다시 마주친다면 분명히 알아볼 수 있을 것이다.

나는 그 여자가 요리사나 다른 하녀의 친구이겠거니 생각했다. 아마 밤에 친구를 만나려고 이곳에 찾아왔을 것이다. 하인들은 이렇게 친구가 방문하는 일을 쉬쉬한다. 하인의 지인이 집에 밤새도록 머무는 것을 몹시 싫어하는 주인들이 있기 때문이다. 어쨌든 더는 묻지 말아야겠다고 마음먹었다.

하루 만에 이상한 일이 또 벌어졌다. 나는 오후에 블라인더 부인과 수다를 떨었다. 첫날에 나를 친절하게 맞아줬던 블라인더 부인은 이 집에서 가장 오래 일한 하인이었다.

그녀는 내게 지낼 만한지, 더 필요한 것은 없는지 물었다. 나는 집도 브림프턴 부인도 모두 만족스럽지만, 이렇게 커다란 집에 부인의 시중을 드는 하녀가 따로 바느질할 수 있는 방이 없다는 게 이상하다고 말했다.

"아니⋯," 그녀가 대답했다. "하나 *있긴 해요*. 지금 하틀리 양이 쓰는 방이 원래 바느질하는 방이었죠."

"어머, 그러면 당시 부인의 시중을 들던 하녀는 어디에서 지냈어요?"

내가 이렇게 되묻자 블라인더 부인이 당황했다. 그러더니 작년에 하인들의 방을 전부 바꾸는 바람에 정확하게 기억나지 않는다고 황급히 덧붙였다.

나는 그 대답이 미심쩍었지만, 아무런 기색도 내비치지 않고 태연하게 말을 이어갔다. "제 방 맞은편에 있는 방이 비어 있더라고요. 그래서 그곳을 바느질 방으로 써도 괜찮을지 브림프턴 부인께 여쭤보려고 해요."

그러자 놀랍게도 블라인더 부인이 새하얗게 질리더니 내 손을 쥐어짜듯 움켜쥐었다. "그러면 안 돼요, 하틀리 양." 그녀는 덜덜 떨었다. "사실대로 말할게요. 그 방은 에마 색슨의 방이었어요. 에마 색슨이 세상을 뜬 후로 브림프턴 부인이 방을 잠가버렸죠."

"에마 색슨이 누군가요?"

"브림프턴 부인을 모셨던 하녀요."

"아주 오랫동안 부인의 시중을 들었다던 그 하녀인 거죠?"

나는 레일턴 부인의 말을 떠올리며 물어보았다.

블라인더 부인이 가만히 고개를 끄덕였다.

"어떤 분이셨는데요?"

"세상에 에마 색슨보다 더 선한 사람은 없을 거예요. 브림프턴 부인은 그녀를 자매처럼 아꼈죠."

"아, 제 말은…, 그분의 외모가 어땠냐는 거예요."

블라인더 부인은 벌떡 일어서더니 나를 빤히 노려봤다. "전 그런 걸 잘 설명하지 못해서요. 빵 반죽이 부풀고 있는 것 같으니 이만 가봐야겠어요." 그녀는 부엌으로 들어가서 문을 쾅 닫았다.

나는 브림프턴 별장에 온 지 거의 일주일 만에 브림프턴 씨를 만났다. 어느 날 오후, 브림프턴 씨가 곧 도착한다는 소식이 전해졌다. 그러자 집안 분위기가 완전히 뒤바뀌었다. 하인 가운데 그 누구도 바깥주인을 좋아하지 않는다는 것은 불 보듯 뻔했다.

브림프턴 씨가 도착한 날 저녁, 블라인더 부인은 식사를 차리는 데 유달리 신경을 썼다. 게다가 평소와는 달리 부엌에서 일하는 하녀에게 사사건건 잔소리를 퍼부어댔다.

나지막한 목소리로 늘 진중하게 이야기하는 집사 웨이스 씨는 꼭 장례식이라도 치르는 것처럼 굴었다. 원래 웨이스 씨는 성경을 유창하게 낭독할 줄 알았고, 상황에 어울리는 훌륭한 성경 구절도 멋들어지게 인용하곤 했다.

하지만 그날 웨이스 씨는 무시무시한 이야기만 끝없이 늘어놓았다. 얼마나 지독했던지 나는 중간에 자리를 박차고 나갈 뻔했다. 그는 그 모든 이야기가 이사야서(기원전 720년경 히브리의 예언자 이사야가 기록으로 남긴 예언서-옮긴이)에 나온다고 장담했다.

나는 브림프턴 씨가 별장을 찾을 때마다 웨이스 씨가 이사야의 예언을 들먹인다는 사실을 눈치챘다.

일곱 시쯤, 아그네스가 나를 브림프턴 부인의 처소로 데려갔다. 가보니 브림프턴 씨가 난롯가에 서 있었다. 그는 체구가 크고 목이 굵은 사내였다. 붉은 얼굴과 대조되는 푸른 눈에서 괄괄한 성미가 드러났다. 자기 스스로 잘생겼다고 생각할, 그리고 그렇게 생각하는 대가로 언젠가 한 번은 크게 혼이 날 법한 젊은 얼간이 부류로 보였다.

내가 들어서자 그가 뒤돌아서 나를 슬쩍 훑어보았다. 나는 그 시선이 무엇을 의미하는지 잘 알았다. 다른 집에서 일하면서도 그런 눈빛을 한두 번 받아본 적이 있었다.

이윽고 그는 내게 등을 돌리고 아내에게 하던 말을 마저 했다. 그 행동이 무슨 의미인지도 알았다. 나는 그가 눈독을 들일 만한 여자가 아니라는 뜻이었다. 장티푸스를 앓고 나니 적어도 한 가지 좋은 점은 있었다. 브림프턴 씨 같은 고용인의 음흉한 손길에서 벗어날 수 있었으니까.

"새로 온 몸종 하틀리 양이에요." 브림프턴 부인이 다정한 목소리로 말했다. 그러자 브림프턴 씨가 고개를 끄덕이고는 계속 말을 이어갔다.

그는 이내 자리를 떴다. 나는 브림프턴 부인이 정찬용 드레스를 입도록 도와주었다. 그런데 부인은 새하얗게 질려 있었고, 한기가 들었는지 피부가 싸늘했다.

브림프턴 씨는 다음 날 아침에 떠났다. 그가 탄 마차가 저 멀리 사라지자 온 집안 식구가 길게 한숨을 내뱉었다.

브림프턴 부인은 활짝 갠 초겨울 아침에 어울리는 모자를 쓰고 모피 코트를 걸친 후 정원을 잠시 거닐었다. 실내로 돌아온 부인의 얼굴은 장밋빛으로 물들어 있었다. 부인은 곧 혈색을 잃고 창백해졌지만, 나는 부인이 젊었을 때 얼마나 아리따웠을지 짐작할 수 있었다.

내 기억에 브림프턴 부인은 산책하던 도중 랜퍼드 씨를 만났고 함께 집으로 돌아왔다. 두 사람은 내 방 창문 아래로 나 있는 테라스를 거닐면서 이야기를 나누고 미소 지었다.

랜퍼드 씨 이야기는 하인들에게 자주 들었지만, 그를 실제로 본 것은 그때가 처음이었다.

그는 마을 끝 집에 사는 이웃이었다. 듣자 하니 그의 집은 브림프턴 별장에서 몇 킬로 뒤에 있는 듯했다. 랜퍼드 씨는 겨울이면 늘 여기 시골로 내려와서 지낸다고 했다. 그래서 브림프턴 부인이 겨울에 말동무로 삼을 사람으로는 그가 거의 유일했다.

그는 키가 약간 컸고, 서른 살 언저리로 보였다. 처음에는 제법 우울한 인상이었지만, 활짝 미소 짓자 사람이 놀라울 정도로 달라 보였다. 그의 미소는 봄이 찾아오고 처음 맞는 따뜻한 날씨 같았다.

랜퍼드 씨도 브림프턴 부인처럼 독서를 무척 좋아한다고 했다. 두 사람은 매일 같이 서로에게서 책을 빌렸다. 웨이스 씨 말로는 겨울 오후에 가끔 랜퍼드 씨가 브림프턴 부인의 크고 어둑한 서재에 앉아 부인에게 한 시간쯤 큰 소리로 책을 읽어 준다고 했다.

하인들 전부 그를 좋아했다. 어쩌면 하인들의 존경은 고용인이 생각하는 것보다 더 큰 영광일 것이다. 랜퍼드 씨는 우리 모두에게 친절하게 말을 건넸다. 우리는 바깥주인이 떠나 있는 동안 저렇게 상냥하고 다정한 신사가 부인의 말동무가 되어주니 참 다행이라며 기뻐했다.

랜퍼드 씨는 브림프턴 씨와도 사이가 아주 좋아 보였다. 나는 서로 하늘과 땅만큼 다른 두 남자가 친하게 어울릴 수 있다는 사실이 믿기지 않았다.

하지만 정말로 지체 높은 사람들은 감정을 마음속 깊이 숨겨둘 수 있다는 사실도 얼마 지나지 않아 깨달았다.

브림프턴 씨는 어쩌다 한 번씩 별장을 방문했지만, 절대로 하루나 이틀 이상 머무르지 않았다. 그는 촌구석에 박혀 있는 별장이 지루하다고 악담을 퍼부었고 사사건건 불평불만을 쏟아냈다. 게다가 술도 지나치게 많이 마셨다. 브림프턴 부인이 식당을 떠나도 그는 계속 앉아서 한밤중까지 오래 묵은 포트와인과 마데이라 와인을 들이켰다.

나는 언젠가 한 번 브림프턴 부인의 잠자리를 준비한 후 평소보다 조금 늦게 내 방으로 돌아가다 계단을 오르는 브림프턴 씨를 보았다. 술에 잔뜩 취한 그 꼴이 얼마나 볼썽사나웠는지 모른다. 저런 남자를 남편으로 두면 그 끔찍한 모습을 견디고 쉬쉬하며 살아가야 한다고 생각하자 속이 메스꺼워졌다.

하인들이 브림프턴 씨를 입에 올리는 일도 거의 없었다. 어쩌다가 그들이 무심코 흘린 말에서 브림프턴 부부의 결혼생활이 처음부터 불행했다는 사실을 짐작할 수 있었다. 브림프턴 씨는 거칠고, 시끄럽고, 쾌락에 탐닉하는 사람이었다.

반대로 브림프턴 부인은 조용하고 내향적이었을 뿐만 아니라 육체적 쾌락에는 별로 관심이 없는 것 같았다.

부인이 남편에게 늘 냉랭한 것은 아니었다. 내가 보기에 브림프턴 부인은 고약한 남편에게 놀라울 정도로 너그러웠다. 감히 말하건대, 브림프턴 씨처럼 거칠 것 없이 자유로운 남자에게 그녀는 약간 새침하고 쌀쌀맞게 보였을 것이다.

몇 주 동안은 아무 일 없이 평온하게 흘러갔다. 브림프턴 부인은 친절했고, 내가 할 일은 그리 많지 않았다. 나는 다른 하인들과도 잘 어울렸다. 불평할 만한 일이라고는 전혀 없었다.

하지만 뭔가가 내 마음을 계속 무겁게 짓눌렀다. 그게 무엇이었는지 모르겠지만, 외딴 시골에서 지내며 느끼는 외로움은 아니었다. 고독한 생활에는 쉽게 익숙해졌기 때문이다. 게다가 여전히 가끔 열이 올라 기력이 별로 없었기 때문에 한적하고 공기 좋은 시골이 오히려 고마웠다. 그렇지만 한순간도 마음이 편했던 적은 없었다.

내가 장티푸스에 걸렸었다는 사실을 안 브림프턴 부인은 나에게 규칙적으로 산책해야 한다고 고집부렸다. 내가 걸을 수 있게 일부러 심부름을 만들어내기도 했다. 마을로 나가서 리본을 한 꾸러미 사서 오라거나, 편지를 부치고 오라거나, 랜퍼드 씨에게 책을 돌려주고 오라는 식이었다.

나는 문밖에 발을 내딛자마자 기운이 솟았다. 심지어 가지만 앙상히 남은 나무들이 빼곡하고 축축한 흙냄새가 일렁이는 숲 속을 산책하는 일을 어느덧 기대하기도 했다.

그런데 브림프턴 별장이 다시 눈에 들어오는 순간, 내 심장은 깊은 우물 속으로 끝도 없이 떨어지는 돌멩이처럼 곤두박질쳤다. 정확히 말해 그 집이 그렇게 우울한 곳은 아니었다. 하지만 집안에 들어서는 순간 왠지 모를 우울감이 나를 덮쳤다.

완연한 겨울이 찾아오자 브림프턴 부인은 밖으로 잘 나가지 않았다. 화창하게 갠 날에만 정오쯤 남쪽 테라스를 한 시간 정도 걷곤 했다.

랜퍼드 씨를 제외하고 별장을 방문하는 손님은 의사가 유일했다. 의사는 일주일에 한 번 D 역에서 마차를 타고 왔다. 그는 내게 한두 번 정도 브림프턴 부인에 관해 사소한 지시 사항을 일러주었다.

의사에게서 부인의 병명을 정확하게 들은 적은 없었지만, 아침에 부인의 얼굴이 밀랍처럼 창백해지는 것을 몇 차례 보고 나서 심장에 문제가 있나 보다 생각했다.

그해 겨울은 그리 혹독하진 않았지만, 건강에는 그다지 좋지 않았다. 1월이 되자 비가 내리는 날이 오래도록 이어졌다. 내게는 1월이 지독한 시련이나 다름없었다. 비 때문에 밖에 나가지 못했기 때문이었다.

온종일 바느질감을 들고 앉아 처마에서 빗물이 뚝, 뚝 떨어지는 소리만 듣고 있으려니 신경이 날카롭게 곤두섰다. 자그마한 소리만 들려도 화들짝 놀라며 벌떡 일어서곤 했다.

어찌 된 일인지 복도 맞은편의 잠긴 방을 생각하면 무언가에 숨이 막히도록 짓눌리는 것 같았다. 지루하게 비가 내리는 밤에 한두 번쯤 그 방에서 소리가 나는 것 같기도 했다. 물론 말도 안 되는 일이었다. 아침 해가 밝아오면 그런 생각은 머릿속에서 씻은 듯이 사라졌다.

그러던 어느 아침, 브림프턴 부인이 시내에 나가서 물건을 좀 사 오라고 분부했다. 그 심부름 덕에 그날 하루를 정말로 기운차게 시작할 수 있었다. 내가 그동안 얼마나 의기소침해 있었는지 알아채지도 못하고 있었다.

나는 무척 들떠서 시내로 출발했다. 사람들로 북적이는 거리와 활기 넘치는 가게들을 보자 이성을 잃을 정도로 신이 났다.

하지만 오후가 되니 소란스럽고 혼란스러운 시내가 피곤해졌다. 고요한 브림프턴 별장이 너무도 그리웠다.

마차를 타고 어둑한 숲속을 지나는 일이 얼마나 즐거울지 한참 상상에 빠져 있는데, 오래 알고 지낸 지인을 우연히 마주쳤다.

예전에 같은 곳에서 함께 일했던 가정부였다. 그 가정부를 몇 년 만에 만나니 너무나 반가워서 잠시 심부름을 제쳐두고 그간의 소식을 모두 들려주었다. 내가 요새는 브림프턴 별장에서 지낸다고 말하자 그녀는 눈알을 굴리고 인상을 썼다.

"뭐! 브림프턴 부인이 일 년 내내 허드슨강 근처 별장에서 지낸다고? 세상에, 하틀리. 거기는 석 달도 못 지낼 곳이야."

"하지만 나는 시골이라도 괜찮아요." 내가 대꾸했다. 나는 그녀의 말투에 어쩐지 기분이 상했다. "열병 때문에 조용한 곳이 좋거든요."

그녀는 고개를 저었다. "시골이라서 문제라는 게 아니야. 브림프턴 부인이 지난 여섯 달 동안 몸종을 네 명이나 들였대. 그 넷 중 마지막은 내가 잘 아는 사람이거든. 그 애가 하는 말이 아무도 그 집에서 버틸 수가 없다잖아."

"그분이 이유도 말했나요?"

"아니. 왜 그런지는 알려주지 않았어. 하지만 이렇게 말했지. '앤지 부인, 알고 지내는 아가씨 중에 그곳으로 가겠다는 사람이 있으면 꼭 알려주세요. 짐을 꾸릴 생각조차 하지 말라고.'"

"그분은 젊고 예뻤어요?" 나는 보나 마나 브림프턴 '씨'가 문제였겠다 싶어서 물어보았다.

"그럴 리가! 대학에서 방탕한 젊은이라도 하나 물어오면 엄마가 당장 약혼시켜 버릴 그런 얼굴이야."

나는 그 가정부가 근거 없는 뜬소문을 이야기한다는 사실을 잘 알았지만, 머릿속에서 그 말을 지울 수가 없었다.

땅거미가 질 무렵 마차를 타고 브림프턴 별장으로 돌아갈 때 내 심장은 그 어느 때보다 더 낮게 가라앉았다. 그 집에 분명히 뭔가가 있었다. 이제야 확신하게 됐지만….

나는 차 마시는 시간을 즐기는 하인들 틈에 끼었다가 브림프턴 씨가 와 있다는 말을 전해 들었다. 또 내가 시내에 나가 있는 동안 집안이 한바탕 뒤집혔다는 사실도 단박에 눈치챘다.

블라인더 부인은 손을 하도 덜덜 떨어서 차를 제대로 따르지도 못했다.

웨이스 씨는 이번에도 지옥 불로 가득한 무시무시한 예언을 인용했다. 나에게 말을 거는 사람은 아무도 없었다. 내가 방으로 돌아가려고 일어서자 블라인더 부인이 따라왔다.

"오, 하틀리 양, 세상에." 블라인더 부인이 내 손을 잡으며 말했다. "우리에게 다시 돌아와 줘서 정말로 기쁘고 고마워요!"

나는 그 말에 깜짝 놀랐다. 누구라도 그랬을 것이다. "어머, 제가 영영 떠났다고 생각하셨어요?"

"아니, 아니, 당연히 아니지만…," 그녀는 조금 당황한 듯 설명했다. "부인 마님을 단 하루라도 홀로 내버려 두는 일을 참을 수가 있어야지." 그녀는 내 손을 더욱더 세게 잡았다. "오, 하틀리 양. 부인 마님께 잘해드려요. 하틀리 양도 하나님을 믿잖아." 블라인더 부인은 이 말만 남기고 허둥지둥 떠나버렸다.

나는 그녀가 떠난 자리만 멍하니 바라보았다.

잠시 후, 아그네스가 찾아와서 브림프턴 부인이 부른다고 전했다. 부인의 방에서 브림프턴 씨의 목소리가 들리기에 나는 침실 옆에 딸린 옷방으로 들어갔다.

부인을 뵙기 전에 정찬용 드레스를 미리 준비해놓을 생각이었다. 널찍한 옷방에는 창문이 하나 있어서 정원으로 트여 있는 현관이 훤히 보였다. 정원 너머로 브림프턴 씨가 사용하는 방도 보였다.

옷방으로 들어가니 침실로 통하는 문이 살짝 열려 있었다.

그 틈으로 브림프턴 씨가 분노에 차서 내뱉는 말소리가 들려왔다. "누가 보면 당신과 대화하기에 어울리는 사람은 딱 그 사람 하나뿐인 줄 알겠어!"

"겨울에는 다른 손님이 별로 없을 뿐이에요." 브림프턴 부인이 나직하게 말했다.

"당신한테는 *내가* 있잖소!" 브림프턴 씨가 비꼬듯 쏘아붙였다.

"당신은 여기에 거의 오지 않잖아요."

"글쎄, 그게 누구 잘못이지? 당신이 이곳을 지하 납골당처럼 즐거운 곳으로 만들잖아!"

나는 브림프턴 부인에게 경고해야겠다는 생각에 손에 잡히는 아무 물건이나 쥐고 덜거덕거리는 소리를 냈다. 그러자 부인이 일어나서 나를 불렀다.

늘 그렇듯이 브림프턴 부부는 식당에서 둘만 따로 식사했다.

나는 웨이스 씨의 말을 들으며 상황이 안 좋게 흘러가리라는 사실을 예감했다. 웨이스 씨는 식사 자리에서 또 섬뜩한 예언을 들먹였다.

그 소름 끼치는 예언 때문에 부엌 하녀가 잔뜩 겁을 집어먹었고, 혼자서는 식은 고기를 아이스박스에 넣어두러 주방에 내려가지 않겠다고 버텼다. 나도 불안해졌다.

나는 브림프턴 부인의 잠자리를 준비하고 나서 블라인더 부인에게 잠시 카드 게임이나 같이 하자고 말할 생각이었지만, 블라인더 부인이 자러 들어가며 방문을 닫는 소리가 들리자 곧장 내방으로 돌아왔다.

다시 비가 내리기 시작했다. 똑, 똑, 똑. 빗방울이 내 머릿속으로 곧장 떨어지는 것 같았다. 잠들지도 못하고 누워서 빗물이 떨어지는 소리를 들었다. 그리고 시내에서 들은 말을 곰곰이 생각했다. 새로 들어온 하녀마다 모조리 떠났다고 하니 머릿속이 혼란스러웠다….

나는 깜빡 잠에 빠졌다가 별안간 시끄러운 소리에 눈을 떴다. 내 방에 있는 종이 울리며 나는 소리였다. 일어나서 앉았다. 처음 듣는 종소리에 두려움이 밀려왔다. 쨍그랑거리는 종소리는 어둠을 가로지르고 울려 퍼지는 것 같았다. 손이 떨려서 성냥을 찾을 수가 없었다.

한참이 지난 후에야 겨우 램프에 불을 붙이고 침대 밖으로 뛰쳐나갔다. 틀림없이 꿈이라고 생각했다. 하지만 벽에 붙은 종을 보니 종을 때리는 작은 공이가 여전히 떨리고 있었다.

급히 옷을 걸치는 그때, 다른 소리가 들렸다. 이번에는 맞은편 잠긴 방의 문이 슬며시 열렸다 닫히는 소리였다. 그 소리는 정말로 또렷하게 들렸다. 나는 너무 놀라 꼼짝도 못 하고 얼어붙었다.

이윽고 건물 본관으로 이어지는 복도를 황급히 달려가는 발소리가 들렸다. 마룻바닥에는 카펫이 깔려 있었기 때문에 발소리는 매우 희미했다. 분명히 여자가 달려가는 소리였다. 등골이 서늘해졌다. 몇 분 동안 숨을 내쉬지도 몸을 움직이지도 못했다. 마침내 나는 정신을 되찾았다.

'앨리스 하틀리!' 마음속으로 생각했다. '누가 방금 막 저 방에서 나와 복도를 달려갔어. 유쾌한 일은 아니지. 하지만 당당히 맞서야 해! 부인 마님이 종을 울려서 널 불렀잖아. 조금 전 그 여자가 갔던 길을 그대로 따라서 부인 마님을 뵈러 가!'

나는 방을 나섰다. 살면서 그렇게 빨리 걸었던 적은 없었을 것이다. 하지만 절대로 복도의 끝에, 브림프턴 부인의 침실에 다다르지 못할 것만 같았다. 가는 길에 아무것도 보거나 듣지 못했다. 온통 깜깜했고, 꼭 무덤 속인 것처럼 적막만 감돌았다.

마침내 브림프턴 부인의 침실 문가에 이르렀을 때는 너무도 고요해서 내가 꿈을 꾸고 있는 게 아닌가 싶었다. 그대로 돌아설까 하다가 두 눈을 질끈 감고, 극심한 공포에 사로잡힌 채 문을 두드렸다.

안에서는 아무런 대답도 없었다. 조금 더 크게 문을 두드렸다. 놀랍게도 브림프턴 씨가 문을 열었다. 그는 나를 보더니 깜짝 놀라 뒤로 물러섰다. 내가 들고 있던 양초 불빛에 비친 그의 붉은 얼굴이 야만스러워 보였다.

"뭐야?" 그가 괴상한 목소리로 말했다. "*세상에, 너희는 도대체 얼마나 많이 있는 거야?*"

그 말을 듣자 발아래 땅이 푹 꺼지는 것 같았다. 브림프턴 씨는 술에 취해 있는 거라고 속으로 생각하며 최대한 자연스럽게 대답했다. "들어가도 될까요? 브림프턴 부인께서 종을 울리셔서요."

"너희 전부 들어가든지! 내 알 바 아니니까." 그가 이렇게 대꾸하더니 나를 밀치고 나갔다. 그는 복도를 걸어서 자기 침실로 갔다. 그의 뒷모습을 지켜보는데 놀랍게도 그는 술에 취하지 않은 것처럼 멀쩡하게 걸었다.

방 안으로 들어가니 브림프턴 부인이 힘없이 누워있었다. 부인은 나를 보자 억지로 미소를 지었다. 그녀는 약을 달라고 손짓하고 나서 아무 말 없이 그대로 있었다. 그리고 눈을 감은 채로 숨을 가쁘게 쉬었다.

별안간 그녀가 공중으로 손을 뻗어 더듬었다. "에마…." 그녀가 들릴 듯 말 듯 한 작은 목소리로 말했다.

"하틀리입니다, 마님." 내가 대답했다. "필요한 게 있으세요?"

부인이 눈을 휘둥그레 뜨더니 깜짝 놀라서 나를 바라봤다.

"내가 꿈을 꾸고 있었나 봐." 부인이 말했다. "가도 좋아, 하틀리. 와줘서 고마워. 이제 한결 괜찮아졌어." 그녀가 고개를 돌렸다.

나는 그날 밤 한숨도 자지 못했다. 마침내 동이 트기 시작했을 때 진심으로 감사했다.

날이 밝고 얼마 후, 아그네스가 와서 브림프턴 부인이 부른다고 전했다. 나는 브림프턴 부인의 상태가 다시 나빠졌을까 봐 걱정스러웠다. 그녀가 아침 아홉 시 이전에 나를 찾는 일은 거의 없었다.

침실로 가보니 브림프턴 부인은 일어나서 침대에 앉아 있었다. 창백하고 초췌해 보였지만, 정신만큼은 또렷해 보였다.

"하틀리." 브림프턴 부인이 나를 보자마자 서둘러 말을 꺼냈다. "지금 당장 옷을 챙겨입고 마을에 좀 다녀오겠어? 이 처방전대로 약을 지어야 해. 그리고 음…," 부인은 갑자기 머뭇거리더니 얼굴을 붉혔다. "남편이 깨어나기 전에 돌아왔으면 해."

"물론입니다, 마님."

"아, 잠깐!" 브림프턴 부인은 문득 무슨 생각이 떠올랐는지 나를 불러세웠다. "약을 짓는 동안 짬이 생길 테니 랜퍼드 씨에게 가서 이 쪽지도 전해줘."

브림프턴 별장에서 마을로 나가려면 3킬로 정도 걸어야 했다. 걸어가는 동안 생각을 정리했다. 우선, 브림프턴 부인이 남편 몰래 약을 지으려고 한다는 사실이 이상했다.

여기에 전날 밤 부인의 침실에서 보았던 장면과 그동안 내가 보고 들은 것, 수상쩍게 여겼던 것들까지 보태서 생각해보니 가여운 브림프턴 부인이 지긋지긋한 생활을 더는 견디지 못하고 극단적인 생각을 품게 된 것은 아닌지 불안했다.

나는 부인이 위험하다는 생각에 사로잡힌 나머지 마을까지 단숨에 달려갔다. 약국의 판매대 앞에 놓인 의자에 털썩 주저앉아 가쁜 숨을 몰아쉬었다. 이제 막 약국 문을 연 친절한 약사가 놀라서 나를 빤히 바라보았다. 나는 그 눈길에 정신을 차렸다.

"리멜 씨." 나는 태연하게 말하려고 애쓰면서 입을 뗐다. "이것 좀 봐주실래요? 이대로 약을 지어도 괜찮을까요?"

약사는 안경을 쓰고 처방전을 꼼꼼히 살펴봤다. "아, 월튼 박사님의 처방전이네요. 무슨 문제라도 있습니까?"

"음…, 그러니까, 위험한 약은 아닌가요?"

"위험하다니, 무슨 말이죠?"

약사가 내 말을 통 이해하지 못하기에 그를 붙들어 흔들고 싶었다.

"제 말은…, 그 약을 너무 많이 먹거나 하면 위험하지 않냐는 거에요. 아, 물론 실수로요."

"오오, 이런, 아닙니다. 이건 그저 석회수일 뿐입니다. 갓난아이에게 한 병을 다 먹인다고 해도 별문제 없지요."

나는 안도의 한숨을 내쉬고 서둘러 랜퍼드 씨의 저택으로 달려갔다. 가는 길에 또 다른 생각이 떠올랐다. 브림프턴 부인이 남편에게 숨기고 싶어 했던 일은 약 조제가 아니라 랜퍼드 씨에게 편지를 보내는 일이었던 걸까?

어째서인지, 브림프턴 부인이 극단적인 선택을 시도하는 것보다 남편 몰래 랜퍼드 씨에게 연락하려 한다는 게 더 충격적이었다. 랜퍼드 씨와 브림프턴 씨는 절친해 보였다. 게다가 브림프턴 부인이 선량한 사람이라는 데에는 추호의 의심도 없었다.

내 목숨을 걸고 맹세할 수도 있었다.

나는 괜히 브림프턴 부인을 의심했다는 사실이 부끄러워졌다. 어젯밤 기이한 사건 때문에 받은 충격이 아직도 가시지 않아 생각이 헛나갔다고 결론지었다. 랜퍼드 씨의 자택에 쪽지를 남기고 바삐 브림프턴 별장으로 돌아왔다. 쪽문으로 슬그머니 들어와서 아무에게도 들키지 않았다. 적어도 그런 것 같았다.

한 시간 후에 브림프턴 부인의 아침 식사를 나르다가 복도에서 브림프턴 씨와 마주쳤다.

"그렇게 일찍 나가서 뭘 한 거지?" 그가 나를 노려보며 물었다.

"일찍 나갔다니요? 절 말씀하시는 건가요?" 내가 벌벌 떨면서 되물었다.

"이런, 이런." 그가 벌컥 성을 내자 이마의 붉은 반점이 불거졌다. "한 시간 전쯤에 숲 밖으로 허둥지둥 빠져나가는 걸 내가 못 봤을 줄 알아?"

나는 천성이 정직한 사람이었지만, 그 순간만큼은 뻔한 거짓말이 튀어나왔다. "아닙니다, 나리. 잘못 보신 겁니다." 나는 그를 똑바로 바라봤다.

그가 어깨를 으쓱하더니 음침한 웃음을 지어 보였다. "내가 어젯밤 술에 취했다고 생각하나 보지?"

"아닙니다, 나리. 그렇게 생각하지 않습니다." 내가 대답했다.

이번에는 진심이었다.

그는 다시 어깨를 으쓱하더니 돌아섰다. "하인들은 날 잘도 아네!" 그가 걸어가면서 투덜거리는 소리가 들렸다.

오후에 바느질감을 들고 앉은 후에야 간밤의 일이 내 마음을 얼마나 심하게 뒤흔들어놓았는지 깨달았다. 그 잠긴 방문 앞을 지날 때마다 온몸이 오들오들 떨렸다.

어젯밤 분명 누군가가 그 방에서 나와 복도를 달려가는 소리를 들었다. 블라인더 부인이나 웨이스 씨에게 이 일을 털어놓을까도 생각해봤다. 오직 그 두 사람만이 이 집에서 벌어지는 일을 눈치채고 있는 것 같았다. 하지만 내가 무슨 이야기를 하든지 그들은 아무것도 모른다고 딱 잡아뗄 듯했다.

입을 꾹 다무는 대신 늘 눈을 부릅뜨고 바싹 신경 쓰는 편이 더 나아 보였다. 그래도 잠긴 방 맞은편에서 또 하룻밤을 보내야 한다고 생각하니 미칠 것만 같았다. 당장 짐을 싸 들고 시내로 가는 가장 이른 기차를 타야겠다는 생각마저 들었다.

하지만 친절한 안주인을 그런 식으로 저버리는 것은 나와 어울리지 않았다.

나는 아무 일도 일어나지 않았던 것처럼 바느질에 집중하려고 애썼다. 그런데 10분도 채 지나지 않아 재봉틀이 망가졌다.

내가 별장에서 손수 찾아낸 그 재봉틀은 제법 좋았지만, 살짝 고장나 있었다.

블라인더 부인은 에마 색슨이 죽은 후로 아무도 그 재봉틀을 사용하지 않았다고 했다. 나는 뭐가 문제인지 이리저리 살펴본 후 재봉틀을 고치려고 만지작거렸다.

그때 아무리 애를 써도 열 수 없었던 서랍이 저절로 열렸다.

서랍 문이 슬쩍 앞으로 밀려 나오면서 사진이 한 장 떨어졌다. 사진을 주워들고 앉아서 물끄러미 바라봤다. 어느 여자의 초상이었다. 당황스러웠다. 분명히 어디선가 본 적 있는 얼굴이었다. 그 여자의 눈에는 나 역시 한때 품었던 호기심이 가득 어려 있었다. 불현듯 복도에서 보았던 창백한 여자가 떠올랐다.

온몸에 소름이 퍼졌다. 벌떡 일어나 밖으로 뛰쳐나갔다. 심장이 거세게 쿵쾅대다 터져버릴 듯했다. 절대로 사진 속 그 여자의 눈길에서 벗어날 수 없을 것만 같았다.

나는 곧장 블라인더 부인에게 갔다. 다짜고짜 방문을 열고 들어가자 낮잠을 자고 있던 블라인더 부인이 소스라치게 놀라며 일어나 앉았다.

"블라인더 부인! 이 사람이 누구죠?" 나는 사진을 내밀며 물었다.

그녀가 눈을 비비고 사진을 바라보았다.

"어머, 에마 색슨이네." 블라인더 부인이 대답했다. "이걸 어디에서 찾았어요?"

나는 한동안 그녀를 빤히 바라보았다. "블라인더 부인…, 저, 이 여자를 봤어요…."

블라인더 부인은 침대 밖으로 나와 거울로 다가갔다. "세상에! 깜빡 잠이 들었나 보네. 앞머리가 엉망이야. 자, 하틀리 양. 실례 좀 할게요. 시계가 네 시를 알리는 소리가 들리네요. 지금 당장 부엌에 가서 브림프턴 씨 저녁상에 올릴 훈제 햄을 준비해야 하거든."

한두 주 정도는 평소와 다름없이 흘러가는 듯했다. 단 한 가지 다른 점이 있다면, 브림프턴 씨가 별장을 떠나지 않고 계속 머무른다는 것이었다.

그러는 동안 랜퍼드 씨는 별장을 한 번도 찾지 않았다. 브림프턴 씨도 요새 랜퍼드 씨가 통 보이지 않는다고 말했다. 그는 어느 오후에 저녁 식사를 들기 전 부인의 방을 찾았다가 그 말을 꺼냈다.

"랜퍼드는 어디에 있지? 일주일 동안이나 코빼기도 비치지 않는데, 내가 있어서 피하는 건가?"

브림프턴 부인이 너무 작은 목소리로 대답하는 바람에 나는 부인의 말을 제대로 듣지 못했다.

"속담에…," 그가 말을 이어갔다. "둘이 만나면 친구가 되고, 셋이 만나면 틀어지는 법이라고 했지. 내가 랜퍼드에게 걸리적거리는 존재라니 안타깝군. 그가 찾아올 수 있게 내가 하루나 이틀 내로 여기를 떠나줘야겠어." 그가 농담을 던지며 웃음을 터뜨렸다.

그런데 바로 다음 날, 랜퍼드 씨가 정말로 찾아왔다. 브림프턴 부부와 랜퍼드 씨의 시중을 들던 하인은 세 사람이 서재에서 차를 마시며 무척 화기애애하게 이야기를 나눴다고 알려줬다. 브림프턴 씨는 랜퍼드 씨가 떠날 때 대문까지 걸어가 배웅했다.

하루하루가 평소처럼 흘러갔고, 하인들도 평소와 마찬가지로 지냈다. 나는 종이 울리던 그날 밤 이후로 결코 예전처럼 생활할 수 없었다. 밤마다 잠을 이루지 못했다. 혹시라도 종이 울릴까 싶어서, 건너편 잠긴 방이 살며시 열릴까 싶어서, 늘 귀를 쫑긋 세웠다. 종은 두 번 다시 울리지 않았고, 복도 건너편에서는 아무런 소리도 들리지 않았다.

그러자 적막이 그 어떤 불가사의한 소리보다 더 두려워지기 시작했다. 누군가 잠긴 문 너머에 웅크리고 앉아 나를 지켜보고 내 소리에 귀를 기울이는 것만 같았다. 나는 하마터면 고함을 칠 뻔했다. '누가 됐건 나와서 정체를 드러내! 어둠 속에 숨어서 날 몰래 감시하지 말라고!'

그렇게까지 불안한데 왜 일을 그만두지 않았는지 궁금한 사람들도 있을 것이다. 한 번은 정말로 일을 그만두려고 했다. 하지만 끝내 마음을 바꿨다. 정확히 무엇 때문이었는지는 잘 모르겠다.

날이 갈수록 나에게 더 의지하는 브림프턴 부인에게 동정심을 느꼈기 때문일 수도 있다. 아니면 새로운 일자리를 찾는 것이 그저 내키지 않았기 때문일 수도 있고, 정확히 표현할 수는 없지만 내 마음을 사로잡은 다른 감정 때문일 수도 있다.

나는 마치 주문에 걸려 넋을 잃은 것처럼 그 집에 머물렀다.

매일 밤이 지독하게 두려웠다. 아침이 되어도 그다지 나아지지 않았지만 떠날 수가 없었다.

무엇보다도 브림프턴 부인의 표정이 마음에 걸렸다. 그날 밤 이후로 브림프턴 부인 역시 예전 같지 않았다. 나는 브림프턴 씨가 떠나면 그녀가 다시 활기를 찾으리라 생각했다. 실제로 브림프턴 씨가 떠나자 부인은 편안해 보였지만, 지친 몸과 마음은 예전의 생기를 조금도 되찾지 못했다.

그녀는 갈수록 나에게 집착했고, 언제든 나를 곁에 두려고 했다. 아그네스는 에마 색슨이 세상을 뜬 후로 브림프턴 부인이 정을 준 하녀는 내가 유일하다고 했다. 그 말을 듣자 가여운 브림프턴 부인을 향한 따뜻한 연민이 솟았다. 하지만 내가 그녀를 도울 수 있는 길은 거의 없었다.

브림프턴 씨가 별장을 떠나니 랜퍼드 씨도 다시 찾아오기 시작했다. 이전처럼 자주 오지는 않았지만, 나는 한두 번쯤 별장의 정원이나 마을에서 랜퍼드 씨와 마주쳤다. 그럴 때마다 어쩐지 그도 달라졌다는 생각을 지울 수가 없었다. 하지만 내가 헛된 몽상에 빠졌다고 생각하고 넘겼다.

몇 주가 흘렀다. 브림프턴 씨가 떠난 지도 벌써 한 달이 지났다. 그가 친구와 함께 서인도 제도에서 항해 중이라는 소식이 들려왔다. 웨이스 씨는 그곳이 아주 먼 곳이라고 설명했다.

그러면서 비둘기의 날개가 있어서 지구 맨 끝까지 날아간다고 하더라도 전능하신 신의 손길에서 벗어날 순 없는 법이라고 덧붙였다.

그러자 아그네스는 브림프턴 씨가 별장을 비우기만 한다면 전능하신 신이 더 잘 보살펴주실 거라고 대꾸했다. 그 말에 블라인더 부인은 짐짓 충격받은 듯한 표정을 지으려고 애썼지만, 모두가 한바탕 웃음을 터뜨렸다.

웨이스 씨는 곰처럼 사납고 가혹한 하나님의 심판이 우리에게 닥칠 것이라고 응수했다.

우리는 서인도 제도가 아주 멀리 떨어진 곳이라는 말을 듣고 기뻐했다. 웨이스 씨가 근엄한 표정을 짓기는 했지만, 그날 우리 모두 몹시 즐겁게 저녁을 먹었다. 그때 내 기분이 좋아서 그렇게 느꼈는지도 모르겠지만, 브림프턴 부인도 한결 활기차 보였다.

브림프턴 부인은 아침에 정원을 거닐었다. 점심 식사를 마치고 나서는 방에 편안하게 누웠고, 내가 큰소리로 책을 읽어드렸다. 부인이 물러가도 좋다고 하자 나는 꽤 명랑하고 행복한 기분으로 자리를 떴다. 심지어 몇 주 만에 처음으로 아무 생각 없이 잠긴 문 앞을 지날 수 있었다.

내 방에 앉아서 창밖을 내다보니 눈송이가 조금씩 떨어지고 있었다. 빗줄기가 끝도 없이 이어지는 광경보다 눈발이 흩날리는 경치가 훨씬 더 보기 좋았다. 나뭇가지만 앙상한 정원에 새하얀 눈이 덮이면 얼마나 아름다울지 상상했다. 눈송이가 집안의 황량함마저 모두 가려줄 것 같았다.

그렇게 공상에 푹 빠져 있는데 누가 내 방으로 다가오는 소리가 들렸다. 나는 아그네스인 줄 알고 쳐다봤다.

"아그네스! 저것 좀…." 나는 말을 끝내지 못했다. 혀가 얼어서 굳어버렸다. 문가에 서 있는 사람은 에마 색슨이었다.

에마 색슨이 거기에 얼마나 오랫동안 서 있었는지 모르겠다.

내가 손가락 하나 까딱할 수 없었고, 에마 색슨에게서 눈을 뗄 수도 없었다는 것만 기억난다. 심장이 덜컥 내려앉을 정도로 놀랐지만, 두렵지는 않았다. 그때 내가 느낀 감정은 공포보다 더 깊고 차분한 것이었다.

에마 색슨은 나를 하염없이 바라봤다. 나에게 무언가 말없이 간청하는 듯한 표정이었다. 하지만 내가 어떻게 그녀를 도와줄 수 있을까?

갑자기 그녀가 몸을 돌려 나갔다. 복도를 걸어가는 소리가 들렸다. 이번에는 복도로 나가는 일이 무섭지 않았다. 그녀가 무엇을 원하는지 반드시 알아내야 할 것 같았다.

나도 벌떡 일어나 방 밖으로 달려 나갔다. 에마 색슨은 복도 끝에 있었다. 나는 그녀가 브림프턴 부인의 방으로 향할 줄 알았다. 그런데 그녀는 하인들이 사용하는 뒤편 계단으로 통하는 문을 밀어서 열었다.

그녀를 뒤따라 계단을 내려가 뒷문으로 이어지는 복도를 지났다. 그때 부엌과 홀은 텅 비어 있었다. 하인 한 명만 식료품 저장실에 있었을 뿐, 다른 사람은 모두 쉬러 가고 없었다.

에마 색슨은 뒷문 앞에 가만히 서서 나를 바라보았다. 그러더니 문을 열고 밖으로 걸어 나갔다. 나는 잠시 망설였다.

도대체 나를 어디로 데려가려는 걸까? 그녀가 나가고 문이 스르르 닫혔다.

나는 다시 문을 열고 바깥을 내다보았다. 마음 한편으로는 그녀가 사라지고 없기를 바랐다. 에마 색슨은 몇 미터 앞에서 정원을 가로지르고 있었다. 흩날리는 눈 속에서 숲속 오솔길을 향해 달려가는 그녀의 검은 뒷모습이 쓸쓸해 보였다.

나는 용기가 나지 않아 그대로 뒤돌아가려고 했다. 하지만 에마 색슨을 버리고 달아나려니 마음이 내키지 않았다. 그때 복도에서 블라인더 부인의 낡은 숄이 언뜻 보였다. 나는 바깥으로 뛰어나갔다.

에마 색슨은 오솔길로 접어들었다. 그녀는 쉬지 않고 부지런히 발을 놀렸다. 나도 그녀의 속도에 맞춰 걸었다. 우리는 대문을 통과해서 큰길로 나갔다. 에마 색슨은 마을로 이어지는 탁 트인 들판으로 들어섰다. 온 들판이 눈으로 덮여 하얗게 변했다.

풀이 시들어 흙바닥이 드러난 언덕의 비탈을 앞장서 오르는 그녀를 바라보는데, 눈 덮인 땅에 그녀의 발자국이 찍히지 않았다.

심장이 마구 요동쳤고 오금이 저렸다. 이유는 잘 모르겠지만, 바깥으로 나오니 괜히 더 두려워졌다. 그녀 때문에 시골 풍경이 황량한 무덤처럼 보였다. 그 무덤 같은 곳에서 도움 청할 사람 하나 없이 우리 둘뿐이었다.

나는 또다시 돌아가려고 했다. 그러자 에마 색슨이 돌아서 나를 바라봤다. 꼭 그녀가 나를 밧줄로 칭칭 동여매서 끌고 가는 느낌이었다. 나는 체념하고 고분고분 뒤따랐다.

마을이 나타나자 그녀는 성큼 안으로 들어섰다. 교회와 대장간을 지나치더니 랜퍼드 씨의 집으로 향하는 길을 따라 걸었다. 랜퍼드 씨의 집은 길가에 가까이 붙어 있었다. 회양목 울타리 사이로 평평하고 넓은 돌을 깐 길이 단순한 구식 건물의 현관문까지 뻗어 있었다.

길에는 아무도 없었다. 내가 대문 안으로 들어가려고 하자 에마 색슨은 대문 옆 느릅나무 아래에 가만히 섰다. 다시 공포가 덮쳐왔다. 랜퍼드 씨의 집이 에마 색슨의 목적지였다. 그리고 이제는 내가 행동에 나설 차례였다.

나는 브림프턴 별장에서 이곳으로 오는 내내 에마 색슨이 내게 뭘 원하는지 고민해보았지만, 제대로 생각을 정리하지도 못하고 그저 홀린 듯이 그녀 뒤를 따랐다. 그녀가 랜퍼드 씨 집 대문가에 멈추는 모습을 보고 나서야 정신이 다시 맑아졌다.

나는 잠시 눈 속에 그대로 서 있었다. 심장이 너무 세차게 뛰어 숨이 막힐 지경이었다. 발이 땅에 얼어붙어 움직이지 않는 것 같았다. 에마 색슨은 느릅나무 아래에 서서 나를 지켜보았다.

그녀가 아무 이유도 없이 나를 이곳까지 데려온 것은 아니라는 사실은 잘 알았다. 내가 랜퍼드 씨에게 가서 뭔가 말하거나 행동해야 한다는 것도 충분히 짐작할 수 있었다.

내가 뭘 해야 하는지 어떻게 알아내야 할까?

나는 브림프턴 부인이나 랜퍼드 씨를 단 한 번도 나쁘게 생각하지 않았다. 하지만 무슨 이유로든 끔찍한 일이 그들을 괴롭히고 있다는 사실만큼은 확신할 수 있었다. 에마 색슨은 그 일이 무엇인지 알았다. 할 수만 있다면 내게도 알려줬을 것이다. 내가 무엇을 물어보든 대답해줬을지도 모른다. 하지만 에마 색슨과 대화를 나눈다고 생각하니 기절할 것 같았다.

용기를 내서 랜퍼드 씨의 집 쪽으로 몇 걸음 힘겹게 걸어갔다. 그때 현관문이 열리는 소리가 들렸다. 랜퍼드 씨가 나오고 있었다. 랜퍼드 씨의 잘생긴 얼굴에는 생기가 감돌고 있었다.

오늘 아침 브림프턴 부인이 그랬던 것처럼 그도 활기차 보였다. 그를 보자 얼어붙었던 피가 다시 돌기 시작했다.

"아니, 하틀리 양." 그가 나를 보고 말을 걸었다. "어쩐 일입니까? 조금 전에 하틀리 양이 집으로 다가오는 걸 보고 나오는 참입니다. 눈 속에서 꼼짝하지 않고 서 있던데요." 그가 내 앞에 멈춰 서서 나를 물끄러미 바라보았다. "뭐라도 찾고 있나요?"

나는 고개를 돌려 느릅나무를 쳐다봤다. 랜퍼드 씨도 나를 따라 느릅나무 쪽을 보았다. 나무 아래에 아무도 없었다. 집 근처 길도 텅 비어 있었다.

눈앞이 깜깜해졌다. 에마 색슨이 무엇을 바라는지 짐작조차 하지 못했는데 그녀는 사라지고 없었다.

나를 꿰뚫을 듯했던 그 마지막 시선에서 아무것도 읽어내지 못했는데!

그녀가 느릅나무 아래서 나를 지켜보기만 했을 때보다 더 절망적이었다. 그녀는 내가 결코 알아낼 수 없는 비밀을 품은 채 날 두고 떠나버렸다. 눈송이가 나를 감싸고 빙글빙글 돌았고,

땅이 점점 꺼지기 시작했다….

랜퍼드 씨가 나를 집안으로 데려가 난롯가에 앉히고 브랜디를 가져다줬다. 그 온기에 정신이 돌아왔다. 나는 당장 브림프턴 별장으로 돌아가겠다고 고집을 부렸다.

벌써 날이 저물고 있었고, 브림프턴 부인이 나를 찾을지도 모른다는 생각에 걱정스러웠다. 랜퍼드 씨에게는 집 밖을 나와 산책하던 중 하필 이 집 대문을 지날 때 현기증을 느꼈다고 설명했다. 완전히 틀린 말은 아니었지만, 꼭 거짓말하는 기분이 들었다.

집으로 돌아와 브림프턴 부인이 정찬용 드레스를 입도록 도와드렸다. 부인은 창백한 내 안색을 보더니 무슨 일이냐고 물었다. 나는 두통이 있다고 둘러댔다. 그러자 부인은 오늘 저녁에 더는 부르지 않을 테니 얼른 방으로 돌아가서 잠을 청하라고 말했다.

나는 제대로 서 있지도 못했다. 하지만 절대 내 방에서 홀로 밤을 보내고 싶지는 않았다. 버틸 수 있을 때까지 하인들 거처의 홀 계단에 앉아 있었지만, 아홉 시쯤 위층으로 기어가다시피 올라갔다.

녹초가 된 탓에 침대에 누우면 무슨 일이 벌어질지 걱정할 여유 따위도 없었다. 얼마 후 다른 하인들도 잠자리에 들었다. 브림프턴 씨가 별장에 없는 날이면 다들 일찍 자고 일찍 일어났다. 열 시도 채 못 되어서 블라인더 부인의 방문이 닫히는 소리가 들렸고, 이윽고 웨이스 씨의 방문도 닫혔다.

그날 밤은 몹시 고요했다. 눈으로 덮인 바깥에서는 바람 한 점 불지 않았다. 침대로 들어가자 한결 편안했다. 가만히 누운 채로 어둠에 휩싸인 집에서 이상한 소음이 들리지는 않는지 집중했다.

아래층에서 문이 열리고 닫히는 소리가 난 것 같았다. 정원으로 통하는 유리문인 듯했다. 일어나 앉아 창밖을 빤히 바라봤다. 달빛마저 비치지 않아 유리창을 때리는 눈발 말고는 아무것도 보이지 않았다.

다시 누웠다. 나도 모르게 깜빡 잠이 들었다가 난데없이 귀청이 떨어질 듯한 종소리가 울려 벌떡 일어났다. 정신을 차릴 새도 없이 침대 밖으로 튀어 나가 허겁지겁 옷을 집어 들었다.

'이제 그 일이 벌어지려는 거야.' 나는 무슨 말인지도 모르고 속으로 중얼거렸다.

손이 끈적끈적한 풀로 뒤범벅됐는지 제대로 움직이지 않았다. 영영 옷을 입지 못할 것만 같았다. 마침내 방문을 열고 촛불에 의지해 복도를 살펴봤다. 이상한 것은 전혀 보이지 않았다.

숨을 죽이고 방 밖으로 나갔다. 집 중앙 홀로 통하는 문을 열자 계단 꼭대기에 에마 색슨이 서 있었다. 그녀는 무시무시한 얼굴로 어둠 속을 뚫어지도록 쳐다보고 있었다.

나는 잠시 그 자리에 얼어붙었다. 문고리가 손에서 미끄러져 나갔고 문이 스르르 밀려서 닫혔다. 에마 색슨이 사라졌다.

그 순간, 아래층에서 다른 소리가 들렸다. 무언가가 비밀스럽게 움직이는 소리였다. 현관 열쇠를 문에 꽂아 넣고 슬며시 돌리는 소리 같았다. 나는 브림프턴 부인의 침실로 달려가 문을 두드렸다.

아무 대답이 없었다. 다시 문을 두드렸다. 방안에서 누군가 움직이는 소리가 들렸다. 빗장이 풀리고 브림프턴 부인이 문을 열었다. 놀랍게도 브림프턴 부인은 잠옷 차림이 *아니었다*. 그녀는 나를 보고 소스라치게 놀랐다.

"무슨 일이야, 하틀리?" 그녀가 속삭였다. "아픈 거 아니었어? 이 시간에 여기서 뭐 하는 거야?"

"전 괜찮습니다, 마님. 종이 울려서요."

내 말에 브림프턴 부인의 낯빛이 창백하게 변했다. 그녀는 당장에라도 쓰러질 것 같았다.

"잘못 들었겠지." 그녀가 매몰차게 말했다. "나는 종을 울리지 않았어. 하틀리가 꿈을 꾼 거야." 그렇게 냉정한 말투는 처음이었다. "다시 자러 가도록 해." 그녀가 문을 닫으려고 했다.

그때 다시 아래층 홀에서 소리가 났다. 이번에는 남자의 발걸음 소리였다. 나도 모르게 입에서 말이 튀어나왔다.

"마님." 나는 부인을 방안으로 밀고 들어가면서 말했다. "집안에 누가 있어요!"

"누가 있다고?"

"브림프턴 씨인 것 같습니다. 아래층에서 발소리를 들었어요."

브림프턴 부인의 얼굴이 공포로 일그러졌다. 부인은 아무 대답도 하지 않더니 내 발치에 풀썩 쓰러졌다. 무릎을 꿇고 앉아 부인을 일으키려 애썼다. 부인의 숨소리로 미루어보아 단순히 기절한 것은 아닌 듯싶었다.

부인의 머리를 떠받치고 있는데 계단을 급히 올라와 복도를 가로지르는 소리가 들렸다. 이윽고 문이 확 열렸다. 문가에 나타난 사람은 브림프턴 씨였다. 그가 입은 여행복에서 눈송이가 후두두 떨어졌다. 그는 내가 브림프턴 부인 곁에 무릎을 꿇은 모습을 보고 화들짝 놀라 뒷걸음질 쳤다.

"도대체 이게 무슨 꼴이야!" 그가 고함쳤다. 그의 낯빛은 평소만큼 벌겋게 달아올라 있지 않았지만, 이마에는 붉은 반점이 불거져 있었다.

"브림프턴 부인께서 기절하셨어요, 나리."

그는 히죽히죽 웃으며 방안으로 들어왔다. "형편이 더 좋을 때를 고르지 못하고 하필 지금 기절하다니 안타깝군. 잠시 실례하겠네."

나는 그의 반응에 어처구니가 없어서 일어섰다. "나리, 제정신이신가요? 뭐 하시는 겁니까?"

"*친구*를 만나려는 거야." 그는 옷방으로 가려 했다.

그때 심장이 쿵 하고 내려앉았다. 그때 내가 무슨 생각이었는지, 왜 겁이 났는지 아직도 잘 모르겠다. 나는 그에게 와락 달려들어 소맷부리를 잡고 늘어졌다.

"나리, 나리! 제발 마님 좀 살펴보세요!"

그는 나를 거칠게 밀쳤다.

"저리가!" 그는 옷방 문고리를 붙잡았다.

그 순간, 옷방 안에서 희미한 소리가 울리는 것을 들었다.

정말로 작은 소리였지만, 브림프턴 씨도 분명히 들었다. 그가 벌컥 문을 열자마자 뒤로 물러섰다. 문가에는 에마 색슨이 서 있었다. 에마 색슨 뒤로는 칠흑 같은 어둠만 펼쳐져 있었다. 나도 브림프턴 씨도 그녀를 똑똑히 보았다.

그는 에마 색슨에게 얼굴을 들키지 않으려는 듯 두 손으로 얼굴을 감싸 쥐었다. 내가 다시 에마 색슨 쪽을 바라보자 그녀는 사라지고 없었다.

브림프턴 씨는 온몸에서 힘이 다 빠져나가기라도 한 듯 미동도 없이 서 있었다.

그렇게 한참 정적이 흐르던 중, 갑자기 브림프턴 부인이 몸을 일으키더니 눈을 부릅뜨고 남편을 뚫어지도록 바라봤다. 그러더니 그녀는 다시 픽 쓰러졌다. 나는 죽음이 그녀 위로 날개를 퍼덕이며 날아가는 광경을 보았다.

브림프턴 부인이 눈을 감은 지 사흘째 되던 날, 우리는 그녀를 땅에 묻었다. 그날 눈보라가 몰아쳤다. 교회에서 열린 장례식에 참석한 사람은 거의 없었다. 날씨가 하도 험한 탓에 시내에서 조문객이 오지 못했다. 게다가 브림프턴 부인에게는 절친한 친구가 많지 않았다.

랜퍼드 씨는 장례식이 거의 다 끝나갈 무렵 도착했다. 브림프턴 부인의 관을 교회 밖으로 들고 나가기 직전이었다. 랜퍼드 씨는 검은 옷을 차려입고 와서 가족의 친구인 것처럼 행동했다. 그가 그렇게 창백한 모습은 처음이었다.

나는 랜퍼드 씨가 지팡이에 슬쩍 힘을 실어서 *절뚝거리며* 걷는다는 사실을 눈치챘다.

브림프턴 씨도 그 모습을 본 것 같았다. 그의 이마에서 붉은 반점이 유달리 선명하게 불거졌기 때문이다. 장례식 내내 브림프턴 씨는 기도문을 읊는 대신 건너편에 앉아 있는 랜퍼드 씨만 빤히 쳐다보고 있었다.

장례 미사가 모두 끝나자 우리는 묘지로 나갔다. 랜퍼드 씨는 이미 떠나고 없었다. 브림프턴 씨는 가여운 부인의 시신이 묻히자마자 묘지 입구에 세워둔 마차에 올라타더니 말 한마디 남기지 않고 떠나버렸다.

나는 그가 "역으로."라고 말하는 것을 들었다. 그렇게 우리 하인들끼리만 별장으로 돌아갔다.

3화 귀향길

그녀는 침대에 누워서 천장에 드리워진 그림자를 가만히 응시했다. 머릿속에서 바퀴가 미친 듯이 질주했다. 그녀를 태운 기차는 잠 못 이루는 또렷한 정신의 순환 도로로 멀리 더 멀리 나아갔다.

침대칸은 이미 밤의 적막 속으로 깊이 가라앉아 있었다. 그녀는 빗물에 젖은 유리창 너머로 멀찍이 퍼져나가는 어둠과 이따금 난데없이 나타나는 불빛을 바라보았다. 가끔은 고개를 돌려 벌어진 커튼 틈 사이로 통로 건너편 남편의 객실 커튼을 쳐다보곤 했다.

그녀의 머릿속에 똑같은 질문이 끈질기게 떠올랐다. 만약 남편이 뭔가를 찾으려 그녀를 부른다면, 그녀가 남편의 목소리를 들을 수 있을까?

지난 몇 달 동안 그의 목소리가 갈수록 약하게 줄어들었다.

그녀가 남편의 목소리를 듣지 못할 때마다 그는 짜증을 냈다. 이 짜증, 갈수록 늘어나는 유치한 심술은 변해버린 두 사람의 관계를 보여주는 듯했다.

그 변화는 너무도 은근해서 감지하기 어려웠지만, 두 사람은 이미 소원해져 있었다. 그녀와 남편은 유리창을 사이에 두고 서로를 바라보는 것 같았다. 손만 뻗으면 닿을 듯이 아주 가까이 있었지만, 서로의 목소리를 들을 수 없었고 서로의 존재도 느낄 수 없었다. 두 사람 사이에서는 그 어떤 것도 흐르지 않았다. 그녀는 남편과 멀어졌다고 느꼈다.

남편이 목소리를 제대로 내지 못하고 짜증스러운 표정을 지을 때마다 그의 얼굴에서 두 사람이 서먹해졌다는 사실을 읽었다. 틀림없이 그녀의 잘못이었다. 남편과 달리 그녀는 너무도 건강해서 혼자 병에 걸리지 않았다.

그녀는 남편의 불합리한 주장에 물들어 순순히 자기 자신을 탓했다. 심지어 제멋대로 포악하게 구는 남편에게도 뭔가 이유나 의도가 있으리라 어렴풋하게 생각했다. 그녀는 이렇게 갑작스러운 변화를 받아들일 준비가 돼 있지 않았다.

한 해 전만 해도 두 사람의 심장은 같은 박자로 힘차게 뛰었다. 두 사람 모두 미래가 영원토록 충만하리라고 굳게 믿었다.

그러나 이제 두 사람은 함께 나아갈 기력을 모두 잃었다. 그런데도 그녀는 여전히 활기차게 인생의 앞날을 향해, 희망과 생기로 가득한 미지의 세계를 향해 나아가고 있었다. 애석하게 그는 멀리 뒤처졌고, 그녀를 앞지르고자 몸부림쳤지만 아무 소용 없었다.

결혼할 당시 그녀는 인생에 허덕이며 힘겹게 살아가고 있었다. 그녀의 일상은 무미건조했다. 허옇게 회반죽을 칠한 교실에서 고집불통 아이들에게 억지로 시시한 내용을 가르치는 것 말고는 아무 일도 없었다.

그때 그가 나타났다. 그는 영영 변하지 않을 것 같은 상황을 바꾸어 놓았고, 그녀의 인생을 활짝 열어 놓았다. 그녀는 남편 덕분에 희박한 가능성마저 품을 수 있었다. 그러다 그녀 앞에 펼쳐져 있던 지평선이 어느 사이엔가 좁아졌다. 인생이 그녀를 가로막았다. 그녀는 단 한 번도 날개를 활짝 펼칠 수 없었다.

처음에 의사들은 여섯 주 정도 신선한 공기를 마시며 쉬면 남편의 목 상태가 괜찮아질 것이라고 말했다. 의사의 조언대로 요양해봤지만, 그는 나아지지 않았다.

그러자 이번에는 건조한 기후에서 겨울을 나야 한다는 처방을 받았다. 두 사람은 아름답게 꾸민 신혼집을 포기했다. 결혼 선물과 새로 산 가구를 고스란히 창고에 모셔두고 콜로라도로 떠났다.

그녀는 콜로라도에 도착한 순간부터 그곳이 싫어졌다. 콜로라도에는 아는 사람도 다정하게 신경 써주는 사람도 없었다. 그녀가 손수 만든 훌륭한 성냥을 보며 칭찬하는 사람도 없었고, 볼 때마다 뿌듯해서 탄성이 나오는 새 드레스와 명함을 부러워하는 사람도 없었다.

게다가 남편의 목 상태는 나빠져만 갔다. 똑바로 마주 보며 싸우지 않고 슬슬 피해 다니기만 하면서 쉴 새 없이 괴롭히는 문제에 시달리는 기분이었다.

물론 그녀는 여전히 남편을 사랑했다. 남편은 조금씩 다른 사람으로 변해갔다. 말로 표현하기는 어렵지만, 예전과 같은 사람이 아니었다. 그녀가 결혼한 남자는 강인하고 활동적이었으며, 오만하고 당당한 태도가 밉지 않았다. 그는 인생의 방해를 물리치고 자기만의 길을 개척해 나아가는 데서 기쁨을 느끼는 남자였다.

이제 보호자 역할을 맡은 사람은 그녀였다. 그는 보호받아야 할 사람, 하늘이 무너져 내리는 와중에도 사탕을 받아야 직성이 풀리는 어린아이였다. 그녀는 병실에서 지켜야 하는 틀에 박힌 일과도 혼란스럽게 느꼈다. 시간에 맞춰 약을 투여하는 일은 이해할 수 없는 종교의식처럼 무의미해 보였다.

남편의 상태에 본능적으로 분노를 느끼다가도 따뜻한 연민이 솟구쳐 화를 모두 잠재우는 순간이 없지는 않았다. 기력을 잃은 남편과 서로를 어루만질 때면, 남편의 눈에서 옛날의 그 모습과 눈빛을 발견할 때면, 어느새 화가 스르르 풀렸다.

하지만 그런 순간은 갈수록 드물어졌다. 가끔 그녀는 남편을 보고 소스라치게 놀랐다. 아무런 표정도 없는 퀭한 그 얼굴이 너무도 낯설었다. 목소리는 다 쉬어서 제대로 나오지도 않았다.

얇은 입술로 짓는 미소는 근육이 외부 자극으로 수축한 것에 지나지 않았다. 한때 남자다운 건강미를 자랑했던 거친 피부도 축축하고 부드럽게 변해 있었다. 그녀는 이제 남편을 쓰다듬지 않았다.

그녀는 자신이 기이한 동물을 관찰하듯 은밀하게 남편을 관찰한다는 사실을 깨달았다. 사랑하는 남자를 그런 시선으로 바라본다는 사실이 충격적이고 섬뜩했다. 고통스러운 고민거리를 남편에게 솔직히 털어놓으면 공포에서 벗어날 수 있을 것처럼 느꼈던 때도 있었다.

하지만 그녀는 대체로 자신의 태도를 대수롭지 않게 생각하고 넘겼다. 남편과 단둘이서만 지낸 지 너무 오래됐기 때문에 두렵고 불쾌한 감정이 드는 것뿐이라고 생각했다. 집으로 다시 돌아가서 활기차고 낙천적인 가족을 만나면 달라지리라고 믿었다.

의사가 마침내 집으로 돌아가도 좋다고 허락했을 때 얼마나 기뻤던지! 물론 그녀는 의사의 허락이 무슨 의미인지 알았다.

남편도 알았다. 집으로 돌아간다는 것은 그가 가망이 없어 곧 죽는다는 뜻이었다. 그들은 장밋빛 희망으로 진실을 가려두고 못 본 체했다. 때로는 고향으로 떠날 채비를 한다는 기쁨에 겨워 진실을 망각했다. 그녀는 귀향의 목적을 정말로 잊어버렸고, 환상에 빠져 열심히 다음 해 계획을 짰다.

드디어 고향으로 떠나는 날이 다가왔다. 그녀는 콜로라도에서 벗어나지 못할까 봐, 마지막 순간에 남편이 어떤 식으로든 자신의 기대를 꺾어버릴까 봐, 의사들이 늘 그렇듯이 말을 바꾸고 병원에 붙잡아둘까 봐, 지독한 두려움에 떨었다. 하지만 아무 일도 일어나지 않았다.

두 사람은 자동차를 타고 기차역으로 갔다. 그는 등 뒤에 쿠션을 받치고 무릎에 담요를 덮은 채 앉아 있었다. 그녀는 차창 밖으로 몸을 내밀어 안면을 튼 사람들에게 작별 인사를 건넸다. 그녀는 콜로라도에서 알고 지낸 사람들을 진심으로 좋아하지 않았기 때문에 작별 인사를 할 때도 아쉬운 마음이 전혀 들지 않았다.

병원을 떠난 후 첫 24시간은 순조롭게 흘러갔다. 남편은 활기를 조금 되찾았다. 창문 밖을 바라보거나 열차 안에서 벌어지는 우스꽝스러운 광경을 보며 즐거워했다.

이틀날이 되자 피곤해진 그는 주근깨 가득한 소녀가 껌을 씹으며 자기를 무표정하게 빤히 쳐다본다고 짜증을 내기 시작했다. 그녀는 소녀의 어머니를 찾아가 남편의 건강이 몹시 안 좋으니 아이가 성가시게 굴지 않도록 주의해달라고 부탁해야 했다. 그러자 소녀의 어머니는 격분해서 맞받아쳤다. 열차 승객들 모두 어머니의 모성애를 편들어주며 그녀에게 드러내놓고 불쾌한 감정을 내비쳤다.

그날 밤 남편은 제대로 잠을 이루지 못했고, 다음 날 아침 그녀에게 고약한 성질을 부렸다. 그녀는 남편의 상태가 나빠지고 있다고 확신했다. 하루가 더디게 흘렀다. 여행할 때면 곧잘 벌어지는 사소하지만 성가신 일들이 간간이 이어졌다.

그녀는 피로에 지친 남편의 얼굴을 바라보았다. 기차가 느닷없이 요란하게 덜컹거릴 때마다 남편의 얼굴이 움찔했다. 그럴 때마다 그녀 역시 남편의 피로를 함께 느끼며 온몸을 떨었다.

다른 승객들도 남편을 관찰하는 듯했다.

그녀는 일어서서 남편과 호기심에 가득 찬 눈길들 사이를 쉼 없이 서성였다. 주근깨가 난 소녀는 파리처럼 남편 주위를 어슬렁거렸다. 사탕이나 그림책을 쥐여줘도 제자리로 돌아가지 않았다. 아이는 다리를 꼬고 서서 태연하게 남편을 바라봤다.

지나가던 승무원이 어떻게든 남편을 도와주겠다고 제안하면서도 왜인지 꾸물거렸다. '뭔가 도와줘야 한다.'라는 의무감에 사로잡힌 박애심 넘치는 승객들이 한마디라도 한 모양이었다.

테두리 없는 베레모를 쓴 신경질적인 남자 한 명은 환자를 돌보는 부인의 건강이 염려된다면서 다른 승객들에게 다 들리도록 혼잣말했다.

지루하고 무료한 시간이 길게 늘어졌다. 황혼 무렵, 그녀는 남편 곁에 앉았다. 별안간 그가 그녀의 손을 잡았다. 그녀는 남편의 손길에 화들짝 놀랐다. 남편이 아주 멀리서 그녀를 부르는 듯 보였다. 그녀가 남편을 맥없이 바라보았다. 남편의 미소가 마치 격심한 통증처럼 그녀를 파고들었다.

"많이 피곤해요?" 그녀가 물었다.

"아니, 심각하진 않아…."

"이제 곧 도착할 거예요."

"그래, 곧…."

"내일 이 시간이면…."

그가 고개를 끄덕였고, 둘은 말없이 앉아 있었다. 시간이 얼마쯤 흐르고, 그녀는 남편을 침대에 눕힌 후 자기 침대로 기어들어 갔다.

내일이면 뉴욕에 도착한다고 생각하며 힘을 내려고 애썼다.

가족과 친구들 모두 기차역에 나와 그녀를 맞아줄 것이다.

붐비는 군중 사이를 헤치고 나와 아무 걱정 없이 미소 지을 그들의 얼굴을 상상했다. 남편에게 아주 건강해 보인다고, 금방 회복할 거라고 너무 시끌벅적하게 인사하지 않기를 바랄 뿐이었다. 오랫동안 환자와 지내면서 섬세한 공감 능력을 얻은 그녀는 가족이 기쁜 마음에 무심한 인사를 건넬까 봐 걱정스러웠다.

그녀는 문득 남편이 부르는 소리를 들은 것 같았다. 커튼을 열고 귀를 기울였다. 아니었다. 객차 반대편 끝에서 누가 코를 고는 소리였다. 코에 기름칠이라도 해뒀는지 코골이 소리가 끈적하게 느껴졌다. 다시 누워 잠을 청했다.

남편이 움직였는데 소리를 듣지 못한 걸까? 그녀는 온몸을 가볍게 떨기 시작했다. 그 어떤 소리보다 침묵이 두려웠다. 남편이 소리를 전혀 내지 못한 게 아닐까?

지금 그녀를 부르고 있을지도 모른다. 그녀는 어쩌다가 이런 생각을 떨치지 못하게 된 걸까? 극도로 지친 마음은 상상할 수 있는 불길한 일 가운데 가장 견디기 어려운 상황에 집착하기 마련이다.

그녀는 커튼 밖으로 머리를 내밀고 귀를 기울였다. 남편의 숨소리와 자기 숨소리를 구분할 수 없었다. 일어나서 두 눈으로 남편의 상태를 확인하고 싶어 미칠 것 같았다.

그녀는 그저 불안하기 때문에 이런 충동이 찾아왔다는 사실을 잘 알았다. 남편을 깨우고 싶지 않았기에 충동을 억눌렀다. 남편의 침대에 드리워진 커튼이 규칙적으로 움직이는 모습을 보니 안심이 됐다. 왜 그런지 이유는 알 수 없었다. 그녀는 조금 전 남편이 잘 자라고 쾌활하게 인사해주던 모습을 떠올렸다. 단 한 순간도 두려움을 견디기 어려웠지만, 지친 몸으로 두려움을 밀어내려고 애썼다. 그녀는 돌아누워 잠에 빠졌다.

그녀가 일어나서 몸을 꼿꼿하게 세우고 어스름한 여명을 내다봤다. 기차는 생기라고는 찾아볼 수 없는 헐벗은 언덕배기를 빠르게 지나고 있었다. 세상이 만들어진 첫날의 풍경 같았다.

객차의 공기가 답답해 창문을 밀어 올렸다. 살을 에는 듯한 바람이 밀려 들어왔다. 시계를 쳐다보니 오전 일곱 시였다. 곧 주변 승객들이 일어나 부산스럽게 움직일 것이다.

옷을 걸치고 부스스한 머리카락을 정돈한 다음 발소리를 죽이고 화장실로 들어갔다. 세수하고 옷매무새를 고치고 나니 마음속에 희망이 차오르는 것 같았다.

그녀는 아침이면 언제나 생기발랄했다. 거친 수건으로 물기를 닦은 두 뺨이 발그스레 달아올랐고, 관자놀이 부근의 젖은 머리카락은 포도 덩굴처럼 구불거렸다. 온몸 구석구석이 생명력과 쾌활함으로 가득했다. 열 시간만 기다리면 고향에 도착할 것이다!

그녀는 남편의 침대로 다가갔다. 그에게 우유 한 잔을 가져다줄 시간이었다. 창문의 블라인드가 여전히 내려와 있었고, 남편은 어둑한 객실 안에서 옆으로 누워있었다. 그가 등을 돌리고 있는 탓에 얼굴이 보이지 않았다. 그녀는 남편 위로 몸을 굽혀 블라인드를 올렸다. 그때 그녀의 몸에 남편의 손이 닿았다. 차가웠다.

그녀가 몸을 더 숙이고 남편의 손을 어루만지며 이름을 불렀다. 남편은 움직이지 않았다. 조금 더 큰 소리로 남편을 부르며 어깨를 잡고 부드럽게 흔들었다. 그는 여전히 미동도 없었다.

다시 남편의 손을 잡았다. 그녀의 손에서 남편의 손이 스르르 미끄러졌다. 꼭 죽은 사람처럼…. 죽은 사람? 그녀는 숨이 턱 막혔다. 남편의 얼굴을 봐야 했다.

아니, 남편의 상태를 확인하고 싶지 않았다. 온몸에 소름이 돋을 정도로 꺼려졌다. 허둥지둥 남편의 어깨를 붙잡고 똑바로 눕혔다. 그의 고개가 뒤로 기울었다. 그의 얼굴은 작고 매끄러워 보였다. 그는 눈을 뜨고 있었다. 아무런 미동도 없는 그의 눈은 그녀를 뚫어지도록 바라봤다.

그녀는 한동안 꼼짝 못 하고 남편의 어깨를 붙든 채 가만히 서 있었다. 두 사람의 시선이 서로에게 한참 머물렀다. 그녀가 움찔하며 뒷걸음질 쳤다. 비명을 내지르며 도망치고 싶었다. 하마터면 충동을 이기지 못할뻔했지만, 가까스로 참았다.

맙소사!

남편이 숨을 거뒀다는 사실이 알려지면 기차가 다음 역에 설 것이다.

그 순간, 과거에 여행하며 보았던 무시무시한 장면이 기억 속에서 되살아났다. 그녀가 타고 있던 기차에서 아이 한 명이 목숨을 잃었다. 그러자 기차는 되는대로 가장 가까운 역에 정차해서 아이의 시신과 부모를 냅다 끌어내고 그대로 떠나버렸다.

그녀는 그 부부가 자식의 시신과 함께 승강장에 서 있는 모습을 보았다. 충격에 휩싸인 채 멀어져가는 기차를 멍하니 바라보던 그 얼굴을 절대 잊을 수 없었다.

그녀에게도 이런 일이 일어날 게 뻔했다. 당장 1시간 뒤에 그녀는 남편의 시신과 함께 홀로 낯선 기차역의 승강장에 버려질 것이다. 그런 일만은 절대로 일어나선 안 된다! 지독하리만치 끔찍한 일이다. 그녀가 궁지에 몰린 사냥감처럼 오들오들 떨었다.

그녀는 겁에 질려서 웅크리고 앉았다. 기차의 속도가 느려진 것 같았다. 그렇다면…, 기차가 역에 접근하는 중이었다! 그녀는 승강장에 외로이 서 있던 부부의 모습을 다시 떠올렸다. 그리고 남편의 얼굴을 가리기 위해 거칠게 블라인드를 내렸다.

현기증이 난 그녀는 축 늘어진 남편의 시신을 피해 침대 끄트머리에 걸터앉았다. 그녀가 침대 커튼을 꽉꽉 여민 탓에 두 사람은 어두컴컴한 무덤 속에 갇힌 것 같았다. 그녀는 침착하게 생각하려고 애썼다. 무슨 일이 있어도 남편이 죽었다는 사실을 숨겨야 했다. 하지만 어떻게 그럴 수 있을까?

머리가 제대로 돌아가지 않았다. 생각을 정리할 수도 계획을 세울 수도 없었다. 그저 그곳에 앉아서 온종일 커튼을 꽉 움켜쥐고 있는 것 말고는 아무런 생각이 나지 않았다.

그녀는 승무원이 자신의 침대를 정돈해주는 소리를 들었다.

사람들이 일어나서 열차 안을 돌아다니기 시작했다. 화장실 문이 열리고 닫히는 소리도 들렸다. 정신을 차리려고 애썼다.

필사적인 노력 끝에 마침내 그녀는 일어설 수 있었다. 열차 복도로 나가 등 뒤로 커튼을 꽉꽉 닫았다. 기차가 흔들리는 탓에 커튼 틈이 조금씩 벌어지자 옷핀으로 단단히 여미기까지 했다.

이제야 안심이 됐다. 주위를 둘러보다가 승무원을 발견했다. 그가 지금까지 자기를 지켜보고 있었던 것 같았다.

"남편분이 아직 안 일어나셨나 보죠?" 승무원이 물었다.

"네, 아직 자고 있어요." 그녀가 불안하게 더듬거리며 답했다.

"우유를 준비해뒀으니 원하시면 바로 갖다 드리겠습니다. 아침 일곱 시까지 준비해달라고 하셨던 것 기억하시죠?"

그녀는 아무 말 없이 고개만 끄덕이고는 자기 자리로 돌아갔다.

여덟 시 반이 되자 기차는 뉴욕주 버펄로에 도착했다. 다른 승객들은 모두 옷을 갈아입고 침대를 접은 후 앉아 있었다. 승무원은 객차 안을 이리저리 돌아다니며 침대 시트와 베개를 걷다가 그녀를 슬쩍 쳐다봤다.

그가 말을 걸었다. "남편분은 아직도 주무십니까? 저희가 최대한 일찍 침대를 정돈해야 해서요."

두려움이 엄습해왔고 그녀는 오싹해졌다. 기차는 이제 역에 들어서고 있었다.

"오…, 아직 누워있어요…." 그녀가 더듬거렸다. "우유를 한 잔 마셔야 일어날 것 같네요. 우유 좀 가져다주시겠어요?"

"알겠습니다. 기차가 출발하는 대로 가져다드리겠습니다."

역에 정차했던 기차가 다시 움직이자 승무원이 우유를 갖고 왔다. 그녀는 우유를 받아들고 앉아서 멍하니 잔을 바라봤다.

머리가 잘 돌아가지 않았다. 억지로 생각 하나를 떠올려도 그다음 생각이 얼른 떠오르지 않았다. 멀찍이 떨어져 있는 디

딤돌을 힘겹게 하나씩 밟아가며 거칠게 소용돌이치는 강물을 건너는 것 같았다. 한참 후 그녀는 승무원이 자신을 기다리며 근처에서 서성대고 있다는 것을 알아차렸다.

"제가 직접 남편분께 갖다 드릴까요?"

"오, 아니에요!" 그녀가 일어서며 소리쳤다. "그이는…, 그이는 아직 자고 있어요. 그런 것 같아요…."

그녀는 승무원이 지나갈 때까지 기다렸다. 승무원이 사라지자 커튼을 여며놓았던 옷핀을 풀고 안으로 슬며시 들어갔다.

여전히 어두한 침대에서 남편의 얼굴이 그녀를 빤히 바라봤다. 꼭 마노로 눈을 만들어 박아넣은 대리석 가면 같았다. 남편의 눈은 소름 끼치도록 무서웠다.

손을 뻗어 남편의 눈을 감겨주었다. 그때 갖고 들어온 우유가 생각났다. 우유를 어떻게 해야 하나? 창문을 열고 밖에 뿌려버릴까도 생각해봤다. 하지만 창문을 열려면 남편의 시신 위로 몸을 굽히고 그의 얼굴을 가까이해야 했다. 그녀는 직접 우유를 마시기로 했다.

그녀가 빈 잔을 들고 자리로 돌아오자 곧 승무원이 나타났다. "언제 침대를 정돈해드리면 될까요?" 그가 물었다.

"오, 지금은 안 돼요. 아직은요. 그이가 몸이 안 좋아서요. 정말로 안 좋아요. 그냥 침대에 누워있게 하면 안 될까요? 의사가 가능하면 최대한 누워서 지내라고 했거든요."

승무원이 머리를 긁적였다. "뭐, *정말로* 편찮으시다면…."

그는 빈 잔을 받아들고 돌아섰다. 그가 다른 사람들에게 커튼을 쳐놓은 좌석의 승객이 몹시 아파서 일어나지 못한다고 설명했다.

그녀는 사람들이 일제히 동정 어린 눈길을 보내는 것을 느꼈다. 자상해 보이는 어느 여자가 따듯한 미소를 지으며 그녀 곁으로 다가와 앉았다.

"남편분이 편찮으시다니 참 안타까워요. 우리 가족 중에도 아픈 사람이 정말 많았죠. 어쩌면 제가 도와드릴 수 있을지도 모르겠네요. 남편분을 좀 살펴봐도 될까요?"

"오, 아니에요! 아니, 정말 괜찮아요! 편히 쉬어야 하니 방해하면 안 된답니다."

그 여자는 더 억지 부리지 않고 물러났다.

"글쎄, 그렇게 말씀하시니 어쩔 수 없네요. 하지만 이래 봬도 저는 환자를 돌본 경험이 정말 많답니다. 그리고 진심으로 도와드리고 싶어요. 남편분이 이렇게 편찮으시면 보통 어떻게 하시죠?"

"저는…, 저는 그냥 자게 둬요."

"너무 많이 자도 건강에 좋지 않아요. 약은 안 드시나요?"

"아, 있어요. 약도 있어요."

"깨워서 약을 먹이지는 않고요?"

"먹이죠."

"그러면 약을 먹어야 하는 시간은 언제죠?"

"두 시간…, 두 시간쯤 후에요…."

그 여자는 마뜩잖은 눈치였다. "흠, 제가 당신이라면 더 자주 약을 먹일 거예요. 저는 그랬답니다."

그 여자가 자리를 뜬 후로도 수많은 승객이 그녀를 유심히 바라보는 것 같았다. 다들 식당칸으로 건너갈 때 호기심 어린 눈으로 커튼을 흘낏 바라봤다. 그녀도 그 눈길을 느꼈다.

헬쑥한 얼굴에 턱과 눈이 툭 튀어나온 남자가 커튼 앞에 멈춰 서서 커튼 틈 사이를 슬쩍 들여다보려고 했다. 아침을 먹고 돌아온 주근깨 소녀는 버터가 묻은 손으로 지나가는 사람들을 붙잡아 세우더니 뭐라고 속삭였다. 아이가 하는 말이 그녀에게도 다 들렸다. "저 사람이 아프대요."

차장이 객차 안으로 들어와 기차표를 검사하자, 아이는 제자리로 돌아가서 창밖을 구경했다. 차창 밖으로 나무와 집이 날아가듯 휙휙 지나갔다. 바깥 풍경은 무의미한 상형문자가 새겨진 무한한 파피루스 같았다.

기차가 때때로 정차했고, 새로운 승객은 객차에 들어설 때마다 닫힌 커튼을 빤히 바라봤다. 점점 더 많은 사람이 오고 갔다. 그들의 얼굴은 그녀의 머릿속에 밀려드는 이미지와 기이하게 뒤섞이기 시작했다.

얼마 후, 안개처럼 떠다니던 얼굴들 사이에서 뚱뚱한 남자가 가까이 다가왔다. 그는 배가 축 늘어져 있었고 입술이 창백했다. 그가 맞은편 자리로 비집고 들어와서 앉자 그의 옷차림이 그녀의 눈에 자세히 들어왔다. 그는 검은 정장을 입고 아무 무늬 없는 하얀 넥타이를 매고 있었다.

"오늘 아침, 남편분이 꽤 편찮으셨죠?"

"네."

"이런, 세상에! 거참 끔찍이도 힘겨우시겠습니다. 그렇지요?"

그가 교황처럼 자애로운 미소를 짓자 금을 씌운 치아가 보였다.

"물론, 질병 같은 건 없다는 거 아시겠죠? 참 멋진 생각 아닙니까. 죽음 그 자체는 단지 우리의 감각이 빚어낸 망상일 뿐입니다. 그저 성령의 강림을 받아들이고, 신성한 힘의 작용에 순순히 복종해야 합니다. 그러면 질병도 소멸도 물러갈 겁니다. 남편분께 이 안내문을 읽어보라고 해주시죠."

그녀 주위를 맴도는 얼굴들이 다시 희미하게 흐려졌다. 아까 도와주겠다고 제안했던 자상한 여자와 주근깨 소녀의 부모가 침을 튀겨가며 불같이 싸우는 소리가 어렴풋이 들렸다.

그들은 여러 가지 약을 한꺼번에 먹어야 효과가 있는지, 아니면 하나씩 따로 먹는 것이 더 나은지를 두고 옥신각신했다.

자상한 여자는 여러 약을 한꺼번에 먹으면 서로 경쟁하며 효과를 낼 뿐만 아니라 시간도 절약할 수 있다고 주장했다. 주근깨 소녀의 부모는 약을 한 번에 다 털어 넣으면 정확히 어떤 약이 효과를 내는지 알 수 없다고 반박했다. 그들의 목소리가 쉴 새 없이 이어졌다. 안개를 뚫고 낮게 울려 퍼지는 종소리처럼….

승무원이 가끔 찾아와서 질문을 던졌다. 그의 물음을 이해할 수 없었지만 어떻게든 대답을 짜냈다. 그는 되묻지 않고 그대로 물러갔다. 두 시간마다 자상한 여자가 다가와 남편에게 약을 먹여야 한다고 채근했다. 사람들이 열차를 떠나고, 다른 사람들이 그 자리를 채웠다.

머릿속이 빙빙 돌았다. 그녀는 희미하게 흩어지는 생각을 붙잡고 정신을 차리려고 애썼다. 생각은 정리되지 않고 아득하게 사라졌다. 가파른 벼랑에서 추락하는 것 같다가 돌연 정신이 다시 맑아졌다. 기차가 뉴욕에 도착하면 무슨 일이 벌어질지 마음속에 그려보았다. 그때쯤 남편의 시신은 싸늘하게 식어 있을 것이다. 남편이 아침에 이미 숨을 거뒀다는 사실을 누군가는 알아챌 것이다. 그녀는 몸서리쳤다.

서둘러서 생각을 정리했다.

'내가 남편이 죽은 것을 보고도 놀라지 않는다면 사람들이 의심할 거야. 꼬치꼬치 캐물어 보겠지. 내가 진실을 말한다고 해도 믿어주지 않을 테고. 아무도 날 믿지 않을 거야! 그럴 수는 없어.'

그녀는 마음속으로 몇 번이고 되뇌었다.

'아무것도 몰랐던 척해야 해. 아무것도 몰랐던 척해야 해. 사람들이 커튼을 걷으면 자연스럽게 남편에게 다가가야 해. 그런 다음 비명을 지르고….'

그녀는 비명을 지르기가 몹시 힘겨울 것 같았다.

점점 다른 생각이 마구 쏟아져 나왔다. 하나같이 생생하고 절박한 것들이었다. 생각을 정리하고 억누르려 애썼지만, 생각은 그녀의 머릿속을 요란하게 돌아다녔다.

꼭 그녀가 가르치던 학생들 같았다. 무더운 여름날 수업을 마칠 무렵이면 아이들은 왁자지껄 떠들면서 교실을 휘저었다. 그때쯤 그녀는 아이들을 조용히 시킬 기력조차 남아 있지 않았다.

머릿속이 갈수록 뒤죽박죽 엉망이 되었다. 병적인 공포에 사로잡혀서 해선 안 될 말을 무심코 뱉거나 지어선 안 될 표정을 지을 뻔했다.

'아무것도 몰랐던 척해야 해….' 그녀는 계속 속으로 중얼거렸다. 자기가 무슨 말을 하는지도 몰랐지만, 꼭 마법의 주문을 외우듯이 기계적으로 같은 말을 반복했다. 그러다 불현듯 자기 목소리를 들었다. "기억이 안 나, 기억이 안 나!"

목소리가 너무 컸다. 잔뜩 겁에 질려 주변을 둘러보았다. 아무도 그녀가 말했다는 사실을 알아채지 못한 듯했다.

그녀는 객차 안을 훑어보다 남편의 침대를 가린 커튼에 눈길이 머물렀다. 두툼하게 주름진 커튼의 단조로운 아라베스크 무늬를 자세히 뜯어보았다. 무늬는 복잡하게 얽혀 있어서 눈으로 그 모양을 따라 그리기가 쉽지 않았다. 커튼을 뚫어지도록 바라보자 두꺼운 커튼 천이 점점 투명해지더니 남편의 얼굴이 보였다. 죽어 있는 남편의 얼굴.

그녀는 눈길을 돌리려고 힘겹게 애썼다. 눈을 뗄 수가 없었고, 머리는 죔쇠에 꽉 물려서 고정된 것 같았다. 한참 몸을 덜덜 떨며 사투를 벌인 끝에 그녀는 기력을 모두 잃은 채 고개를 돌렸다.

하지만 아무 소용이 없었다. 그녀 앞에 남편의 작고 매끄러운 얼굴이 있었다. 남편의 얼굴이 그녀와 앞 좌석에 앉은 가발을 쓴 여자의 뒤통수 사이에 둥둥 떠 있는 느낌이었다.

그녀는 남편의 얼굴을 밀어내려고 자기도 모르게 손을 뻗었다. 손이 남편의 매끄러운 피부에 닿는 것이 느껴졌다. 금방이라도 터져 나올 것 같은 비명을 억누르고 몸을 반쯤 일으켰다.

앞 좌석 여자가 돌아보았다. 어떻게든 자연스럽게 보여야 한다는 생각에 완전히 일어서서 맞은편에 놓아두었던 여행 가방을 들어 올렸다.

가방을 열고 안을 들여다봤다. 손을 뻗어 가장 처음 만진 물건은 남편의 휴대용 술병이었다. 병원에서 출발하기 직전 마지막으로 가방에 던져넣은 물건이었다.

가방을 닫고 눈을 감았다. 남편의 얼굴이 다시 나타났다. 그녀의 눈알과 눈꺼풀 사이에 남편의 얼굴이 떠 있었다. 붉은 커튼에 매달린 밀랍 마스크처럼….

그녀는 몸을 가볍게 떨며 정신을 되찾았다.

기절했던 걸까?

아니면 깜빡 잠들었던 걸까?

몇 시간이나 흐른 것 같았지만, 여전히 환한 대낮이었다. 주변 승객들도 전과 다름없는 자세 그대로 앉아 있었다.

갑자기 허기가 느껴졌다. 아침부터 아무것도 먹지 않았다는 사실을 깨달았다. 음식을 떠올리니 구역질이 날 것 같았다. 하지만 다시 정신을 잃을까 봐 두려웠다. 그녀는 가방에 넣어둔 비스킷이 생각나서 하나를 꺼내 베어 물었다. 건조한 비스킷 부스러기에 목이 메었다.

서둘러 남편의 술병을 꺼내 브랜디를 한 모금 삼켰다. 입과 목구멍이 타는 느낌 덕분에 신경을 짓누르던 묵직한 통증이 잠시나마 가셨다.

이윽고 부드럽게 일렁이는 온기가 찾아왔다. 어디선가 바람이 솔솔 불어오는 것 같았다. 그녀를 집어삼킬 듯했던 공포도 힘을 잃고 주변을 가득 메운 적막 속으로 물러났다. 열차 안의 정적은 여름날의 여유로운 고요처럼 그녀를 달랬다. 스르르 잠에 빠져들었다.

잠결에 기차가 맹렬하게 질주하는 것을 느꼈다. 인생 그 자체가 그녀를 태우고 거침없이 무모하게 나아가는 것 같았다. 그녀의 삶은 그녀를 어둠과 공포 속으로 데려가고 있었다. 그녀는 앞에 펼쳐진 미지의 나날들에 압도되었다.

그때 모든 것이 동시에 멈춰 섰다. 소리도 들리지 않았고, 맥박조차 멈췄다. 이제 그녀가 죽음을 맞았다. 그녀는 남편 곁에 누워서 매끄러운 얼굴로 위를 가만히 바라보았다. 얼마나 고요한지!

누군가 다가오는 발소리가 들렸다. 그녀와 남편의 시신을 운반하러 오는 사람들의 발소리였다. 그때 다른 것도 느꼈다. 갑자기 흔들림이 길게 이어졌고 단단한 돌멩이가 마구 쏟아졌다.

그녀는 다시 어둠 속으로 추락했다. 이번에는 죽음의 어둠이었다. 그녀와 남편은 시커먼 회오리에 휩쓸려 낙엽처럼 빙글빙글 돌았다. 거칠게 몰아치는 바람 속에는 망자들의 시신이 끝도 없이 날아다니고 있었다.

그녀는 화들짝 놀라 벌떡 일어났다. 너무 오래 잔 것 같았다.

어느새 겨울 해가 희미해졌고 조명에 불이 들어와 있었다. 열차 안은 부산스러웠다. 정신을 차려보니 승객들이 짐과 가방을 챙기고 있었다.

앞 좌석에 앉았던 여자는 화장실에서 다 죽어가는 담쟁이 화병을 들고 나왔다. 기독교를 설파하던 뚱뚱한 남자는 셔츠 소맷단을 정리하고 있었다. 승무원은 솔을 들고 복도를 지나갔다.

금색 띠를 두른 모자 쓴 형상이 그녀에게 다가와 남편의 표를 검사해야 한다고 말했다. 그 형상은 인간이 아닌 것 같았다.

누군가 "속달 수화물!"이라고 고함쳤다. 승객들이 수화물 보관증을 건네줄 때 금속이 딸깍거리는 소리도 들렸다.

이윽고 그을음이 묻어 거무스름해진 넓은 벽이 나타나 창문을 가렸다. 기차가 뉴욕의 할렘 터널을 지나고 있었다. 이제 귀향 여정도 다 끝났다. 몇 분 뒤면 역에 모여든 인파를 헤치고 환히 웃는 얼굴로 달려오는 가족을 볼 수 있을 것이다. 그녀는 설레어서 가슴이 부풀어 올랐다. 가장 두렵고 끔찍한 일은 다 지나갔다.

"이제 남편분을 깨워야 하지 않을까요?" 승무원이 다가와 그녀의 팔을 가볍게 잡고 물었다.

승무원은 한 손에 남편의 모자를 들고 있었다. 그는 모자를 돌려가며 솔로 꼼꼼하게 먼지를 털어냈다.

그가 남편의 모자를 바라보며 무언가 *말하려* 했다.

그때 별안간 열차 안이 어두컴컴해졌다.

그녀는 깜짝 놀랐다.

뭐라도 붙잡으려고 허우적대던 그녀가 앞으로 넘어졌고, 죽은 남편의 침대에 머리를 *찧었다*.

4화 기도하는 공작부인

기다란 덧문을 내려놓은 낡은 이탈리아식 주택의 정면을 보며 그 안을 궁금해한 적이 없는가? 아무런 움직임도 없는 가면을 쓴 채 잠자코 입을 다물고 있는 듯한 그 모습은 마치 비밀을 털어놓는 고해실 벽 너머 사제의 얼굴 같다. 평온하지만 어딘가 수상쩍어 보인다.

다른 집들은 그 안에서 벌어지는 일을 분명하게 보여준다. 그런 집들은 내부에 흐르는 생명을 뚜렷하게 표현하는 겉껍질과 같다. 하지만 좁은 골목길에 들어선 고색창연한 대저택, 사이프러스로 뒤덮인 언덕에 자리 잡은 이탈리아식 시골 별장은 마치 죽음처럼 꿰뚫고 들어갈 수도 없고 이해할 수도 없다.

높은 창문은 멀어버린 눈 같고, 커다란 문은 굳게 다문 입 같다. 저택 내부에는 햇살이 비치고, 은매화 향기가 퍼지고, 거대한 건물 뼈대에 퍼져 있는 동맥으로 생명이 고동칠지도 모른다. 아니, 어쩌면 생명이 모두 꺼진 채 적막만 감돌지도 모른다.

갈라진 돌벽 사이로 박쥐가 웅크리고 있고, 사람의 손길이 닿지 않은 문고리에 꽂힌 열쇠가 녹슬어 가고….

나는 한쪽 벽을 터서 바깥이 훤히 보이는 로지아(이탈리아 건축에서 벽의 한쪽이나 그 이상을 터놓은 실내-옮긴이)에 섰다. 프레스코 벽화가 빛에 바래 사라져가는 로지아에서 별장의 가로수길이 내려다보였다. 사이프러스 그림자가 내리비쳐 사다리처럼 보이는 그 길은 공작의 문장이 그려진 방패 장식과 군데군데 깨진 화병 모양 장식이 달린 대문까지 뻗어 있었다.

뜨거운 한낮의 태양이 정원과 분수, 기둥을 줄지어 세운 현관과 조개껍데기로 꾸민 작은 석굴에 내려앉아 있었다. 테라스 난간에는 얇은 금박을 씌워놓은 듯 크롬 빛깔 이끼가 퍼져 있었다. 그 아래로 포도밭이 언덕에 둘러싸인 무성한 골짜기를 향해 기울어지듯 이어졌다.

언덕의 야트막한 비탈에는 새하얀 마을들이 점점이 흩어져 있었다. 마치 여름날 해 질 녘 하늘에서 총총 빛나는 별들처럼 보였다.

언덕 너머, 얇은 비단처럼 투명해 보이는 푸른 산이 첩첩이 이어지며 하늘을 배경으로 솟아 있었다. 8월의 공기에는 생기라곤 없었다. 그래도 공기가 무겁게 내려앉은 꽉 막힌 방들을 통과해 바깥으로 나와보니 8월의 대기가 제법 가볍고 활기찬 것처럼 느껴졌다. 실내의 냉기에 짓눌려 있던 나는 햇살을 품

안에 가득 껴안았다.

"공작부인의 방은 뒤편에 있습니다." 노인이 말했다.

노인은 내가 만나본 사람 중에 가장 나이가 많았다. 하도 먼 과거에 틀어박혀 있어서 살아 숨 쉬는 존재가 아니라 그저 기억 같았다.

내가 저택에 들어서며 주머니에서 1리라짜리 동전을 꺼내 문지기의 아들에게 줬을 때 노인은 파충류처럼 보이는 작은 눈으로 내 주머니를 뚫어지도록 쳐다봤다. 오직 그 집요한 시선만이 그가 진짜 사람이라는 사실을 일깨워줬다. 그는 여전히 주머니에서 눈을 떼지 않고 말을 이어갔다.

"공작부인의 방은 200년 전 모습 그대로 남아 있습니다."

"지금은 이곳에 사는 사람이 아무도 없습니까?"

"없습니다, 선생. 공작께서는 여름이면 코모호수로 떠나십니다."

나는 로지아의 다른 쪽 끝으로 걸어갔다. 그 아래 늘어져 있는 수풀 사이로 하얀 지붕들과 돔이 마치 미소 짓듯 반짝였다.

"그러면 저기가 비첸차 도심이겠군요?"

"맞습니다!" 노인은 우리 뒤에 서 있는 벽에서 희미하게 바래어가는 그림 속 손처럼 앙상한 손가락을 뻗었다. "저기, 바실리카 성당 바로 왼편에 대저택의 지붕이 보이시지요? 조각상이 날아가는 새들처럼 줄지어 있는 지붕 말입니다. 공작께서 시내에 갖고 계신 저택입니다. 그 유명한 건축가 팔라디오가 지었지요."

"그럼 공작은 저기에 가십니까?"

"아닙니다. 겨울에는 로마에 가십니다."

"그러면 저택과 별장은 늘 닫혀 있습니까?"

"보시다시피…, 늘 그렇지요."

"이렇게 닫아둔 지 얼마나 오래됐나요?"

"제 기억이 닿는 한 항상 그랬습니다."

나는 노인의 눈을 들여다보았다. 그의 눈은 아무것도 비치지 않는 뿌연 금속 거울 같았다.

"틀림없이 아주 오래됐겠군요." 나는 무심코 이렇게 대꾸해 버렸다.

"오래됐지요." 그가 맞장구쳤다.

나는 정원을 내다보았다. 달리아꽃이 화단 울타리 너머까지 흐드러지게 피어 있었다. 화단 양쪽에 서 있는 현무암 기둥 같은 사이프러스가 햇빛을 가렸다. 라벤더 위에 꿀벌들이 앉아 있었다.

벤치 위에는 도마뱀들이 햇볕을 쬐고 있었다. 더러는 말라버린 수반의 갈라진 틈 사이를 지나다녔다. 무미건조한 우리 시대가 잃어버린 환상적인 원예 기술의 희미한 흔적이 어디에나 남아 있었다.

정원의 오솔길을 따라 여기저기 훼손된 조각상들이 늘어서 있었다. 팔을 뻗고 있는 모습이 마치 푸념하며 구걸하는 거지들 같았다. 덤불 속에서 사티로스처럼 뾰족한 염소 귀가 달린 인물 조각상이 씩 웃고 있었다. 벽을 이룬 분꽃나무 위로는 신전 유적을 모방해서 만든 건물이 솟아 있었다. 가짜 신전은 모든 것을 무너뜨리는 투명한 공기 속에서 진짜 폐허가 되어 가고 있었다. 쨍하게 내리쬐는 햇빛에 눈이 멀 것 같았다.

“안으로 들어갈까요?” 내가 입을 뗐다.

노인은 육중한 문을 열었다. 문 뒤에는 칼날 같은 냉기가 감돌고 있었다.

“공작부인의 방입니다.” 노인이 말했다.

이 방 역시 천장과 사방에 점점 사라져가는 프레스코 벽화가 그려져 있었다. 바닥에는 소용돌이무늬가 들어간 인조 대리석이 깔려 있었다. 소용돌이가 끝없이 펼쳐지듯 보였다.

대리석이 정교하게 새겨진 흑단 진열장과 빛을 잃고 허연 백태가 낀 금박 장식장도 놓여 있었다. 장식장 위에는 중국의 기이한 동물 조각상이 올라가 있었다. 벽난로를 덮는 판에는 스페인식 의복을 입은 남자가 그려져 있었다. 그는 우리를 무시하듯 오만한 표정이었다.

“에르콜레 공작 2세입니다.” 노인이 설명했다. “제노바 사제가 그렸지요.”

공작은 이마가 좁고 콧대가 높았다. 피부색은 밀랍 인형처럼 누르스름했고, 눈꺼풀을 반쯤 감은 눈은 주도면밀해 보였다. 꼭 성직자가 직접 빚은 얼굴 같았다.

입술은 잔혹하기보다는 나약하면서도 허영심이 강하다는 인상을 풍겼다. 불만이 어려 있는 듯한 입을 보니 누가 말실수라도 하면 파리를 낚아채는 도마뱀처럼 달려들어 벌컥 쏘아붙일 것 같았다.

솔직하게 '네.' 또는 '아니오.'라고 뜻을 밝히는 법은 한 번도 배우지 못했을 듯했다. 공작은 진주 귀고리를 하고 이상야릇한 드레스를 입은 원숭이 같은 난쟁이의 머리 위에 한 손을 올려두고 있었다. 다른 손은 해골로 떠받쳐놓은 커다란 책의 페이지를 넘기고 있었다.

"뒤편은 공작부인의 침실입니다." 노인이 알려줬다.

침실로 들어가니 닫아놓은 덧문 틈으로 오로지 두 줄기 빛만 흘러들어왔다. 금괴처럼 보이는 빛줄기 때문에 깊은 물 속에 잠겨 있는 듯한 어둠이 오히려 짙게 느껴졌다. 방 한쪽 면에는 바닥보다 조금 더 높은 단이 있고 그 위에 침대가 놓여 있었다.

음산한 기운을 내뿜는 부부 침대의 틀에서 솟아난 기둥이 늘어진 캐노피를 떠받쳤다. 커튼이 드리워져 벽을 가리고 있었고, 그 사이로 드러난 빈 벽에는 누런 그림이 걸려 있었다.

그림 속에서는 예수 그리스도가 고통으로 몸부림치고 있었다. 방 건너편에는 벽난로 아궁이 위에 걸려 있는 귀부인의 초상화가 우리를 향해 미소 짓고 있었다.

노인이 덧문 하나를 열자 빛이 쏟아져 들어와 귀부인의 얼굴을 비췄다. 기억에서 쉽게 지우지 못할 얼굴이었다. 6월의 초원 위를 스치는 바람 같은 미소가 얼굴에 희미하게 감돌았다. 미소 덕분에 그녀의 자태에서 부드럽고 온화한 느낌이 은은하게 배어 나왔다.

티에폴로(16세기 로코코 회화의 전형을 보여준 이탈리아 화가-옮긴이)가 그린 인자한 여신이 갑옷처럼 온몸을 감싸는 빳빳한 17세기 드레스를 입고 있는 것 같았다.

“비올란테 공작부인 이후로는…,” 노인이 입을 뗐다. “아무도 이곳을 사용하지 않았습니다.”

“그분이…,”

“이곳의 안주인이시지요. 에르콜레 공작 2세의 첫 번째 부인입니다.”

노인은 주머니에서 열쇠를 꺼내더니 멀리 떨어져 있는 다른 쪽 문을 열었다.

“이 문은 예배당으로 통합니다.” 노인이 설명했다. “여기는 공작부인이 사용하시던 발코니석이지요.”

내가 몸을 돌려 노인을 따라가자 그림 속 공작부인이 내게 곁눈질로 미소를 던졌다.

나는 공작부인의 기도석에 발을 들여놓았다. 철제 난간으로 둘러싸인 기도석은 벽토로 장식한 예배당 위로 툭 튀어나와 있었다. 예배당의 벽기둥 사이에 역청 안료로 그린 성화들이 서서히 썩어가고 있었다. 제단 화병에 꽂힌 장미 조화가 오랜 세월 켜켜이 내려앉은 먼지 때문에 회색으로 변해 있었다.

아치 모양 천장을 수놓은 꽃 모양 장식은 거미줄로 뒤덮여 있고, 그 아래로 새 둥지가 들러붙어 있었다. 제단 앞에는 낡을 대로 낡은 안락의자가 줄지어 놓여 있었다. 나는 안락의자 곁에서 무릎을 꿇고 있는 사람을 보고 흠칫 뒷걸음질 쳤다.

“공작부인입니다.” 노인이 속삭였다. “베르니니(정교한 대리석 조각으로 유명한 이탈리아 바로크의 조각가이자 건축가-옮긴이)의 작품이지요.”

내가 본 것은 모피 가운을 걸치고 주름진 옷깃을 두른 여성 조각상이었다. 대리석 조각상은 손을 위로 들어 올린 채 성상을 안치한 감실을 바라보고 있었다. 오랫동안 방치된 성상 앞에서 꼼짝 못 하고 기도하는 조각상의 모습은 어딘가 기묘했다.

발코니석에서는 조각상의 얼굴이 보이지 않았다. 산 사람은 아무도 없는 그곳에서 홀로 기도하며 제단에 눈길을 던지는 조각상의 얼굴이 슬픔에 잠겨 있는지, 아니면 감사함으로 가득 차 있는지 궁금했다.

나는 노인을 좇아 기도석 계단을 따라 아래로 내려갔다. 천재적 예술가가 지상에서 발견한 은총을 어떻게 신비롭게 구현해놓았는지 확인하고 싶어 견딜 수가 없었다. 베르니니는 그런 예술의 대가였다.

자세를 보니 공작부인은 황홀경에 빠져 있는 듯했다. 천국에서 불어온 산들바람에 드레스의 레이스가 가볍게 하늘거리고, 새하얀 두건 아래로 늘어진 애교머리가 나부끼는 것 같았다.

공작부인의 어깨선은 부드럽게 흘러내렸다. 머리가 놓인 자세는 감탄이 나올 정도로 절묘하게 표현되어 있었다.

나는 뒤에서 조각상을 감상하다 앞쪽으로 가서 얼굴을 들여다보았다. 그런데 공작부인의 얼굴은 공포에 질려 얼어붙어 있었다. 증오와 혐오, 고통에 그토록 강하게 사로잡혀 있는 얼굴은 본 적이 없었다.

노인은 가슴에 십자를 긋더니 대리석 바닥 위로 발을 질질 끌며 이리저리 움직였다.

"비올란테 공작부인입니다." 그가 다시 설명했다.

"아까 그림 속 공작부인과 같은 분인가요?"
"예…, 그렇습니다."
"그런데 얼굴이…, 왜 저런 표정입니까?"
노인은 나를 보는 둥 마는 둥 하면서 어깨를 으쓱했다. 그는 무덤처럼 음침한 예배당 이곳저곳을 둘러보다 갑자기 내 옷소매를 와락 움켜잡았다. 그러더니 내 귀 가까이에 대고 속삭였다. "원래 저렇지는 않았습니다."
"뭐가요?"
"표정 말입니다. 정말 무시무시하지요."
"공작부인의 표정이요?"
"저 조각상의 표정 말입니다. 언젠가부터 저렇게 변했습니다."
"언제부터요?"
"여기에 놓인 후부터요."
"조각상의 표정이 *변했다*는 말입니까?"
나는 당황스러웠다. 노인은 내가 자기 말을 믿지 못한다고 오해한 듯했다. 그는 자기도 모르게 붙잡았던 내 옷소매를 놓았다.
"예, 뭐 그렇다고들 합니다. 저도 들은 대로 말씀드리는 겁니다. 제가 뭘 알겠습니까?"
그는 노망난 노인처럼 다시 대리석 바닥 위로 발을 느릿느릿 끌기 시작했다.
"여기는 계속 머무르기에 좋은 곳이 아닙니다. 정말로 아무도 오지 않지요. 너무 춥기도 하고요. 그런데 선생은 '*전부 봐*

야겠습니다.' 이렇게 말씀하셨지요?"

나는 주머니에 손을 넣어 리라 동전을 흔들면서 짤랑거리는 소리를 냈다. "네, 전부 봐야겠습니다. 또 이야기도 전부 들어야겠군요. 이 이야기는 누구한테 들으신 겁니까?"

그의 손이 내 옷소매로 슬며시 다시 돌아왔다. "직접 본 사람한테서 들었지요, 틀림없습니다!"

"직접 본 사람이요?"

"제 외할머니 말입니다. 제 나이가 아주 많다는 걸 잊으셨습니까?"

"당신의 할머니요? 할머님이 어떻게…,"

"공작부인의 몸종이었지요. 정말입니다."

"할머님이요? 200년 전에요?"

"200년 전이라고 하니 아득하게 먼 옛날처럼 느껴지십니까? 세월이야 신께서 원하시는 대로 흐르니까요. 저는 아주 오래전에 태어났습니다. 게다가 제가 태어났을 때 외할머니는 이미 나이가 아주 지긋하셨지요.

돌아가셨을 무렵에는 피부가 기적의 검은 성모상처럼 시꺼멓게 변해 있었습니다. 숨소리가 좁은 열쇠 구멍으로 새어 나가는 바람처럼 쌕쌕거렸지요.

할머니는 제가 어렸을 때 이 이야기를 들려주셨습니다. 저기 정원에서, 물고기 연못 옆에 있는 벤치에 앉아서요. 어느 여름날 밤이었는데…, 그해에 눈을 감으셨습니다.

한 치의 거짓도 없는 사실입니다. 우리가 앉았던 벤치를 보여드릴 수도 있습죠."

정오의 햇살이 정원을 무겁게 짓눌렀다. 햇빛에서는 충만한 생기나 원기 왕성한 따스함이 전혀 느껴지지 않았다. 생명을 다한 여름이 썩어가는 숨을 내뱉는 것만 같았다. 정원의 조각상들도 시신을 눕힌 침대 곁을 지키며 밤을 지새우는 이들처럼 꾸벅꾸벅 조는 듯했다.

갈라진 땅에서 도마뱀들이 날름대는 불꽃처럼 튀어나왔다.

가막살나무 덤불 틈에 자리 잡은 벤치에는 푸른 광택이 도는 파리 사체들이 널려 있었다. 우리 앞에 물고기 연못이 있었다. 썩어가는 비밀들 위로 노르스름한 대리석 판이 덮여 있었다.

연못 건너편을 보니 별장 건물이 눈에 들어왔다. 꼭 망자의 얼굴 같았다. 건물 옆에 늘어선 사이프러스는 시신 주변을 둘러싼 촛불처럼 보였다.

"제 어머니의 어머니가 공작부인의 하녀일 리 없다고 말씀하셨지요? 제가 뭘 알겠습니까. 이곳에선 아무 일도 일어나지 않은 지 너무 오래됐습니다. 그 탓에 여기 사람들은 도시 사람들과 달리 옛날 일을 더 가깝게 느끼는지도 모르지요.

하지만 외할머니가 공작부인의 하녀가 아니었다면 어떻게 조각상에 관해 알 수 있었겠습니까? 한번 말씀해보시지요, 선생!

맹세하건대, 할머니는 두 눈으로 똑똑히 보셨습니다. 그리고 다시는 미소 짓지 않으셨어요. 제게 그렇게 알려주셨습니다. 첫 아이를 품에 안을 때까지요. 정원사의 아들 안토니오에게 시집가셨거든요. 그는 편지 심부름을 맡은 시종이었습니다.

그런데 제가 어디까지 얘기해드렸던가요?

아, 그래요…. 그때는 그저 가냘픈 소녀였습니다. 제 외할머니 말입니다. 공작부인을 가까이서 모셨던 하녀 넨시아의 조카딸이었지요. 공작부인은 장난기도 심하고 우스꽝스러운 노래도 곧잘 불러서 수발드는 일이 적잖이 힘들었답니다.

선생은 혹시 할머니가 다른 사람들의 말을 들어놓고 나중에 직접 봤다는 착각에 빠진 건 아닐까 하고 생각하십니까?

글쎄요…, 저처럼 무지한 사람이 뭐라 말할 수 있겠습니까.

사실 저도 할머니가 이야기해준 것들을 제 눈으로 본 것 같을 때가 있습니다. 여기는 기이한 곳입니다. 아무도 이곳에 오지 않아요. 바뀌는 것도 없지요. 그런데 오랜 기억은 변치 않고 또렷하게 남아 있습니다. 정원에 서 있는 조각상처럼요….

공작 부부가 브렌타에서 돌아오고 난 뒤, 그다음 여름부터 모든 일이 시작됐다고 합니다. 에르콜레 공작은 베네치아 출신 귀부인과 혼인했습니다.

선생도 잘 아시겠지요. 그때 베네치아는 참 화려한 도시였다고 하지요. 운하에 웃음소리와 음악이 흐르고, 조류를 타고 쏜살같이 나아가는 배들처럼 하루하루가 흘러가고…. 어쨌거나 공작은 새 신부의 마음을 달래주려고 결혼 후 처음 맞는 가을에 함께 브렌타로 갔습니다.

듣자 하니 공작부인의 아버지가 거기에 웅장한 성을 하나 갖고 있었답니다. 멋들어지게 꾸며놓은 석굴을 갖춘 아름다운 정원이며, 볼링장이며, 카지노며, 그렇게 화려할 수가 없었다지요.

수문에서는 곤돌라들이 물결에 따라 흔들리고 있고, 마구간에는 금박을 입힌 마차가 빼곡히 들어차 있고, 극장은 배우들로 북적였습니다.

주방과 방마다 요리사와 하인들 한 무리가 늘 대기하고 있다가 휘황찬란하게 차려입고 가면까지 쓴 귀부인들에게 온종일 초콜릿을 대접했답니다. 귀부인들 곁에는 강아지와 흑인 시종이 있고요.

오오…. 꼭 제가 그곳에 있었던 것처럼 생생합니다.

넨시아…, 그러니까 제 외할머니의 이모도 공작부인을 모시고 브렌타에 갔는데 눈이 휘둥그레져 돌아왔답니다. 그러더니 그해가 다 갈 때까지 그동안 졸졸 따라다니며 구애하던 비첸차 사내들에게 말 한마디 건네지 않았답니다.

브렌타에서 무슨 일이 있었는지는 모르겠습니다. 외할머니도 전혀 모른다고 하셨지요. 넨시아 이모는 공작부인과 관련된 일이라면 늘 입을 꾹 다물었다고 했습니다. 어쨌거나 비첸차로 돌아온 공작은 여기 별장을 정돈해두라고 명령했습니다.

봄이 되자 공작은 부인을 이곳에 데려다 놓고 혼자 떠났습니다. 외할머니는 공작부인이 행복해 보였다고 했습니다. 홀로 별장에서 지내는 일을 전혀 문제 삼지 않는 것 같다고도 했습죠.

어쩌면 별장에 있는 것이 비첸차 저택에 갇혀 사는 것보다는 나았을 테지요.

선생도 비첸차 저택의 모습을 생각해보세요. 그림이 벽을 가득 메운 높다란 방마다 사제들이 드나들었을 겁니다. 그들은 새를 찾아 살금살금 돌아다니는 고양이처럼 발소리도 내지 않았겠지요.

게다가 공작은 박식한 이들과 대화하느라 노상 서재에만 틀어박혀 있었습니다. 학자였으니까요. 선생도 아까 초상화에서 공작이 책을 들고 있는 모습을 보셨지요?

그런 책을 읽을 수 있는 사람이라면 책 속에 경이로운 것들이 가득하다는 사실을 이해할 겁니다. 마치 혼자서 산 너머 축제에 다녀온 사람 같지요. 집안사람들에게 너희들은 무슨 수를 써도 축제 광경을 보지 못할 거라고 번번이 이야기하는 사람 말입니다.

하지만 공작부인은 달랐습니다. 음악과 연극이라면 사족을 못 썼고, 또래 친구와 손님들을 무척 좋아했지요. 공작은 말수가 적었습니다. 막 고해실에서 나온 사람처럼 눈을 내리깐 채 발소리조차 내지 않고 걸어 다녔습니다.

한 번은 공작부인이 품에 안고 다니던 자그마한 강아지가 공작의 발뒤꿈치를 보며 요란하게 짖어댔습니다. 그러자 공작은 말벌 떼에 쫓기는 사람처럼 허우적댔습니다.

공작부인이 그 모습을 보고 웃음을 터뜨리자 공작이 움찔했습니다. 누가 다이아몬드로 유리창을 긁기라도 한 것처럼요.

공작부인은 작은 일에도 늘 웃음을 터뜨렸지요.

공작부인은 별장에 오자마자 아주 분주하게 지냈습니다. 정원을 가꾸고, 정원에 세울 석굴 모양을 고민하고, 갖가지 과일

나무를 심었지요.

이것으로도 모자랐는지, 별별 놀랄 거리를 계획하느라 여념이 없었습니다. 더운 여름날 뜻밖에 몸을 흠뻑 적시는 분수대의 물줄기나, 어두운 굴속에 숨어 있다 불쑥 튀어나오는 친구들처럼 기분 나쁘지 않은 장난이었지요.

공작부인은 집안을 가꾸는 취향도 몹시 세련됐고 재능도 상당했습니다. 하지만 얼마 지나지 않아 전부 싫증을 냈답니다.

하녀들과 예배당 사제 한 명을 제외하면 이야기 나눌 사람이 아무도 없었으니까요. 그 사제조차 눈치도 없고 재미도 없고 책에만 푹 빠져 있었지요.

아! 그래도 비첸차 도심에서 떠나온 유랑극단이나 장터에서 활개 치던 사기꾼과 점쟁이들, 떠돌이 의사와 점성술사들이 별장을 방문하곤 했습니다. 온갖 길들인 동물들도 있었고요. 하지만 가여운 공작부인이 말동무를 애타게 그리워한다는 사실은 변치 않았습니다.

그런데 공작부인을 무척 아꼈던 하녀들이 어느 날 기쁜 소식을 알렸습니다. 공작의 사촌인 아스카니오 기사가 계곡 건너편 포도밭으로 이사한 것이지요. 선생도 저기 뽕나무밭에 있는 분홍색 집이 보이시지요? 붉은 지붕에 비둘기장이 있는 집입니다.

아스카니오 기사는 베네치아에서 내로라하는 명문가의 막내아들이었습니다. 가문에서는 아스카니오 기사를 사제로 키울 생각이었던 것 같습니다. 하지만 그게 가능했겠습니까! 그분은 기도실에 있느니 싸움터에 뛰어드는 사람이었으니까요.

결국 만투아 공작 휘하의 용맹한 부대를 이끄는 대장이 되어 운명을 시험했지요. 만투아 공작도 지체 높은 베네치아 사람이었습니다. 그런데 한결같이 법도를 지키는 강직한 사람은 아니었답니다. 어쨌거나 무슨 일이 일어났는지 계속 알려드리지요.

아스카니오 기사는 베네치아에서 평판이 그리 좋지 못했던 것 같습니다. 만투아 공작과 친분이 있다는 이유 때문인 듯합니다.

산타 크로체 수녀원에서 수녀 한 명을 낚아채 달아나려고 했다는 소문도 있었지요. 정확히 어찌 된 일인지는 저도 잘 모릅니다. 다만 제 외할머니는 베네치아에 그분의 적이 여럿 있다고 분명히 이야기하셨습니다.

아스카니오는 그 원수들을 구실로 삼아 비첸차로 온 듯합니다. 어쩌면 다른 이들이 그를 비첸차로 추방했을지도 모르지요. 에르콜레 공작은 아스카니오의 친척이었으니 당연히 넓은 아량으로 그를 맞아야 했습니다. 이렇게 해서 아스카니오가 이 별장에 처음 발을 들여놓게 된 거지요.

아스카니오는 세련되고 건장한 청년이었습니다. 성 세바스티아누스(3세기경 고대 로마에서 순교한 성인. 늠름하고 당당한 근육질로 자주 묘사됨-옮긴이)처럼 아름다웠지요.

게다가 뛰어난 음악가여서 류트(만돌린과 비슷한 모양의 중세 유럽 현악기-옮긴이)도 곧잘 연주했다고 합니다. 그 선율이 얼마나 달콤했던지 제 외할머니의 마음이 스르르 녹아내렸답니다. 연주를 듣고 있노라면 따뜻하게 데운 와인을 마셔서 온몸이 달아오르는 기분이었다고 했지요.

아스카니오는 누구에게나 따뜻한 말을 건넸습니다. 어디 그뿐이었겠습니까. 그는 하루도 빠짐없이 프랑스 궁정 인사처럼 우아하게 차려입었습니다. 게다가 꽃다발처럼 달콤한 향기를 풍겼지요. 별장 사람들 모두 그를 환대했습니다.

뭐…, 공작부인도 그분을 반갑게 맞았던 것 같습니다. 젊은 남녀가 만나면 서로 이끌리고 웃음꽃이 피어나는 법이지요.

공작부인과 아스카니오 기사가 어찌나 잘 어울렸던지 제단 위에서 빛나는 한 쌍의 촛대 같았답니다.

선생도 공작부인의 초상화를 보셨지요. 외할머니 말로는 그 그림이 공작부인의 미모를 발끝만큼도 못 따라간답니다. 장미를 잡초로 그려놓은 격이지요.

진정한 시인의 자질이 있었던 아스카니오는 시를 지어 부르며 공작부인을 고대 여신들에 빗댔습니다. 당연히 인간보다야 여신들이 더 아름답겠지요. 하지만 공작부인은 여신들 못지않게 아름다웠던 듯합니다.

공작부인 곁에 있으면 다른 여자들은 그저 프랑스풍으로 꾸민 커다란 인형에 지나지 않는 것처럼 보였다지요. 그리스도 승천 축일이 되면 광장에 세워놓는 인형처럼 말입니다.

여하튼 공작부인은 화려한 옷과 보석으로 멋을 부리지 않아도 눈부시게 아름다웠습니다. 어떤 드레스를 입든 잘 어울렸습니다. 깃털이 새에 어울리는 것과 마찬가지지요.

금발도 염색으로 얻은 가짜가 아니었지요. 타고난 머리카락이 부활절 사제복에 달린 금실 매듭처럼 빛났답니다. 살결은 고운 밀가루로 만든 빵보다 더 하얗고, 입술은 잘 익은 무화과처럼 달콤했습니다….

선생, 꿀벌과 라벤더꽃을 떼어놓을 수 없듯이 공작부인과 아스카니오 기사도 서로 갈라놓을 수 없었습니다. 두 사람은 언제나 함께였습니다. 함께 노래하고, 볼링을 치고, 게임을 하고, 정원을 거닐고, 새장을 구경하고, 별장에서 기르는 강아지와 원숭이를 쓰다듬어줬습니다.

공작부인은 망아지처럼 활기차고 명랑했습니다. 늘 장난을 치면서 깔깔 웃었지요. 애완동물을 광대처럼 분장시키기도 하고, 직접 농부나 수녀처럼 분장하기도 했습니다. 어느 날은 탁발 수도회의 수녀처럼 변장하고 별장의 사제를 속여넘겼다지요. 선생도 그 모습을 봤다면 참 좋았을 텐데요.

때로는 포도밭에서 일하는 일꾼과 하녀들에게 춤을 가르쳐주고 다 함께 노래를 부르게 했습니다. 아스카니오 기사도 그렇게 신나는 일을 꾸미는 재주가 대단했습니다. 두 사람이 장난을 치며 즐기기에는 하루가 너무 짧았습니다.

그런데 여름이 끝나갈 무렵, 공작부인이 점점 말을 잃고 온종일 슬픈 음악만 듣기 시작했답니다. 공작부인과 기사는 정원 끝에 지어놓은 정자에 오랫동안 함께 앉아 있곤 했습니다. 바로 그곳에서 함께 있는 모습을 공작에게 들켰지요.

공작이 별장에 오는 날은 한 해에 한두 번 정도밖에 없었습니다. 그런데 바로 그날 공작이 금박을 씌운 마차를 타고 비첸차 저택에서 별장으로 온 겁니다.

가여운 공작부인을 덮친 불행은 그뿐만이 아니었습니다. 하필 그날 공작부인은 베네치아식 드레스를 입고 있었습니다.

베네치아식 드레스는 어깨를 훤히 드러내지요. 공작은 부인이 그 드레스를 입을 때마다 드러난 맨살을 노려보곤 했습니다. 게다가 그날 곱슬곱슬하게 말아 금가루를 뿌린 머리카락이 공작부인의 하얀 어깨 위로 늘어져 있었습니다.

세 사람은 정자에서 함께 초콜릿 음료를 마셨답니다. 거기서 정확히 무슨 일이 있었는지 아무도 모를 테지요. 다만 공작은 마차에 사촌을 함께 태워 별장을 떠났습니다. 그리고 아스카니오 기사는 두 번 다시 별장을 찾지 않았습니다.

겨울이 서서히 다가왔습니다. 가련한 공작부인은 또다시 혼자가 되었습니다. 틀림없이 공작부인은 마음이 울적했을 겁니다. 겉으로는 변함없이 활기차고 유쾌한 척 태연히 지냈지요.

제 외할머니가 은근히 화를 낼 정도였습니다. 불쌍한 젊은 기사는 계곡 건너편에서 공작부인을 그리워하며 애태우고 있는데, 공작부인은 그가 안중에도 없다고 생각했던 게지요.

하지만 공작부인은 금실 레이스로 장식한 드레스를 더는 입지 않았습니다. 그리고 머리 위로 베일을 썼지요. 넨시아 이모는 공작부인의 달라진 모습이 더 아름다워 보인다고 생각했습니다.

공작도 훨씬 더 흐뭇해했습니다. 게다가 예전보다 더 자주 별장을 방문했지요. 공작은 별장에 찾아올 때마다 부인이 별문제 될 것 없는 취미에 푹 빠져 있는 모습을 보곤 했습니다. 자수나 음악, 여자 친구들과 즐기는 놀이 같은 것들이었지요.

하지만 공작은 늘 시큰둥한 표정을 지으며 떠나버렸습니다.

가기 전에 별장 예배당의 사제에게 *은밀히* 말을 건네는 것도 잊지 않았지요.

사제 얘기가 나와서 하는 말입니다만…, 제 외할머니 말로는 공작부인이 사제 앞에서 그다지 현명하게 처신하지 못한 적이 있었답니다. 넨시아 이모에게 그런 말을 들었다고 하셨지요.

사제는 공작부인을 만나러 오는 일이 드물었습니다. 대개는 치즈 더미에 박혀 있는 생쥐처럼 서재에만 틀어박혀 있었습니다.

그런데 하루는 공작부인을 찾아오더니 감히 돈을 내어달라고 했답니다. 그것도 제법 많은 돈을 요구했지요. 외국에서 왔다는 떠돌이 장사치에게 값비싼 책을 한 아름이나 사겠다고 했답니다.

하지만 공작부인은 잠자코 앉아서 책 한 권 진득하게 읽는 일조차 힘겨워하는 사람 아니겠습니까. 그래서 사제 말을 듣자마자 웃음을 터뜨리더니 거침없이 대꾸했습니다.

'세상에! 성모 마리아시여. 제가 책을 더 사야 한다는 말씀이신가요? 결혼하고 첫해에 책 때문에 숨 막혀 죽을 뻔했단 말이에요.'

사제는 모욕감에 얼굴이 벌겋게 변했습니다. 공작부인은 아랑곳하지 않고 말을 이어갔지요.

'신부님, 책은 얼마든지 사셔도 좋아요. 돈을 찾을 수 있다면 말이에요. 그런데 신부님, 저는 요즘 터키석 목걸이랑 잔디 볼링장 끝에 세워둔 다프네 조각상이랑 지난 성 미카엘 축일에 흑인 시종이 집시에게서 사들인 앵무새 값을 치를 돈을 어디서 구하나 고민하고 있답니다. 그러니 보시다시피 그런 하찮은

것들에 낭비할 돈은 한 푼도 없어요.'

사제가 거북한 표정으로 돌아서자 공작부인은 그의 등에 대고 마지막 일격을 가했습죠.

'블란디나 성녀(성 포티누스 주교와 함께 리옹에서 처형당한 순교자 가운데 한 명-옮긴이)께 공작의 돈주머니를 열어달라고 기도해보세요!'

사제는 들릴 듯 말 듯 작은 목소리로 대꾸했습니다. '참으로 훌륭한 제안이십니다, 부인 마님. 그런데 저는 이미 복되신 성녀께 공작이 별장의 모든 일을 빠짐없이 *알게 해달라고* 기도했습니다.'

그 자리에 서 있던 넨시아는 이 광경을 빠짐없이 보았지요.

공작부인은 얼굴이 새빨갛게 달아올라서 사제에게 나가 달라고 손짓했답니다. 그러고는 제 외할머니를 소리쳐 불렀습니다.

'자, 서둘러!' 할머니는 기꺼이 심부름을 맡으려고 했지요.

'정원 화단으로 가자꾸나. 안토니오를 만나야겠어. 정원사의 아들 말이야. 새로 심은 카네이션에 관해 할 말이 있어….'

참, 제가 아직 선생께 말씀드리지 않았지요?

예배당 지하에는 석관이 하나 있습니다. 인간이 헤아릴 수도 없는 오랜 세월 동안 그곳에 있었지요. 석관 안에는 복되신 리옹의 블란디나 성녀의 넓적다리뼈가 들어 있습니다.

튀르크인과 전쟁을 벌였을 때, 이 가문의 선대 공작과 함께 전장을 누빈 프랑스의 어느 위대한 공작이 선물했다고 합니다.

그 후로 이 저명한 가문은 그 신성한 유물을 특히나 숭배했습니다.

공작부인은 별장에 홀로 남겨진 이후 성녀의 유물을 열렬히 떠받들었다고 합니다. 예배당에서 자주 기도하기도 했지요. 심지어는 내킬 때면 언제든 지하로 내려가 석관 근처에서 무릎 꿇고 기도드리고 싶으니, 지하실 입구를 덮은 석판을 목판으로 바꾸라고 지시까지 했습니다.

공작부인은 이 일로 별장 사람 모두에게 깊은 신앙심을 심어 주려고 했습니다. 그러니 사제는 특히나 기뻐해야 마땅했지요.

하지만 그는 가장 달콤한 사과를 맛보고도 심술궂은 말을 내뱉을 사람이었습니다.

어쨌거나 하던 이야기를 이어가겠습니다. 공작부인은 사제를 내보내고 정원으로 달려갔습니다. 다들 그 모습을 보았다고 했지요. 부인은 정원에서 안토니오에게 새로 심은 카네이션에 관해 진지하게 이야기했습니다. 그러고 나서는 실내로 돌아와 온종일 즐겁게 악기를 연주했답니다.

넨시아는 공작부인이 사제의 요청을 거절한 일이 아무래도 실수인 것 같다고 생각했지만, 그런 말은 입에 올리지도 않았습니다. 공작부인을 타이르는 일은 가뭄에 기우제를 지내는 것만큼이나 소용없었기 때문이지요.

그해 겨울은 유달리 일찍 찾아왔습니다. 만령절(기독교 성인을 기리는 날. 11월 2일-옮긴이) 무렵이 되자 새하얀 눈송이가 온 언덕을 뒤덮었고, 거센 바람이 불어서 나뭇잎이 우수수 떨어졌습니다. 온실에 있던 레몬 나무가 얼어서 상할 정도로 추웠지요.

음울한 계절이 닥치자 공작부인은 실내에만 머물렀습니다.

난롯가에 앉아서 자수를 놓거나 성경을 읽었습니다. 공작부인이 성경을 읽다니, 전에 없던 일이지요. 또 공작부인은 자주 예배당에 가서 기도하기도 했습니다.

반대로 사제는 아침에 미사를 집전할 때를 빼고는 예배당에 얼굴을 비치는 일이 없었습니다. 미사 시간이 되면 공작부인은 2층 기도석에 앉았고, 류머티즘으로 고생하는 하인들은 대리석 바닥에 무릎을 꿇었습니다.

사제는 추위를 몹시 싫어했습니다. 그래서 마녀에게 쫓기기라도 하는 양 눈 깜짝할 새에 미사를 끝내고 예배당을 빠져나갔습죠. 사제는 미사가 끝나면 온종일 서재에 틀어박혔습니다.

화롯불을 쬐면서 서가에 끝없이 늘어놓은 책에 파묻혀 지냈지요.

선생은 제가 도대체 무슨 말을 하려는 건지 궁금하실 겁니다. 제가 너무 뜸을 들였지요. 남은 이야기가 두려워서 그런 것이니 이해해주시지요. 하던 이야기를 마저 할까요.

그해 겨울은 길고 혹독했습니다. 날씨가 추워지자 비첸차 저택에서 머물던 공작이 발길을 끊었습니다. 공작부인의 이야기 상대라고는 별장에서 지내는 하인과 시녀, 정원사들이 전부였지요. 제 외할머니는 공작부인이 그런 처지에서도 생기를 잃지 않는 모습이 참 놀라웠다고 했습니다.

다만 공작부인이 예배당에서 기도하는 시간이 갈수록 길어졌답니다. 그래서 예배당의 난로에 온종일 불을 피워둬야 했지요. 젊은이들은 자연스럽게 누려야 할 쾌락을 빼앗기면 종교에 깊이 의지하게 마련입니다.

제 외할머니는 공작부인이 살아 있는 죄인과 대화할 수 없는 탓에 죽은 성인에게서 위안을 찾아야 한다는 사실이 차라리 다행이라고 했지요.

외할머니는 그해 겨울 공작부인을 몇 번 보지 못했습니다. 공작부인은 다른 사람들 앞에 나와 의젓하게 행동할 때도 간혹 있었지만, 점점 혼자 지내는 시간이 늘었습니다.

곁에는 넨시아만 두려고 했지요. 기도하러 갈 때는 넨시아마저 물리쳤습니다. 기도는 경건한 마음의 표시이기 때문에 다른 사람에게 기도하는 모습을 보이고 싶지 않다고 했지요. 예배당에서 기도하고 있을 때 혹시라도 사제가 나타나면 곧바로 알려 달라고 넨시아에게 엄명까지 내렸습니다.

그렇게 겨울이 가고 봄이 성큼 다가왔습니다. 그러던 어느 날 밤, 외할머니는 지독히도 무서운 일을 겪었답니다. 외할머니의 잘못 때문이었지요.

그날 밤 외할머니는 안토니오와 함께 라임 나무를 심어놓은 오솔길을 걸었습니다. 넨시아 이모는 외할머니가 분부대로 방에서 바느질을 하고 있는 줄로만 알았지요.

그런데 외할머니는 산책 도중 넨시아의 방 창문에서 불빛이 번득이는 것을 보았습니다. 외할머니는 분부를 어기고 밖으로 나간 일을 들킬까 봐 덜컥 겁을 집어먹었습니다. 그래서 월계수 숲을 지나 재빨리 집으로 달려갔지요.

외할머니의 방으로 가려면 예배당 앞을 지나야 했습니다. 외할머니는 살금살금 기어서 예배당 앞을 통과해 부엌방으로 슬그머니 들어갈 생각이었습니다. 어둠이 짙게 깔렸고 달빛조차 희미했으니까요.

외할머니가 손으로 더듬어서 나아가고 있는데 바로 뒤에서 요란한 소리가 났습니다. 예배당 창문에서 누가 떨어지기라도 한 것처럼요. 외할머니는 심장이 철렁했지만, 뛰어가면서 뒤를 돌아보았습니다.

아니나 다를까, 사내 하나가 허둥지둥 테라스를 지나고 있더랍니다. 외할머니는 그 사내가 건물 모퉁이를 돌아서 사라질 때 사제의 예복 옷자락이 휙 스치는 것을 똑똑히 보았습니다.

틀림없는 사실이라고 맹세까지 하셨지요.

참으로 기이한 일입니다. 왜 사제는 예배당 창문으로 빠져나갔을까요? 문으로 나갈 수도 있었을 텐데 말입니다.

혹시 아까 보셨는지 모르겠지만, 예배당 문은 1층 살롱으로 이어집니다. 이 문을 제외하고 밖으로 나갈 수 있는 유일한 길은 공작부인의 2층 기도석을 통과하는 것뿐입니다.

외할머니는 그날 일을 곰곰이 생각해보았지요. 밤 산책 때문에 무서운 일을 겪었던 터라 며칠간은 밤에 꼼짝도 하지 않고 방에 머물렀답니다.

하지만 다시 라임 나무 오솔길로 나가서 안토니오를 만났습니다. 그리고 그날 밤에 무슨 일이 있었는지 털어놓았지요. 그런데 놀랍게도 안토니오는 웃음을 터뜨렸습니다. '바보야, 창밖으로 나오고 있던 게 아니야. 창문으로 안을 *훔쳐보려* 했던 거라고.' 안토니오는 이렇게만 말하고 입을 다물었습니다.

그렇게 시간이 흐르고 부활절이 다가왔습니다. 공작이 성 축일을 보내러 로마로 떠났다는 소식이 별장에 도착했지요. 공작이 어디를 가든 별장 생활은 달라질 게 전혀 없었습니다.

그래서 공작의 누런 얼굴이 아펜니노산맥 너머 멀리 있다고 생각하며 안심하는 사람은 아무도 없었습니다. 어쩌면 *사제는* 안심했을지도 모르지요….

5월의 어느 날이었습니다. 공작부인은 오전 내내 넨시아와 함께 테라스를 오래도록 거닐었습니다. 아름다운 경치를 흐뭇하게 바라보기도 하고, 석조 화병에 꽂아둔 카네이션에서 풍기는 향기를 즐기기도 했지요.

한낮이 다 되어가자 공작부인은 처소로 돌아가면서 침실에 식사를 차리라고 분부했습니다. 제 외할머니도 접시 나르는 일을 거들었지요.

외할머니는 공작부인이 침실에서 눈이 부시도록 아름답게 꾸미고 있었다고 했습니다. 화창한 봄날에 어울리도록 보는 각도에 따라 색깔이 달라지는 은빛 드레스를 입고 훤히 드러낸 어깨에 진주 목걸이를 걸치고 있었다지요. 당장 궁정 무도회로 가서 황제와 함께 춤을 춰도 될 만큼 한껏 치장한 모습이었습니다.

게다가 공작부인은 진귀한 요리를 마련하라고 지시했답니다.

평소에는 식탁에 무엇이 올라오는지 신경 쓴 적이 거의 없었는데 말입니다. 젤리와 고기파이, 시럽을 듬뿍 뿌린 과일, 향신료로 향긋하게 맛을 낸 케이크에다 그리스 와인까지 큰 병으로 가져오라고 했지요.

하녀들이 상다리가 부러지도록 음식을 차려놓자 공작부인은 고개를 끄덕이며 손뼉을 쳤습니다. 그리고 몇 번이고 되풀이해서 '오늘은 푸짐하게 먹어야겠어.'라고 말했습니다.

그런데 공작부인은 이내 변덕을 부렸습니다. 식탁에서 물러나더니 넨시아에게 묵주를 가져오라고 분부했지요. '날이 좋다 보니 기도를 잊고 있었구나. 식사하기 전에 먼저 기도를 드려야겠다.'

공작부인은 시종을 모두 내보낸 뒤 침실 문을 닫고 빗장까지 질렀습니다. 기도할 때면 늘 그랬지요. 제 외할머니도 넨시아와 함께 아래층 빨래방으로 내려갔습니다.

빨래방은 마당으로 통합니다. 창문으로 마당을 내다볼 수 있지요. 외할머니는 거기서 생각지도 못했던 광경을 보았습니다.

별장의 대문에서 이어지는 가로수길을 따라 공작의 마차가 나타난 게지요. 모두 공작이 로마에 가 있는 줄 알았는데 말입니다.

마차 뒤로는 노새와 황소 한 무리가 수레를 끌고 있었습니다.

수레에는 수의로 감싸놓은 무릎을 꿇은 형상 같은 것이 실려 있었습니다. 외할머니는 난데없는 광경을 보고 놀라 말문이 막혔답니다. 마차가 현관문에 당도하고 난 후에야 공작이 도착했다는 사실을 알려야 한다는 생각이 불쑥 들었지요.

넨시아도 공작의 마차를 보더니 얼굴이 새하얗게 질려 빨래방 밖으로 뛰쳐나갔습니다. 외할머니는 이모의 표정을 보고 지레 겁이 나서 따라나섰습니다.

두 사람은 예배당으로 향하는 복도를 달려갔습니다. 가는 도중 사제를 만났지요. 책에 푹 빠져 있던 사제는 깜짝 놀라 어디로 가는 길이냐고 물었습니다. 그는 공작이 도착했다는 말을 전해 듣고는 아연실색했습니다.

사제가 하도 이것저것 캐묻고 한마디 할 때마다 긴 탄식을 내뱉는 바람에 두 사람이 사제에게서 벗어났을 때쯤에는 공작이 코앞까지 와 있었지요.

넨시아가 예배당 문가에 먼저 도착해서 공작이 왔다고 고래고래 외쳤습니다. 그런데 공작부인이 안에서 대답하기도 전에 공작이 예배당에 이르렀습니다. 그 뒤에는 사제가 있었지요.

잠시 후 문이 열렸습니다. 공작부인이 서 있었지요. 공작부인은 스카프로 어깨를 가린 채 묵주를 들고 있었습니다. 하지만 스카프 사이로 새하얀 살결이 다 보였습니다. 마치 달이 엷은 안개 사이로 고개를 내미는 것 같았습니다. 공작부인의 아름다움도 빛을 내뿜는 듯했지요.

공작은 부인의 손을 잡으면서 인사했습니다. '부인. 기도하는 당신을 깜짝 놀라게 하다니, 이보다 더 기쁜 일은 없을 거요.'

그러자 공작부인이 대꾸했지요. '공작 나리께서 이곳에 찾아온다고 미리 알려주셨으면 저 역시 기뻤을 텐데요.'

공작이 받아쳤습니다. '부인, 내가 온다는 걸 미리 알았더라면…, 그대의 옷차림이 지금과 많이 *달라졌을* 거요. 그대처럼 젊고 아름다운 여인 중에서 애인을 맞이할 때처럼 한껏 치장하고 성인에게 기도를 드리는 사람이 도대체 몇이나 있겠소?'

'공작 나리, 저는 애인을 위해 화려하게 꾸밀 기회는 단 한 번도 누려보지 못했습니다. 제가 온 마음을 다해 즐길 수 있는 일이라고는 성인에게 기도드리는 것뿐인걸요. 도대체 무슨 말씀이신가요?'

공작부인은 이렇게 외치면서 뒷걸음질 쳤습니다.

부인의 손에서 묵주가 떨어졌지요. 그때 살롱의 반대편 끝에서 커다란 소리가 울려 퍼졌습니다. 육중한 물건이 복도를 따라 끌려오는 소리였습니다. 이윽고 인부 십여 명이 모습을 드러냈습니다. 그들은 수레에 실려 있던 천으로 감싼 물건을 힘겹게 끌어오고 있었지요.

공작이 인부들에게 손짓하더니 다시 입을 뗐습니다.

'부인. 저것은 그대의 깊디깊은 신앙심에 바치는 공물이오. 당신이 이 예배당에 안치된 복된 유물을 그토록 숭배한다는 말을 전해 들었소. 내가 얼마나 흐뭇했는지 모를 거요.

겨울의 매서운 추위에도, 여름의 모진 더위에도 꺾이지 않는 당신의 열정을 기리고 싶었소. 그래서 그대의 모습을 담은 조각상을 주문했다오. 베르니니가 감탄이 절로 나올 만큼 훌륭하게 조각했소. 이 조각상을 제단 앞, 지하실 입구 바로 위에 놓아둘 생각이오.'

공작부인은 낯빛이 창백해졌지만, 여전히 미소를 띠고 장난스럽게 대답했습니다. '저의 신앙심을 기념하시겠다니…, 공작나리는 짓궂은 농담도 잘하시는군요.'

'농담이라니?' 공작이 부인의 말을 가로막았습니다. 그러더니 예배당 문턱에 와 있는 인부들에게 다시 손짓했지요. 인부들이 조각상 덮은 천을 벗겼습니다. 그러자 무릎을 꿇은 공작부인 조각상이 모습을 드러냈습니다. 어찌나 생생하던지 살아 숨 쉬는 듯했지요. 그 자리에 있던 이들 모두 혀를 내두르며 감탄했습니다. 하지만 공작부인은 대리석보다 더 하얗게 질린 채 잠자코 서 있었습니다.

'자, 이제 알겠소?' 공작이 말했습니다. '농담이 아니오. 그 어디에도 비할 데 없는 거장의 손이 빚어낸 걸작이라오. 천재적인 엘리자베타 시라니(이탈리아의 바로크 화가. 아름다운 '베아트리체 첸치' 초상화로 유명-옮긴이)가 그린 당신의 소형 초상화를 여섯 달 전에 베르니니에게 보냈었소. 그래서 이렇게 입이 떡 벌어질 만큼 훌륭한 작품이 탄생한 거요.'

'여섯 달, 전이요?' 공작부인이 소리쳤습니다. 공작부인이 쓰러질 것 같아 공작이 부인을 붙잡았습니다.

'그대가 강렬한 감정을 보여줄 때보다 더 기쁜 순간은 없다오. 진실한 신앙심은 언제나 절제되어 있는 법이니까. 지금 당신의 반응보다 더 나은 감사의 표시는 없을 거요.'

공작이 인부들에게 지시했습니다. '자, 조각상을 제 자리에 갖다 놓게.'

그러자 공작부인은 다시 정신을 차린 것 같았습니다. 그리고 마음속 깊은 곳에서 우러난 존경심을 담아 대답했지요. '뜻밖의 은혜에 몸 둘 바를 몰라서 그랬답니다. 제가 격의 없이 군 것을 용서해주시겠어요?

저에게 선물 받을 특권을 허락하셨으니 얼마나 영광인가요.

다만 보잘것없는 저를 가엾게 여기시어…, 저를 본떠 만든 조각상을 예배당 구석에 놓아주시길 간청드립니다.'

이 말에 공작은 표정이 어두워졌습니다. '뭐라고! 그대에게 준 선물은 대가의 솜씨가 일구어낸 걸작이오. 솔직하게 말하자면…, 조각상 값을 치르느라 드넓은 포도밭을 뒤덮을 만큼 어마어마한 황금을 썼단 말이오. 그런데 시골 석공의 작품인 양

구석에 처박아 두겠다는 거요?'

'제가 감추고 싶은 것은 저의 겉모습일 뿐입니다. 거장의 작품이 아니라요.'

'그대가 내 집에 어울리는 사람이라면, 하나님의 집에도 어울리는 사람이오. 그러니 이 집에서도 하나님의 집에서도 지낼 수 있는 영광을 허락받은 셈이지. 뭘 꾸물거리고 있느냐! 썩 갖고 오지 않고!' 공작이 인부들에게 소리쳤습니다.

공작부인은 고분고분 물러섰습니다. '맞는 말씀입니다. 공작께서는 늘 옳은 말씀만 하시지요. 그러면 적어도 조각상을 제단 왼편에 둘 수는 없을까요? 그곳이라면 조각상이 2층 기도석에 있는 공작의 자리를 우러러볼 수 있을 텐데요.'

'참 갸륵한 생각이오, 부인. 그리 말해주어서 고맙소. 하지만 아주 오래전부터 제단 왼편에 내 모습을 본뜬 조각상을 둘 생각이었다오. 그대도 알다시피 부인의 자리는 남편의 오른편 아니겠소?'

'그렇지요, 공작 나리…. 하지만 저의 못난 모습은 영광스럽게도 공작 곁에서 무릎을 꿇을 자격이 없답니다. 그렇다면 우리 조각상을 모두 제단 앞에 두는 것은 어떨까요? 실제로도 제단 앞에서 기도를 드리니까요.'

'부인. 제단 앞에 조각상을 두면 우리가 어디에서 무릎을 꿇고 기도를 올리겠소?'

공작이 여전히 침착한 태도로 대답했지요.

'그리고 당신의 조각상을 지하실 입구에 올려두려는 데는 특별한 이유가 따로 있소. 지하실에 안치된 성녀를 향한 당신의 특별한 신앙심을 기념할 뿐만 아니라, 목판을 깔아둔 입구를 완전히 봉쇄해서 성스러운 순교자의 유골을 영원토록 안전하게 보존하려는 거요. 생각해보니 그동안 신성한 유골이 무방비로 내버려져 있지 않았겠소? 성물을 *훔치려*는 무엄한 자들도 있었는데 말이오.'

'성물을 훔치려 한다니요?' 공작부인이 소리쳤습니다. '제 허락 없이는 아무도 이 예배당에 들어오지 못합니다.'

'나도 그렇게 생각했소. 그대의 신앙심을 잘 알고 있으니 당연히 누구도 함부로 드나들지 못했으리라고 믿었다오. 그런데 어느 날 밤에 악당 하나가 예배당 창문으로 침입하려고 했소. 부인, 그대는 모르고 있었나 보오.'

'그럴 리가요. 저는 깊이 잠들지 못하는걸요.'

'정말이오?'

공작이 근엄한 눈빛으로 부인을 바라보았습니다.

'그대처럼 젊은 사람이 곤히 자지 못하다니, 좋지 못한 신호요. 수면제라도 먹어야겠군.'

공작부인의 눈에 눈물이 그렁그렁 맺혔습니다. '그러면…, 제가 성스러운 유물을 알현하며 얻는 위로를 정녕 빼앗으실 건가요?'

'나는 그대가 유물을 영원히 지킬 수 있게 하려는 거요. 성물 지키는 일을 믿고 맡길 수 있는 적임자가 당신의 조각상 말고 또 어디 있겠소.'

인부들이 지하실 입구를 덮은 목판 근처로 조각상을 끌고 오자 공작부인이 불쑥 앞으로 나서더니 길을 가로막았습니다.

'공작 나리! 지하실 입구는 내일 봉쇄하게 해주세요. 제가 오늘 밤 성스러운 유골 곁에서 마지막으로 기도할 수 있게 허락해주세요.'

공작은 곧바로 부인 곁에 다가왔습니다. '좋은 생각이오, 부인. 지금 함께 지하실로 내려갑시다. 나도 그대와 함께 기도드리리다.'

'아아, 공작 나리! 나리께서 제 곁을 너무도 오랫동안 떠나 계신 탓에 저는 홀로 기도하는 데 너무도 익숙해졌답니다. 솔직히 말씀드리건대, 곁에 누가 있다면 기도에 오롯이 집중하지 못할 거예요.'

'부인, 그대의 비난을 부정하지 않겠소. 당신의 말이 맞아요. 그동안 공작이라는 지위에 걸맞은 의무를 다하느라 너무 오랫동안 그대를 혼자 두었소. 하지만 이제부터 그대의 숨이 다하는 순간까지 그대 곁을 지킬 거요. 자, 나와 함께 지하실로 내려가겠소?'

'그러지 않으셔도 괜찮아요. 나리가 오한에 시달리실까 봐 걱정스럽답니다. 지하실의 공기가 너무 축축하고 차갑지 뭐예요.'

'그렇다면 그대 역시 지하실에 내려가서는 안 되겠군. 그대가 뜨거운 신앙심을 참지 못하고 지하실로 갈지 모르니 지금 당장 입구를 막겠소.'

그러자 공작부인은 그 자리에 무릎을 꿇었습니다. 눈물을 펑펑 흘리면서 하늘을 향해 두 손을 들어 올렸지요.

'아…,' 공작부인이 울면서 소리쳤습니다. '너무 잔인하십니다. 나리께서 공작의 의무를 다하시는 동안 외로움을 참고 견던 저를 위로해준 성스러운 유물을 뵙지 못하게 하시다니요. 성녀께 오래도록 기도드리고 묵상한 제가 외람되게 한 말씀 올리겠어요. 나리! 복되신 블란디나 성녀의 존귀한 유해를 그렇게 방치하면 우리를 벌하실 거예요!'

그러자 공작은 잠시 말을 잃은 것 같았습니다. 공작 역시 경건한 신자였기 때문이지요. 제 외할머니는 그 순간 공작이 사제와 눈길을 주고받는 듯하다고 했습니다.

사제는 눈을 내리깐 채 머뭇머뭇 앞으로 나와 입을 열었습니다. '부인 마님의 말씀은 분명 일리가 있습니다. 공작 나리, 유물을 지하실이 아니라 제단 바로 아래에 모시면 어떻겠습니까? 그러면 마님의 신실한 소망도 이루어드릴 수 있고, 성녀도 더 가까이서 기릴 수 있을 겁니다.'

'맞는 말이오!' 공작이 힘껏 외쳤습니다. '그러면 당장 그렇게 하시오!'

사제의 말에 공작부인은 겁에 질린 얼굴로 일어났습니다.

'안 됩니다!' 공작부인이 울부짖었습니다. '어찌 감히 성녀의 육신에! 나리께서는 저의 간청을 모조리 거절하셨습니다. 그런데 다른 사람의 청은 곧바로 승낙하시다니요!'

사제는 얼굴이 벌겋게 달아올랐고, 공작은 더 누렇게 변했습니다. 한동안 누구도 입을 열지 않았습니다.

마침내 공작이 입을 뗐지요. '이야기는 충분히 한 것 같소. 부인, 유물을 지하에서 꺼내면 만족하겠소?'

'다른 사람이 끼어들어서 내놓은 제안은 싫습니다!'

'그러면 조각상을 그냥 지하실 입구에 놓겠소!' 공작이 분노에 사로잡혀 말했습니다. 그러고는 공작부인을 의자로 데려갔지요. 공작부인은 두 손을 공작에게 꼭 잡힌 채로 의자에 앉았습니다. 그리고 꼿꼿하게 몸을 세우고 고개를 들어 공작을 뚫어지도록 바라보았습니다.

인부들이 조각상을 끌고 와 지하실 입구에 놓았습니다. 그러자 공작부인은 벌떡 일어서 몸을 돌려 떠났지요. 부인은 넨시아 곁을 지나면서 '안토니오를 불러와….'라고 속삭였습니다.

하지만 넨시아가 대답하기도 전에 공작이 둘 사이를 파고들었습니다.

'부인…,' 공작이 만면에 미소를 띤 채 말했습니다. '당신을 존경하는 내 마음을 한시라도 빨리 보여주고 싶어 로마에서 곧장 이리로 왔소. 지난밤은 몬셀리체에서 묵고, 동이 트자마자 길을 떠났다오. 내게 식사조차 권하지 않을 생각이오?'

'당연히 대접해드려야지요.' 공작부인이 대답했습니다. '한 시간 안에 식당에서 드실 수 있게 준비해놓겠습니다.'

'지금 당장 그대의 침실에서 식사하면 어떻겠소? 당신이 주로 그곳에서 식사한다고 알고 있는데.'

'제 방에서요?' 공작부인이 당황한 기색을 감추지 못하고 되물었지요.

'그러면 안 될 이유라도 있소?'

'그럴 리가요. 그러면 제게 잠시 몸단장할 시간을 주시겠어요?'

'그대 처소의 별실에서 기다리겠소.'

제 외할머니는 그때 공작부인이 공작을 바라보는 표정을 똑똑히 보았다고 했지요. 마치 지옥으로 떨어진 혼령들이 굳게 닫혀버린 지옥문을 쳐다볼 때 지을 법한 표정이었답니다. 이윽고 공작부인은 넨시아와 함께 처소로 돌아갔습니다.

외할머니는 공작부인의 침실에서 정확히 무슨 일이 벌어졌는지 전혀 모른다고 했습니다. 다만 공작부인이 몹시 서둘러서 치장했다고만 말했습니다.

공작부인은 입이 떡 벌어질 만큼 호화롭게 꾸몄습니다. 머리카락에 반짝이는 금가루를 뿌렸고, 얼굴과 가슴에도 곱게 화장품을 발랐지요. 게다가 보석을 어찌나 많이 걸쳤던지 성모 마리아처럼 눈부시게 빛났습니다.

공작부인이 단장을 채 끝내기도 전에 별실에서 기다리던 공작이 침실로 들어섰습니다. 공작 뒤로 하인들이 접시를 들고 줄줄이 따라 들어왔지요. 그러자 공작부인은 넨시아를 내보냈습니다.

외할머니는 이후에 벌어진 일을 식료품 저장실에서 일하는 어느 하인에게서 전해 들었다고 했습니다. 그 하인도 요리를 들고 별실에서 대기했었지요. 공작부인의 침실에 머물 수 있었던 하인은 공작 바로 곁에서 수발을 드는 시종뿐이었습니다.

선생, 그 하인은 온몸으로 생생하게 보고 들었다고 했답니다.

말하자면 그렇다는 겁니다. 그때까지 공작부인 곁에 그렇게 가까이 있던 적이 없었으니 그렇게 느꼈을 테지요. 어쨌든 공작 부부는 굉장히 기분이 좋아 보였답니다. 공작부인은 남편이 너무 오랫동안 밖으로 나돌았다며 장난스럽게 나무랐습니다.

공작은 부인의 눈부시게 아름다운 모습을 보는 것만으로도 충분히 벌을 받는 것 같다고 대꾸했다지요.

두 사람은 이런 식으로 화기애애하게 대화를 이어갔습니다.

공작부인이 재치 있는 농담을 던졌고, 공작은 다정하게 칭찬을 건넸습니다. 그 하인은 공작 부부가 어느 모로 보나 여름날 밤 포도밭에서 사랑을 속삭이는 연인 같았다고 분명히 말했습니다.

그렇게 식사 시간이 이어지다 다른 시종이 설탕과 향신료를 넣어 따끈하게 데운 와인을 들고 들어갔습니다.

공작이 말했지요. '아…, 오늘 저녁이 이토록 즐거우니 그대 곁을 떠나 지냈던 무미건조한 나날들이 모두 보상받는 것 같소. 지난여름 정원의 정자에서 사촌 아스카니오와 함께 초콜릿을 마셨을 때 이후로 이렇게 웃어본 적이 있는지 기억조차 나지 않는다오.'

공작은 마지막으로 한 마디 덧붙였습니다. '참, 아스카니오는 건강하게 잘 지내고 있소?'

'저도 전해 들은 바가 없답니다. 그나저나 공작 나리…, 달콤한 와인에 절인 무화과 좀 맛보시겠어요?'

'당신이 권하는 것이라면 무엇이든 먹겠소.'

공작부인이 공작 앞에 무화과 접시를 놓는데 그가 다시 말을 꺼냈습니다. '지금이야 더할 나위 없이 즐겁지만, 그렇지 않았더라면 아스카니오가 없는 게 아쉬웠을 거요. 식사 자리에 빠지면 섭섭할 만큼 보기 드물게 유쾌한 친구니까 말이오. 부인은 어떻게 생각하시오? 그가 아직 계곡 건너편 포도밭에서 지낸다고 들었는데…, 사람을 보내서 불러오면 어떻겠소?'

'아…,' 공작부인이 수심에 찬 표정으로 한숨을 내쉬며 대답했습니다. '공작 나리께서는 벌써 제가 지긋지긋해지셨나 봅니다.'

'부인이 지긋지긋하다니? 그저 아스카니오가 참으로 훌륭한 친구라서 해본 말이오. 하지만 지금은 그가 이 자리에 없는 게 낫겠군. 그의 건강을 바라며 술잔을 비워야겠소.'

공작은 자신의 술잔을 들어 올렸습니다. 그리고 공작부인의 잔에도 술을 따르라고 시종에게 손짓했지요.

'아스카니오를 위해 한잔합시다!' 공작이 일어나 큰소리로 외쳤습니다. '부르는 이가 없을 땐 함부로 나타나지 않을 줄 아는 현명한 친구지. 그가 장수하기를 바라며 마시리다. 부인도 한마디 하겠소?'

공작부인은 웃음기가 싹 달아난 얼굴로 공작을 빤히 바라보고 있었습니다. 하지만 이내 공작을 따라 일어나 술잔을 들었지요.

'저는 그가 행복한 죽음을 맞길 바라며 마시겠어요.' 공작부인의 목소리에서는 분노가 뚝뚝 묻어났지요. 공작부인이 술잔을 비우자마자 빈 잔이 바닥으로 떨어졌습니다. 그리고 부인이 풀썩 쓰러졌습니다.

공작이 하녀들을 소리쳐 불렀습니다. 하녀들이 서둘러 달려와 기절한 공작부인을 침대에 눕혔지요. 공작부인은 그날 밤새도록 끙끙 앓으며 지독하게 괴로워했습니다.

넨시아 말로는 화형대에 오른 이단자처럼 온몸을 비틀었답니다. 그러나 입 밖으로 단 한마디도 내지 않았다지요.

공작은 부인 곁을 떠나지 않고 지켜보다 아침 해가 밝아올 무렵 사제를 불러왔습니다. 그때쯤 공작부인은 의식을 완전히 잃었습니다. 입을 꼭 다문 채였지요. 공작은 부인에게서 그 어떤 말도 듣지 못했습니다.

공작은 일가친척에게 부인이 세상을 떴다고 알렸습니다. 귀가한 남편을 위해 마련한 식사 자리에서 잉어알로 만든 오믈렛과 와인을 지나치게 많이 먹고 마신 탓이라고 했지요. 이듬해 공작은 새로운 부인을 맞이했습니다. 둘 사이에 아들 하나와 딸 다섯이 태어났지요…."

하늘은 푸르스름한 잿빛으로 물들어 있었다. 하늘을 배경으로 서 있는 흙빛 별장은 불가사의해 보였다. 정원에 바람 한 줄기가 불어와 누렇게 시든 플라타너스 잎을 여기저기 흐트러뜨렸다. 계곡 너머 서 있는 언덕은 금방이라도 천둥 번개를 내리칠 것 같은 구름처럼 보라색이었다.

"그러면 조각상은 어떻게 됐습니까?" 내가 물었다.

"아, 그래요, 조각상! 선생, 제 외할머니가 알려준 그대로 말씀드리겠습니다. 우리는 여기 바로 이 벤치에 앉아 있었지요.

당시 외할머니는 공작부인을 숭배하다시피 했습니다. 그 나이대 소녀는 아름다운 귀부인을 흠모하기 마련이니까요. 그런데 딱하게도 겁에 잔뜩 질린 채 그날 밤을 보냈습니다.

선생도 상상할 수 있을 겁니다. 공작부인 침실에는 들어가지도 못하고, 그저 그 안에서 흘러나오는 울음과 신음, 고함만 바깥에서 듣고 있어야 했지요.

외할머니는 구석에 쭈그리고 앉아 나이든 하녀들이 넋이 나간 얼굴로 허겁지겁 오가는 모습을 모두 보았습니다. 동이 트자 공작의 호리호리한 얼굴이 문가에 나타났고, 사제가 침실 옆 곁방에 슬그머니 들어와서 기도서를 들여다보았습니다.

공작부인이 쓰러진 날 밤에도 다음 날 아침에도 외할머니를 신경 쓰는 사람은 아무도 없었습니다.

외할머니는 이튿날 땅거미가 어둑하게 질 무렵에야 공작부인이 숨을 거두었다는 사실을 알게 되었답니다. 마음이 찢어질 듯 아팠던 외할머니는 세상을 뜬 공작부인을 위해 기도드리고 싶었지요. 그래서 남몰래 예배당으로 살그머니 숨어들었습니다. 예배당은 텅 빈 채 어둠만 깔려 있었습죠.

그런데 외할머니는 제단을 향해 가던 중 낮게 흐느끼는 소리를 들었습니다. 외할머니는 공작부인의 조각상 앞으로 가서 얼굴을 살펴보았지요. 전날까지만 해도 미소 짓고 있던 사랑스러운 얼굴이 *변해* 있더랍니다. 조금 전에 선생이 봤던 그 표정으로요. 그리고 조각상이 흐느끼는 것 같았답니다.

외할머니는 그 자리에 얼어붙었습니다. 무슨 영문인지 알 수 없었지만, 비명을 지를 수도 없었다고 나중에 말씀하셨지요.

외할머니는 뒤돌아서 도망쳤습니다. 복도를 달려가다 그만 정신을 잃고 말았습니다. 정신을 차려보니 자기 방에 누워있더랍니다.

그리고 공작이 예배당 문을 걸어 잠갔다는 말을 전해 들었습니다. 누구도 예배당에 발을 들여놓아서는 안 된다고 했다지요.

십여 년쯤 후에 공작이 세상을 뜨고 나서야 예배당이 다시 열렸습니다. 새로운 공작과 하인 몇 명이 그곳에 가장 먼저 들어갔습니다. 그들도 보았지요. 외할머니가 그동안 가슴 속에 품고 있던 공포를요…."

"그러면 지하실은요? 지하실은 다시 열렸습니까?"

"그럴 리가 있겠습니까, 선생!" 노인이 십자를 그으며 소리쳤다. "아무도 지하의 유물을 방해해서는 안 된다는 게 공작부인의 뜻 아니었겠습니까?"

5화 밤의 승리

웨이무어에서 출발한 썰매가 아직 도착하지 않은 것이 확실했다. 보스턴 출신의 젊은 여행자는 노스리지 교차로에 도착하면 기차에서 내려 썰매로 갈아탈 생각이었다.

하지만 썰매가 도착하지 않은 바람에 그는 사방이 훤히 트여 있는 승강장에서 혼자 오들오들 떨며 겨울밤의 매서운 공격을 받아내야 했다.

눈과 얼음으로 뒤덮인 뉴햄프셔 숲에서 불어온 바람이 여행자를 강타했다. 바람은 끝없이 펼쳐진 얼어붙은 땅을 가로질러 온 듯했다. 적막이 무겁게 내려앉은 언 땅을 냉혹한 포효로 가득 메우고, 혹독한 흑백의 풍경에 대고 칼날을 날카롭게 벼렸을 것이다. 그리고 희생양을 에워싼 채 그 칼날을 마구 휘두르며 쉴 새 없이 공격했다. 마치 망토를 흔들고 투창을 던지는 투우사 같았다.

젊은 여행자는 투우사의 모습을 마음속에 그려보다 자기에게는 몸을 감쌀 망토가 없다는 사실을 뼈저리게 깨달았다. 보스턴의 비교적 온화한 날씨에 맞춰 챙겨 입은 외투는 살을 에는 듯한 바람이 휘몰아치는 노스리지 고원에서 종잇장이나 다름없었다.

조지 팩슨은 '북쪽 산등성이'라는 뜻의 노스리지라는 이름이 이 지역과 기가 막히게 잘 어울린다고 생각했다.

역은 팩슨이 기차를 타고 올라온 계곡 위로 툭 튀어나와서 사방이 노출된 바위 턱에 달라붙어 있었다. 바람이 강철 이빨로 바위 턱을 훑었다. 강철 이빨이 목판으로 만든 기차역의 측면을 긁는 소리가 정말로 들리는 것 같았다.

주변에 다른 건물은 하나도 없었다. 마을은 저 멀리 길 아래로 한참을 내려가야 나왔다. 웨이무어 썰매가 아직 도착하지 않았으니 팩슨은 어쩔 수 없이 몇십 센티나 쌓인 눈을 헤치고 마을까지 터벅터벅 걸어가야 했다.

팩슨은 어쩌다 이 지경이 되었는지 충분히 짐작할 수 있었다.

팩슨을 초대한 컴 부인이 그가 온다는 사실을 까맣게 잊어버렸을 것이다. 팩슨은 젊었지만, 세상사를 오랫동안 두루 겪으면서 슬프리만치 명쾌한 상황 판단 능력을 얻었다.

그는 직접 마차를 부릴 여유가 없는 가난한 손님들이야말로 거의 언제나 집주인에게 잊힌다는 사실을 잘 알았다. 컴 부인이 팩슨을 잊어버렸다는 말은 앞뒤 사정을 고려하지 않은 지나치게 거친 표현일 수도 있다.

비슷한 일을 몇 번 겪었던 팩슨은 컴 부인이 아마 가정부를 통해 집사에게 분부를 내렸으리라고 짐작했다.

집사는 지시대로 마부에게 전화를 걸어서 별다른 일이 없는 보조 마부 중 한 명을 노스리지 기차역으로 보내 새로운 비서를 데려오라고 일렀을 것이다. 하지만 오늘처럼 혹독한 겨울밤, 아늑한 실내를 박차고 나가 명령을 잊지 않고 따를 마부가 과연 있을까?

이제 팩슨이 해야 할 일은 높이 쌓인 눈을 뚫고 힘겹게 마을로 걸어가 웨이무어까지 타고 갈 썰매를 구하는 것이었다. 그런데 그가 컴 부인의 저택에 도착했을 때 썰매 삯으로 얼마를 내어주면 되겠냐고 묻는 사람이 아무도 없다면?

그는 그동안 비싼 대가를 치르고 이런 만일의 사태를 조심해야 한다는 교훈을 배웠다. 값비싸게 얻은 통찰력은 노스리지의 여관에서 밤을 보내고 컴 부인에게 전화로 소식을 알리는 편이 더 저렴하다고 충고했다.

결국 그는 여관에서 하룻밤 머물기로 마음을 정했다. 그가 멍하니 랜턴을 들고 있는 역무원에게 짐을 맡기려는 찰나 멀리서 썰매 종소리가 들려왔다. 마음속에서 희망이 샘솟았다.

말이 끄는 썰매 두 대가 빠르게 달려와 기차역에 멈췄다. 썰매 맨 앞에서 모피로 온몸을 감싼 젊은 남자가 튀어나왔다.

"웨이무어요? 아니요, 웨이무어에서 온 썰매가 아닙니다."

썰매에서 내린 젊은이가 말했다. 팩슨이 기대하던 말은 아니었지만, 그의 목소리가 하도 싹싹해서 팩슨은 어쩐지 위안을 느꼈다.

그때 바람에 흔들리던 랜턴이 잠시 젊은이의 얼굴에 빛을 드리웠다. 젊은이의 얼굴은 목소리와 기가 막히게 잘 어울렸다.

그는 몹시 잘생겼을 뿐만 아니라 아주 젊었다. 갓 스물을 넘겼을까 싶은 모습이었다. 그의 얼굴은 싱그러운 아침의 활기로 가득했지만, 어딘가 모르게 야위어 보였다. 마치 허약한 육신에 생기발랄한 영혼이 깃든 것 같았다.

팩슨은 그 젊은이의 정신과 육신이 이루는 미묘한 균형을 재빨리 눈치챘다. 아마 그가 성격이 예민한 데다 신경이 늘 조금씩 곤두서 있기 때문일 것이다. 하지만 그 자신도 잘 알고 있듯이, 그의 신경은 정상적인 감정 상태를 넘어서까지 흔들리지는 않았다.

"웨이무어에서 썰매가 오기를 기다리시는 겁니까?" 그 젊은이가 말을 걸었다. 팩슨 곁에 선 그 젊은이는 모피를 두른 홀쭉한 기둥처럼 보였다.

팩슨은 컴 부인이 보내기로 한 썰매가 아직 도착하지 않았다고 설명했다.

젊은이는 "아, 컴 부인!"이라고 비웃듯이 말하며 손사래를 쳤다. 그제야 두 사람은 서로 통하는 데를 찾은 듯했다.

"잠깐, 그러면 당신이…." 젊은이가 호기심 어린 미소를 지으며 말끝을 흐렸다.

"새로운 비서요? 맞습니다. 하지만 보아하니 오늘 저녁에는 제가 답장을 써야 할 편지가 없는 것 같군요." 팩슨이 웃음을 터뜨리며 대답했다.

두 사람 사이에 즉시 연대감이 생겨났고, 팩슨의 웃음에 유대감은 더욱 깊어졌다.

젊은이도 따라 웃으며 대화를 이어갔다. "컴 부인이 오늘 우리 외삼촌네 별장에서 점심을 드셨어요. 저녁에 새로운 비서가 온다고 말씀하셨죠. 그게 벌써 일곱 시간 전인데, 컴 부인은 그렇게 오래전에 한 말을 기억하는 사람이 아니시거든요."

"그러니까…," 팩슨이 달관한 듯 대답했다. "비서가 필요하신 거겠죠. 어쨌거나 노스리지 마을에 여관이 있으니 다행이죠."

"오, 없어졌습니다! 지난주에 불이 나서 무너졌어요."

"이런, 망할!"

그는 그 상황이 불편하기보다는 우스꽝스럽게 느껴졌다. 지난 몇 년 동안 그의 인생은 체념과 순응의 연속이었다. 그 덕분에 그는 당황스러운 문제와 맞서 싸우기 전에 먼저 사소한 웃음거리라도 애써 찾아내는 법을 깨우쳤다.

"아, 뭐…, 그래도 저를 재워줄 사람이 한 명쯤은 있겠죠."

"아무도 없을 겁니다. 게다가 노스리지 마을은 여기서 5킬로 정도 떨어져 있어요. 제가 묵고 있는 곳은 노스리지와 반대 방향이긴 한데, 그래도 조금 더 가깝습니다."

팩슨은 어둠 속에서 젊은이가 자기 자신을 소개하듯 손짓하는 모습을 보았다.

"저는 프랭크 라이너입니다. 외삼촌과 오버데일에서 묵고 있어요. 지금은 외삼촌 친구 두 분을 마중 나온 겁니다. 뉴욕에서 오시는데 몇 분 안에 도착할 거예요. 그분들이 올 때까지 잠시 기다렸다가 저와 함께 오버데일로 가시죠. 노스리지에 가는 것보다 더 나을 거예요. 저희는 원래 뉴욕에 사는데 며칠 정도만 오버데일 별장에서 지낼 계획이거든요. 그래도 손님을 여러 명 맞을 준비를 다 해뒀으니 문제없을 겁니다."

"하지만 외삼촌께서…," 팩슨은 일단 호의를 거절할 수밖에 없었지만, 당황스럽게도 어둠 속에 서 있는 젊은이의 다음 말 때문에 호의를 거절하겠다는 마음이 눈 녹듯 사라졌다.

"아, 외삼촌이요? 만나면 흔쾌히 받아주실 겁니다! 제가 장담하죠! 아마 외삼촌 이름을 들어보셨을걸요. 존 래빙턴이라고 합니다."

존 래빙턴!

누군가에게 존 래빙턴이라는 이름을 들어본 적이 있냐고 묻다니 정말로 아이러니하지 않은가!

컴 부인의 비서처럼 보잘것없는 사람이라도 존 래빙턴의 돈과 미술 수집품, 정치 활동, 자선사업, 후한 인품을 둘러싼 소문을 모르고 지나칠 수는 없었다.

존 래빙턴에 관한 이야기는 외딴 산에서 흘러내리는 거대한 폭포의 맹렬한 포효처럼 크게 울려 퍼졌다. 존 래빙턴에 관한 이야기를 우연히라도 듣지 못할 장소는 정말로 아무도 없는 곳, 이를테면 지금 팩슨과 라이너가 있는 기차역처럼 야심한 시각의 황량한 곳뿐이리라.

래빙턴의 대단한 명성은 너무도 널리 퍼져 있어서, 그곳에서조차 그의 이름을 듣는 일이 이상하지 않았다.

"아, 맞습니다. 외삼촌분 성함을 들어본 적 있어요."

"그러면 같이 *가실 거죠*? 그렇죠? 이제 5분 뒤면 손님들이 도착할 겁니다."

라이너는 팩슨의 망설임이 전혀 눈에 들어오지 않는지 사근

사근한 말투로 끈질기게 졸랐다. 라이너가 정말로 별일 아니라는 듯 말하자, 팩슨도 가벼운 마음으로 초대를 받아들였다.

뉴욕에서 출발한 기차가 연착되는 바람에 두 사람이 기다려야 하는 시간은 5분에서 15분으로 늘어났다. 팩슨은 라이너와 함께 빙판으로 변한 승강장에서 벌벌떨며 서성거리다, 방금 막 안면을 튼 이 젊은이의 제안을 수락한 일이 세상에서 가장 잘한 일이라는 사실을 깨달았다.

라이너는 믿음직스러운 태도와 쾌활한 분위기로 복잡한 인간관계를 쉽게 풀어나갈 줄 아는 특별한 사람이었다. 그는 타고난 재능이나 사교술이 아니라 젊음 그 자체와 진실한 마음을 통해 사람과 어울렸다.

팩슨도 이 사실을 곧 알아차렸다. 그의 젊음과 진솔함이 담겨 있는 미소가 너무도 따뜻하다고 느꼈다. 신이 라이너의 마음에 더없이 잘 어울리는 얼굴을 선사한 것 같았다.

라이너는 팩슨에게 자기가 존 래빙턴의 유일한 조카라고 알려주었다. 그리고 그의 어머니, 즉 래빙턴의 누이가 세상을 뜬 이후 외삼촌께서 후견인이 되어주었다고 덧붙였다. 래빙턴은 라이너에게 '든든한 버팀목'이었다.

"그런데 잘 아시다시피, 외삼촌은 누구에게나 든든한 버팀목이시죠."

팩슨은 라이너가 유명한 대부호 친척에게서 든든하게 지원받는다는 말을 듣고 그의 구김살 없는 성격을 이해할 수 있었다.

듣자 하니 라이너를 괴롭히는 유일한 문제는 팩슨도 일찌감치 눈치챘던 허약한 몸 상태였다. 그는 오랫동안 결핵을 앓았고, 병이 심각하게 악화해서 의사들이 반드시 뉴멕시코나 애리조나로 요양을 하러 가야 한다고 강권했을 정도였다.

"하지만 다행스럽게도 외삼촌께선 저를 보내지 않으셨어요. 다른 사람이라면 저를 보내버렸겠죠. 또 다른 전문가의 의견을 구할 생각조차 않고요. 누구 의견이냐고요? 아, 엄청나게 똑똑한 친구가 하나 있어요. 젊은 의사인데 새로운 지식을 많이 알죠. 제가 요양을 떠나야 한다는 충고를 들었다고 하자 그저 코웃음만 치더군요. 지나치게 자주 외식하지만 않는다면 뉴욕에서도 충분히 잘 지낼 수 있을 거래요. 또 가끔 노스리지로 나와서 신선한 바람을 쐬라고 조언했죠. 그래서 외삼촌께서 저를 멀리 보내지 않으신 거예요. 새로운 의사가 굳이 요양 가지 않아도 된다고 말해준 후로는 정말로 마음이 편해요."

라이너는 사실 외식과 춤을 추며 즐기는 파티 같은 오락거리를 무지하게 좋아한다고 털어놓았다.

팩슨은 라이너의 이야기를 들으면서 그가 좋아하는 것들을 모두 금지하지 않은 젊은 의사가 나이 많은 다른 의사들보다 환자의 심리를 더 잘 아는 것 같다고 생각했다.

"그래도 조심해야 해요, 잘 알겠지만." 팩슨은 라이너가 어린 동생처럼 느껴졌다. 그는 걱정스러운 마음으로 조언하며 한쪽 팔을 뻗어 라이너와 팔짱을 꼈다.

라이너는 팩슨의 팔을 더 강하게 끌어당기면서 대답했다.

"아, 조심하고 있어요. 정말…, 정말로요. 게다가 외삼촌도 늘 눈을 부릅뜨고 저를 지켜보시거든요!"

"외삼촌께서 늘 신경 쓰고 계신다면, 이렇게 시베리아 벌판 같은 곳에서 칼날 같은 바람을 쐬는 모습을 보고 뭐라고 하실 텐데요?"

라이너는 건성으로 모피 코트의 옷깃을 여미면서 대답했다.

"아, 이런 일로는 별말씀 안 하세요. 추위는 저한테 좋거든요."

"외식과 춤에 관해서도 별말씀하지 않으시고요? 그럼 그분은 뭘 문제라고 생각하시죠?"

팩슨이 유쾌하게 질문했고, 라이너도 웃으면서 받아쳤다.

"글쎄, 외삼촌은 지루한 게 문제라고 말씀하세요. 저도 외삼촌이 맞는 것 같아요!"

라이너의 웃음은 발작 같은 기침으로 이어졌다. 라이너가 숨도 제대로 쉬지 못하고 몸부림치자 팩슨은 그의 팔을 꼭 붙들고 난로조차 없는 대합실로 서둘러 데리고 갔다.

라이너는 벤치에 풀썩 주저앉았다. 모피 장갑 한 짝을 벗더니 주머니를 더듬어 손수건을 꺼냈다. 그러고는 모자를 옆에 아무렇게나 벗어던지고 손수건으로 이마를 훔쳤다.

그의 얼굴은 여전히 발그레하게 상기되어 있었지만, 이마는 새하얗게 질려 있었고 땀방울이 송골송골 맺혀 있었다.

팩슨은 장갑을 끼지 않은 라이너의 한쪽 손을 뚫어지도록 바라봤다. 기다란 그 손은 너무도 파리하게 시들어 있었고, 얼굴보다 훨씬 더 늙어 보였다.

'이상한데? 건강해 보이는 얼굴에 다 죽어가는 손이라니…'

그는 어쩐지 라이너가 다시 장갑을 꼈으면 하고 바랐다.

그때 급행열차의 경적이 울렸고, 팩슨과 라이너가 벌떡 일어났다. 이윽고 모피에 온몸을 파묻은 남자 두 명이 기차에서 내려 혹독한 겨울밤의 공기를 가로지르고 성큼성큼 다가왔다.

라이너는 팩슨에게 그들이 그리스벤 씨와 볼치 씨라고 소개했다. 그들이 짐을 두 번째 썰매에 싣는 동안 팩슨은 바람에 흔들리는 어슴푸레한 랜턴 빛으로 그들의 모습을 살펴보았다.

머리가 희끗희끗하게 세고 나이가 지긋한 그들은 성공한 사업가처럼 차려입고 있었다.

그들은 라이너를 잘 안다는 듯 친근하게 인사했다. 두 사람 중 더 적극적으로 보이는 그리스벤 씨는 다정하게 "정말로, 정말로 축하한다, 얘야!"라고 말했다.

팩슨은 이 말을 듣고 그들이 어떤 기념일에 맞춰 방문했으리라고 추측했지만, 라이너에게 무슨 일로 손님이 왔는지 물어볼 순 없었다. 팩슨은 마부 옆에 앉아야 했고, 라이너는 외삼촌의 손님과 함께 썰매 안에 탔기 때문이었다.

누구라도 존 래빙턴의 말이라고 확신할 수 있을 기운찬 말들이 날래게 썰매를 끌었다. 썰매는 높은 대문과 환하게 빛을 밝혀 놓은 경비실을 통과했다. 눈이 매끄러운 대리석처럼 고르게 쌓인 가로수길 위로 미끄러지듯 나아갔다.

가로수길 끝에서 기다란 집이 불쑥 나타났다. 앞으로 툭 튀어나온 본관은 어둠에 묻혀 있었지만, 부속 건물 한 곳에서는 환영의 빛이 환하게 뿜어져 나오고 있었다.

팩슨은 아늑한 온기와 눈 부신 빛, 온실 속 식물과 종종걸음 치는 하인들, 극장 무대처럼 드넓고 화려한 오크 홀을 보며 입을 떡 벌리고 감탄했다.

그러나 가장 강렬한 인상을 심어준 것은 믿을 수 없게도 그리 멀지 않은 곳에 서 있는 그 위대한 존 래빙턴이었다. 단정하고 점잖게 차려입은 자그마한 체구의 래빙턴은 세간의 이미지와 정반대였다.

존 래빙턴의 왜소한 모습과 뻣뻣한 태도는 대중에게 알려진 화려하고 사치스러운 이미지와 도무지 어울리지 않았다. 래빙턴의 실제 모습이 대중의 상상과 너무도 달라 팩슨은 깜짝 놀랐다. 넓고 호화로운 침실로 안내받아 허겁지겁 옷을 갈아입는 동안에도 충격에서 빠져나오지 못했다.

'그 사람이 어떻게 존 래빙턴이라는 건지….' 팩슨은 이렇게 생각할 수밖에 없었다.

래빙턴은 조카에게서 팩슨의 처지를 듣더니 친절하게, 그러나 조금 무뚝뚝하고 지나치게 격식을 차린 태도로 팩슨을 맞이했다. 그의 태도는 마른 얼굴과 뻣뻣한 손, 손수건에서 풍겨 나오는 향과 완벽하게 맞아떨어졌다.

"자기 집이라고 생각하고 편히 쉬세요. 자기 집이라고 생각하고!"

래빙턴은 이렇게 거듭 말했지만, 말투에서는 그가 손님의 기운을 북돋는 재주가 형편없다는 사실이 드러났다.

"라이너의 친구라면 누구든…, 아주 기쁘게…, 자기 집이라고 생각하고 편히 쉬세요!"

팩슨의 침실은 훈훈하게 데워져 있었다. 편의 시설도 모두 갖추어져 있었다. 하지만 팩슨은 자기 집이라 생각하고 편히 쉬라는 래빙턴의 말을 따르기가 쉽지 않았다.

물론 호화로운 오버데일 저택에서 하룻밤 묵어갈 수 있다니 기가 막히게 운이 좋았다. 어찌됐든 팩슨의 지친 몸은 이 안락한 곳을 실컷 즐겼다.

그래도 팩슨의 마음은 어딘가 불편했다. 심지어 건물이 이상하게 춥게 느껴졌다. 그 이유를 꼬집어 말할 수는 없었다. 그저 래빙턴의 강렬한 개성, 몹시 부정적이지만 강렬한 개성이 불가사의한 방식으로 저택 구석구석까지 침투해 있는 것이 분명하다고 추측할 뿐이었다.

어쩌면 팩슨이 너무 피곤하고 허기진 데다 뼛속까지 한기가 들었기 때문일지도 몰랐다. 또 팩슨이 낯선 집을 떠돌아다니는 생활과 앞으로도 영영 다른 사람의 집 계단을 디디며 살아가야 한다는 걱정에 말로도 다 못 할 만큼 넌더리가 났기 때문일지도 몰랐다.

"못 견디게 배고프지는 않으시죠?" 라이너의 호리호리한 실루엣이 문가에 나타났다. "외삼촌께서 그리스벤 씨와 논의할 일이 있다고 하세요. 30분은 더 지나야 식사할 수 있을 겁니다. 제가 때맞춰서 식당으로 모시고 갈까요? 아니면 식당까지 가는 길을 직접 찾을 수 있으시겠어요? 곧장 식당으로 오시면 되는데, 긴 회랑 왼편에서 두 번째 문이에요."

라이너가 자리를 떴다. 그가 떠난 곳에 온기가 감도는 듯했다. 마음이 한결 편안해진 팩슨은 담배에 불을 붙이고 난롯가에 앉았다.

팩슨은 느긋한 마음으로 주변을 둘러보다 놓치고 있었던 사소한 사실을 문득 깨달았다. 그의 침실은 꽃으로 가득했다.

그 방은 고작 며칠만 지낼 계획이라는 별장의 부속 건물에 있는 '미혼남의 침실'일 뿐이었다. 심지어 이 별장은 한겨울이 닥친 뉴햄프셔에 있었다!

방안 곳곳에 놓인 꽃은 되는대로 마구 모아둔 것이 아니라 조화를 고려해서 신중하게 배치된 것 같았다. 그는 오크 홀에서도 꽃이 흐드러지게 피어 있는 꽃나무들이 무리 지어 배치된 것을 보고 똑같이 신중한 의도를 읽어냈었다.

책상 위에는 카라가 꽂힌 화병이, 팩슨의 팔꿈치 근처 스탠드 곁에는 색깔이 독특한 카네이션 다발이 놓여 있었다. 유리그릇과 도자기 화분에 심어놓은 프리지어에서는 마음을 사르르 녹이는 향기가 퍼졌다. 풍성한 꽃다발들을 보니 온실이 어마어마하게 클 성싶었다.

거대한 온실은 딱히 흥미롭지도 놀랍지도 않았다. 정말로 흥미로운 것은 꽃 그 자체였다. 꽃의 우수한 품질과 방에 어울리는 꽃을 선택해서 배치한 안목은 누군가 특정한 형태의 아름다움을 얻기 위해 세심하고 민감한 열정을 불태웠다는 사실을 증명했다.

존 래빙턴이 아니라면 그 사람이 도대체 누구겠는가?

존 래빙턴은 팩슨이 생각했던 것보다 더 복잡한 사람이었다.

꽃 때문에 존 래빙턴을 이해하는 일이 훨씬 더 어려워졌다!

30분이 흘렀다. 팩슨은 식사할 생각에 기분이 한껏 들떠 식당으로 향했다. 그러나 안내를 받아서 침실로 올 때 길을 눈여겨보지 않은 탓에 어느 방향으로 가야 할지 종잡을 수 없었다.

방문을 나서자 똑같이 중요해 보이는 계단이 두 개 나타났다. 그는 오른쪽에 있는 계단을 선택했다. 계단을 내려가자 라이너가 설명한 긴 회랑이 나왔다. 회랑은 텅 비어 있었고, 회랑을 따라 나 있는 문은 모두 닫혀 있었다.

라이너는 '왼편에서 두 번째 문'이라고 알려줬었다. 팩슨은 누구라도 우연히 나타나 길을 알려주길 바라며 잠시 서성거렸지만, 아무도 나타나지 않았다. 그는 결국 왼쪽에서 두 번째에 있는 문고리를 잡았다.

그가 들어간 방은 정사각형이었다. 벽마다 먼지가 자욱이 내려앉은 그림이 걸려 있었다. 방 가운데 테이블이 하나 놓여 있고, 그 위에 갓을 씌운 램프들이 환히 불을 밝히고 있었다.

테이블에는 래빙턴과 손님들이 둘러앉아 있었다.

팩슨은 사람들이 이미 식사하고 있는 줄 알았다. 그런데 테이블을 가득 메운 것은 진수성찬이 아니라 갖가지 서류였다.

그는 래빙턴의 서재로 잘못 들어온 듯했다. 그가 우물쭈물하고 있는데 라이너가 고개를 들어 그를 바라봤다.

"아, 팩슨 씨가 오셨네요. 외삼촌, 팩슨 씨에게도 부탁하는 게 어때요?"

테이블 끝에 앉아 있던 래빙턴은 자애로운 눈길로 조카의 미소를 찬찬히 바라보았다.

"물론이지. 들어오세요, 팩슨 씨. 억지로 권하는 일은 아닙니다만…."

래빙턴 맞은 편에 앉아 있던 그리스벤이 문가로 고개를 돌리며 말했다. "팩슨 씨는 당연히 미국 시민일 테니 괜찮겠죠?"

라이너가 웃음을 터뜨렸다. "그만들 하세요! 오, 이런. 그 볼펜으로는 안 되죠. 외삼촌, 깃펜 없으세요?"

그러자 볼치가 손을 슬쩍 들어 올리더니 마지못해 하는 말인 양 기어들어 가는 목소리로 느릿느릿하게 말했다. "잠깐, 자네도 인정한다는 건가? 이게 바로…,"

"제 마지막 유언장이라는 거요?" 라이너가 더 크게 웃었다.

"글쎄, '마지막'이라고 장담할 수는 없겠군요. 어쨌든 처음으로 작성하는 거니까요."

"그냥 형식적 절차일 뿐이라네." 볼치가 설명했다.

"자, 이제 서명하겠습니다." 라이너가 깃펜을 들자 래빙턴이 그 앞으로 잉크병을 밀어줬다. 라이너는 깃펜에 잉크를 살짝 적시더니 서류에 멋들어진 서명을 휘갈겨 썼다.

팩슨은 라이너가 자기에게 무엇을 부탁한다는 것인지 그제야 깨달았다. 라이너는 이제 성년이 되어서 유언장에 서명하는 중이었다.

팩슨은 그리스벤 뒤에 서서 유언장에 증인으로 서명할 차례를 기다렸다. 라이너는 서명을 마치고 건너편에 앉은 볼치에게 서류를 넘겨주려고 했다. 그런데 다시 볼치가 손을 들어 올리더니 구슬프고 꽉 막힌 목소리로 말했다. "봉인은?"

"아니, 봉인도 필요한가요?"

팩슨은 그리스벤 맞은편에 앉아 있는 래빙턴을 보았다. 그는 아무런 감정도 실리지 않은 눈빛이었지만, 미간을 슬쩍 찌푸리고 있었다.

"이런, 라이너!"

팩슨은 래빙턴이 경솔하게 까부는 조카에게 조금 짜증이 난 것 같다고 생각했다.

"봉인용 밀랍이 있나요?" 라이너가 테이블 위를 훑어보며 말했다. "여긴 안 보이는데…."

그리스벤이 끼어들었다. "봉함용 풀로 대신하지. 래빙턴, 풀이 있나?"

래빙턴은 침착함을 되찾았다. "분명히 서랍 어딘가에 있을 거야. 비서가 정확히 어디 보관했는지 모르겠군. 문서를 작성할 때 풀이 필요하다는 걸 알고 챙겨뒀을 텐데."

"아, 됐어요." 라이너가 유언장을 옆으로 밀쳤다. "신만이 풀이 어디 있는지 아실 거예요. 그런데 지금 배가 너무 고프거든요. 외삼촌, 먼저 식사부터 하시죠."

"제가 봉인용 밀랍을 갖고 있습니다. 방에 있으니 다녀오겠습니다." 팩슨이 말을 꺼냈다.

그러자 래빙턴이 아주 희미한 미소를 지어 보였다. "이것 참 큰 실례입니다만…. 그럼 부탁드리지요."

"아, 말씀드렸잖아요. 지금은 미뤄둬요. 식사 후에 마무리하는 게 어때요?"

래빙턴은 여전히 미소를 거두지 않고 팩슨을 바라보았다.

팩슨은 그 미소에서 어렴풋한 압박을 느끼고 방에서 나와 위층으로 올라갔다. 그는 문구 보관함에서 봉인용 밀랍을 챙겨 다시 내려왔다.

그가 서재 문을 열고 들어서니 모두 침묵에 잠긴 채 가만히 앉아 있었다. 다들 입 다물고 굶주린 배를 달래며 팩슨이 돌아오기만을 기다린 듯했다.

팩슨이 라이너 근처에 밀랍을 놓자, 그리스벤이 성냥을 그어서 잉크병 옆에 있는 양초에 불을 붙였다. 팩슨은 녹인 밀랍을 유언장에 붓고 인장을 찍는 라이너의 손에 다시 주목했다.

라이너의 손은 이상하리만치 수척했고, 나이와 어울리지 않게 너무도 늙어 있었다. 팩슨은 래빙턴이 조카의 손에 한 번도 주목한 적이 없었는지, 지금 래빙턴에게 그 손이 똑똑히 보이진 않는지 궁금했다.

팩슨은 궁금증을 이기지 못하고 눈길을 돌려 래빙턴을 쳐다보았다. 래빙턴은 마음에 걸리는 게 하나도 없다는 듯 인자한 표정으로 조카를 바라보고 있었다.

바로 그때, 팩슨은 서재에 다른 사람이 있다는 사실을 깨달았다. 그 사람은 팩슨이 밀랍을 가지러 위층에 올라갔을 때 서재로 들어온 것 같았다.

처음 보는 그 남자는 래빙턴과 동년배로 보였고 외모도 비슷했다. 그는 래빙턴 바로 뒤에 서서 래빙턴처럼 라이너를 뚫어지게 바라봤다.

팩슨은 래빙턴과 그 남자가 굉장히 닮았다고 생각했다. 테이블 위의 램프 빛이 멀리까지 미치지 못하고 그 남자가 어둠 속에 묻혀 있어서 그런지 두 사람은 정말로 쌍둥이처럼 보였다.

그런데 두 사람의 표정은 정반대였다. 라이너가 서투르게 밀랍을 붓고 인장을 찍는 동안 래빙턴은 가벼운 미소를 띠고 애정 어린 표정으로 조카를 지긋이 바라보는 반면에, 래빙턴의 이목구비와 체구를 이상할 정도로 빼다 박은 그 남자는 적대감이 희미하게 어려 있는 얼굴로 라이너를 빤히 바라보았다.

팩슨은 그 남자의 표정을 보고 깜짝 놀라 유언장에 서명해야 한다는 사실마저 잊었다. 라이너가 외치는 소리만 어렴풋하게 들렸다.

"그리스벤 씨, 서명하실 차례예요!"

그리스벤이 대답하는 소리도 들렸다. "아니, 아닐세. 팩슨 씨가 먼저 하지."

누군가가 팩슨에게 펜을 건넸지만, 그는 온몸이 마비된 듯 손을 움직일 수가 없었다. 무엇을 해야 하는지도 떠올릴 수 없었다. 마침내 그리스벤이 서명할 자리를 친절하게 짚어주자 그는 멍한 상태에서 깨어났다.

정신을 차려서 손을 떨지 않고 서명하려 애썼다. 힘겹게 서명을 마치고 자리에서 일어나려고 하니 이상한 피로감이 팔다리를 무겁게 짓눌렀다. 일어나서 래빙턴 뒤를 바라보자 그 남자는 가고 없었다.

팩슨은 즉시 안도감을 느꼈다. 하지만 그 남자가 아무런 소리도 내지 않고 순식간에 나갔다는 사실이 당황스러웠다. 래빙턴 뒤로 나 있는 문은 직물로 만든 벽걸이로 가려져 있었다.

팩슨은 그 남자가 벽걸이를 들어 올리고 조용히 빠져나갔다고 결론 내렸다. 어쨌든 그 남자는 사라지고 없었다. 팩슨을 짓누르던 이상한 힘도 함께 사라졌다.

라이너는 담배에 불을 붙였고, 볼치는 유언장 맨 아랫부분에 이름을 써넣었다.

래빙턴은 조카에게서 눈길을 거두고 팔꿈치 근처에 놓인 화병의 기이하게 생긴 흰 난초를 유심히 살펴보았다. 모든 것이 다시 자연스러워진 듯했다.

"자, 팩슨 씨. 이제 식사하실까요?"

래빙턴이 친절한 태도로 팩슨에게 말을 건넸고, 팩슨은 집주인의 환대에 미소로 화답했다.

"어쩌다 제가 잘못된 방에 들어갔는지 궁금하네요. 식당이 회랑 왼편에서 두 번째 방이라고 알려주지 않았나요?"

팩슨이 래빙턴을 따라 회랑을 건너 식당으로 갈 때 라이너에게 물었다.

"그랬죠. 그런데 어느 계단으로 내려가야 하는지 깜빡 잊고 말씀드리지 않았나 봐요. 그 방에서 나오면 오른편에서 네 번째에 있는 문으로 나가야 하거든요. 이 집 구조는 참 헷갈려요. 외삼촌이 해가 갈수록 건물을 자꾸 증축하시거든요. 이 방은 현대 미술품을 보관할 요량으로 지난여름에 새로 지었죠."

라이너는 잠시 멈춰 또 다른 문을 열고 전기 스위치를 눌렀다. 그러자 불이 들어와 기다란 방의 벽을 비췄다. 벽에는 프랑스 인상파의 작품이 걸려 있었다.

팩슨은 은은하게 반짝이는 모네의 그림에 이끌려 방안으로 성큼 들어섰다. 그런데 라이너가 팩슨의 팔을 붙잡았다.

"저 그림은 지난주에 사셨어요. 하지만 지금은 식당으로 가시죠. 식사가 끝나면 전부 보여드릴게요. 아마 *외삼촌이* 구경시켜주실 거예요. 그런 일을 정말 좋아하시거든요."

"정말로 그런 일을…, 좋아하신다고요?"

라이너는 팩슨을 물끄러미 바라보았다. 팩슨의 질문에 몹시 당황한 표정이었다.

"정말 좋아하시죠! 특히 꽃과 그림을 얼마나 좋아하시는데요! 이곳에서 꽃을 못 보셨어요? 외삼촌이 냉담한 사람이라고 생각하셨나 봐요. 처음에는 그렇게 보이죠. 하지만 예술 쪽으로는 정말로 열정적이세요."

팩슨은 라이너를 흘끗 바라보며 다시 질문했다. "외삼촌분께 형제가 있나요?"

"형제요? 아니요. 한 명도 없어요. 외삼촌과 우리 어머니, 이렇게 둘뿐이었죠."

"그러면 외삼촌을 닮은 다른 친척은 없어요? 외삼촌이라고 착각할 만큼 닮은 사람이요."

"그런 친척이 있다는 말도 못 들어봤는데요. 외삼촌을 보니 누구 생각나는 사람이라도 있나 보죠?"

"네…."

"그것참 이상하네요. 외삼촌께 닮은 사람이 있는지 물어보죠. 자, 얼른 오세요!"

하지만 또 다른 그림이 팩슨의 시선을 잡아끄는 바람에 두 사람은 몇 분이 더 지난 후에야 식당에 들어섰다.

식당은 다른 방과 마찬가지로 고풍스럽고 멋진 가구와 세심하게 배치된 꽃다발로 꾸며져 있었다. 팩슨이 식탁을 살펴보니 오직 세 명만 앉아 있었다. 서재에서 래빙턴 바로 뒤에 서 있었던 남자는 보이지 않았고, 그가 앉을 의자도 없었다.

팩슨과 라이너가 식당에 들어갔을 때 그리스벤이 이야기하는 데 한창 열중하고 있었다. 식당 문 맞은편에 앉은 래빙턴은 아직 손대지 않은 수프 그릇을 내려다보면서 작고 메마른 손으로 숟가락을 빙그르르 돌렸다.

그리스벤이 말했다. "그걸 그저 소문이라고 치부해버리기에는 너무 늦은 것 같네. 오늘 아침 뉴욕에서 출발했을 때 들어보니 사실과 아주 똑같더군." 그의 말투는 뜻밖에도 굉장히 날카로웠다.

래빙턴은 숟가락을 내려놓고 미심쩍다는 듯 미소 지었다.

"오, 사실이라…. 사실이라는 게 뭔가? 그저 상황이 특정한 순간에 우연히 어떤 식으로 보이는 걸 두고 사실이라 하지 않나."

"설마 뉴욕에서 아무런 소식도 듣지 못했나?" 그리스벤은 물러서지 않았다.

"단 한 마디도. 그럼 이만하지. 볼치, 수프 좀 더 들게나. 팩슨 씨, 라이너와 그리스벤 사이에 앉으시죠."

곧이어 복잡한 코스 요리가 나왔다.

성직자 같은 집사가 장신의 하인 세 명을 대동하고 격식을 갖춰서 음식을 나르고 시중을 들었다. 보아하니 래빙턴은 그렇게 화려한 허례허식을 틀림없이 좋아하는 듯했다. 팩슨은 호사스러운 취향이 래빙턴의 약점이라고 생각했다. 아, 꽃도 그의 약점일 것이다.

팩슨과 라이너가 식당에 들어섰을 때 래빙턴은 무례하지는 않지만 단호한 태도로 대화의 주제를 바꾸었다. 하지만 팩슨은 나이 든 손님 두 명이 머릿속에서 소문에 관한 생각을 아직 털어내지 못했다는 사실을 눈치챘다.

볼치는 무너진 광산의 갱도 속 마지막 생존자인 것처럼 다 죽어가는 목소리로 말을 꺼냈다. "만약 그 일이 *정말로* 닥친다면, 공황 이래로 가장 끔찍한 주가 대폭락이 될 걸세."

래빙턴은 정중한 태도를 잃지 않았지만 지루해 보였다. "월가는 그때보다 주가 폭락을 더 잘 견딜 수 있을 걸세. 시장의 체질이 더 튼튼해졌으니까."

"그렇지. 하지만…."

그리스벤이 대화에 끼어들었다. "체질 얘기가 나와서 하는 말인데…. 라이너, 건강 잘 챙기고 있니?"

그러자 라이너의 뺨이 장밋빛으로 발그레하게 물들었다.

"그럼요, 당연하죠! 건강을 잘 돌보려고 여기에 온 거 아니겠어요?"

"여기 머무는 날은 한 달에 고작 사흘 정도잖아, 그렇지? 그 사흘을 빼면 한 달 내내 뉴욕에서 북적북적한 레스토랑과 열기로 가득한 무도회장을 쏘다니겠지. 뉴멕시코로 요양을 떠나야 한다고 들었는데?"

"아, 새로운 의사는 요양이 헛소리라고 했어요."

"글쎄, 널 보면 그 의사의 말이 틀린 것 같은데." 그리스벤이 노골적으로 말했다.

팩슨은 라이너의 얼굴에서 혈색이 서서히 사라지고 눈 아래 그늘이 짙어지는 것을 보았다.

바로 그때 래빙턴이 다시 라이너를 주의 깊게 바라보았다. 래빙턴의 눈빛에서 조카를 향한 애타는 근심이 강하게 느껴졌다.

그 눈빛은 조카와 조카를 무심하게 빤히 쳐다보는 그리스벤 사이에 보호막을 펼치는 것 같았다.

"우리 눈에는 라이너가 훨씬 나아진 것 같다네." 래빙턴이 입을 열었다. "그 새로운 의사는…,"

그 순간 집사가 다가와 래빙턴의 귓가에 대고 속삭였다.

집사의 말을 들은 래빙턴은 표정이 순식간에 변했다. 그의 얼굴에서 핏기가 사라졌다. 창백하다는 말로도 모자라서 얼굴이 점점 희미해지고 줄어들다 완전히 사라져버릴 것만 같았다.

그는 몸을 반쯤 일으켰다 다시 자리에 앉아 손님들을 둘러보며 어색한 미소를 지었다.

"잠시 실례하겠습니다. 전화가 왔다고 하네요. 피터스, 계속 음식을 대접해드리도록."

하인이 식당 문을 열었고, 래빙턴은 보폭이 좁고 자로 잰 듯한 정확한 걸음걸이로 식당을 빠져나갔다. 식당 안에는 잠시 침묵만 감돌았다.

이윽고 그리스벤이 다시 라이너에게 말을 걸었다. "얘야, 넌 반드시 요양해야 해. 정말로 요양해야 해."

그러자 라이너의 눈에 다시 불안이 어른거렸다. "외삼촌은 그렇게 생각하지 않으세요. 정말로요."

"너도 이제 다 컸잖니. 늘 외삼촌의 의견에 휘둘릴 수는 없지. 바로 오늘 성년이 됐잖아. 그렇지? 네 외삼촌이 너를 *망치고* 있어…, 그게 문제야."

그 말은 라이너의 급소를 찌른 듯했다. 라이너가 웃더니 살짝 상기된 얼굴로 고개를 숙였다.

"하지만 의사가…."

"상식적으로 생각해봐, 라이너! 의사를 스무 명 넘게 만났는데, 듣고 싶은 말만 해주는 의사만 믿겠다는 거냐?"

쾌활했던 라이너의 얼굴에 불안의 그림자가 드리워졌다. "오, 제발. 저기…, 그리스벤 씨가 저라면…, 어떻게 하시겠어요?"

그가 더듬거렸다.

"당장 짐을 싸서 가장 이른 기차에 올라타겠지."

그리스벤은 라이너를 향해 몸을 앞으로 기울이고 한 손을 라이너의 팔에 자상하게 얹었다.

"잘 들어보렴. 내 조카 짐 그리스벤이 말이다. 뉴멕시코에서 목장을 아주 크게 운영하거든. 짐이 널 흔쾌히 받아줄 거야. 새로 만났다는 의사는 요양이 아무 도움도 안 된다고 했다지만, 그렇다고 해롭다는 말도 아니었잖니, 그렇지? 그렇다면 한번 시도해봐야지. 어쨌든 푹푹 찌는 극장과 붐비는 레스토랑에 출입하는 일은 그만둘 수 있을 테니까. 그리고 나머지 일은…, 뭐라고 볼치?"

"가…." 볼치가 힘없이 말했다.

"*당장* 가." 그가 다시 한번 말했다. 그리스벤의 말에 힘을 실어줘야 한다는 생각이라도 든 것 같았다.

라이너의 얼굴이 새하얗게 질렸다. 그는 뻣뻣하게 굳은 입가를 움직여서 억지로 미소를 지으려고 애썼다. "제 상태가 그렇게 심각해 보이나요?"

그리스벤이 민물 거북 요리를 먹으면서 대꾸했다. "지진을 겪고 겨우 살아난 사람처럼 보여."

그리스벤과 볼치, 팩슨은 하인들이 나른 민물 거북 요리를 먹으며 찬찬히 맛을 음미했지만, 라이너는 접시에 손도 대지 않았다. 얼마 후 문이 열리고 집주인이 다시 나타났다.

래빙턴은 평정을 되찾은 모습이었다. 그는 자리에 앉아 냅킨을 집어 들고 금색 로고가 찍힌 메뉴를 찬찬히 살펴보았다.

"아니, 필레는 다시 가져올 것 없어. 음…, 민물 거북으로 하지, 그래." 그는 정중한 표정으로 테이블을 바라보았다. "자리를 비워서 미안합니다. 강풍에 전화선이 다 망가졌지 뭡니까. 한참을 기다리니 겨우 신호가 잡히더군요. 분명히 눈보라 때문에 망가졌을 겁니다."

"외삼촌!" 라이너가 볼멘소리를 터뜨렸다. "그리스벤 씨가 저를 훈계하셨어요."

"뭐라고 훈계하던?"

"제가 뉴멕시코에 가야 한다고 생각하세요."

"산타 파스에 있는 우리 조카네 목장에 곧장 갔으면 한다네. 내년 생일을 맞을 때까지 거기서 지내면 좋겠지."

래빙턴이 그리스벤에게 민물 거북 요리를 더 가져다주라고 집사를 향해 손짓했다.

그리스벤은 두 번째 접시가 앞에 놓이자 다시 라이너에게 말을 건넸다. "짐은 지금 뉴욕에 있어. 모레 올리펀트의 차를 얻어 타고 뉴멕시코로 돌아갈 거야. 네가 간다고 하면 올리펀트에게 자리를 마련해달라고 할게. 짐의 목장에서 한두 주 정도만 지내보렴. 낮에는 온종일 말을 타고, 밤에는 아홉 시간씩 푹 자면서 말이야. 그러면 뉴욕에서 지내라고 조언한 의사는 생각나지도 않을걸."

그러자 팩슨이 충동적으로 불쑥 말을 꺼냈다. "저도 거기에 한 번 가본 적이 있습니다. 참 근사한 나날이었죠. 거기서 요양 중인 환자를 한 명 본 적이 있는데, 정말 상태가 심각했어요. 그런데 뉴멕시코에서 지내더니 병이 씻은 듯이 나았더군요."

"정말로 듣기 반가운 소식이네요." 라이너가 웃었다.

래빙턴은 그런 조카를 인자하게 바라보며 입을 뗐다. "그리스벤이 옳을지도 모르지. 좋은 기회가 될 거야."

그 순간 팩슨은 래빙턴 쪽을 쳐다보고 소스라치게 놀랐다.

아까 서재에서 보았던 그 남자가 래빙턴 뒤에 다시 나타나 있었다. 서재에서 어둑한 그림자에 가려져 있던 그는 이제 더 분명하게 보였다.

"좋아, 라이너. 네 외삼촌도 허락하는구나. 게다가 올리펀트와 함께 길을 떠나는 것도 정말 재미있을 거야. 절대 놓쳐서는 안 될 기회지. 그러니 외식 같은 건 다 잊고, 모레 5시까지 뉴욕 그랜드센트럴역으로 가렴."

그리스벤은 래빙턴에게 동의를 구하겠다는 듯 기쁨으로 가득 찬 눈길을 돌렸다.

팩슨은 그리스벤이 래빙턴에게로 눈길을 돌리는 모습을 바짝 긴장해서 숨죽인 채 지켜보았다. 누구든 래빙턴을 쳐다보면서 그 뒤에 서 있는 남자를 보지 못할 수는 없었다. 팩슨은 그리스벤 역시 래빙턴 뒤의 남자를 발견하고 표정이 변하리라고 짐작했다.

그리스벤의 표정은 달라지지 않았다. 래빙턴을 바라보는 그의 시선은 조금도 흔들리지 않았다. 놀랍게도 그리스벤은 래빙턴 말고 다른 사람을 전혀 보지 못한 듯했다.

팩슨은 래빙턴의 뒤쪽에서 눈길을 거두고 어디든 다른 곳을 바라보고 싶었다. 겨우 고개를 돌려 눈치 빠른 집사가 이미 샴페인을 가득 따라놓은 술잔을 쳐다보았다.

하지만 저항할 수 없는 압도적인 힘이 그가 래빙턴 쪽을 바라보도록 몰아붙였다. 팩슨은 래빙턴 뒤를 바라보지 않으려고 마음속으로 사투를 벌였지만, 결국 그곳으로 눈길을 줄 수밖에 없었다.

그 남자는 여전히 래빙턴 뒤에 서 있었다. 그의 얼굴은 전보다 더 뚜렷하게 보였고, 래빙턴과 더 닮아 보였다. 래빙턴이 조카를 응시하는 눈길은 더없이 따뜻했지만, 그 남자가 라이너를 뚫어지도록 바라보는 눈빛에는 서재에서와 마찬가지로 지독한 악의가 담겨 있었다.

팩슨은 온몸의 근육이 뒤틀리는 느낌에 시선을 억지로 돌려 다른 사람들의 표정을 살펴보았다. 아무도 팩슨이 본 광경을 목격하지 못한 것 같았다. 끔찍한 고립감이 그를 덮쳐왔다.

"확실히 생각해 볼 만한 일이야." 래빙턴이 다시 입을 뗐다.

라이너의 얼굴이 환하게 밝아졌다. 그 순간 래빙턴 뒤에 서 있는 남자가 오래된 증오에 넌더리가 난다는 듯 얼굴을 찌푸렸다. 팩슨은 그 남자를 바라보지 않으려고 몇 분 동안 안간힘을 다했지만, 그럴수록 그 남자의 표정을 더 의식하게 됐다.

래빙턴 뒤에 선 남자는 이제 단순히 악의에 찬 얼굴이 아니었다. 별안간 그는 말로 다 할 수 없을 만큼 피곤한 표정을 지었다. 그의 증오는 노력을 방해받고 희망이 좌절되면서 느낀 피로감의 가장 깊은 곳에서 솟아난 듯했다. 그 남자가 가련하게, 하지만 더 지독하게 느껴졌다.

팩슨은 다시 래빙턴을 쳐다보았다. 그의 얼굴에도 나타난 비슷한 변화를 보고 놀랐다. 처음에는 변화가 뚜렷하게 느껴지지 않았다.

시간이 얼마간 지나자 래빙턴의 초췌하고 파리한 미소는 무표정한 얼굴에 고정된 것처럼 보였다. 꼭 가스등이 허연 회반죽을 바른 벽에 못 박혀 있는 것 같았다.

그러자 그의 얼굴에서 사라지지 않는 미소가 불길하게 느껴졌다. 어쩐지 래빙턴이 얼굴에서 미소가 사라질까 봐 두려워하는 듯했다. 그 역시 말로 다 할 수 없을 만큼 피곤한 것이 분명했다.

팩슨은 온몸의 피가 얼어붙는 것 같았다. 손도 대지 않은 음식 접시를 내려다보았다. 기포가 반짝이며 올라오는 샴페인 잔이 눈길을 잡아끌었다. 술잔을 보자 속이 메스꺼워졌다.

"자, 자세한 사항은 잠시 후에 논의해보기로 하지."

래빙턴이 조카의 앞날에 관해 이야기하는 소리가 들렸다.

"우선은 담배나 피우자고. 아니, 피터스, 여기서 말고." 래빙턴이 팩슨에게 미소를 지어 보이며 말을 걸었다. "커피를 다 마시면 그림을 구경시켜드리지요."

"아참. 외삼촌! 팩슨 씨가 외삼촌이랑 닮은 친척이 있는지 물어보던데요?"

"닮은 친척?" 래빙턴은 여전히 미소를 띤 얼굴로 팩슨에게 다시 질문했다. "제가 아는 한 없습니다. 팩슨 씨는 저와 닮은 사람을 보신 적이 있습니까?"

'이런…, 지금 고개를 들면 두 사람 모두 나를 쳐다볼 텐데!'

팩슨은 래빙턴 쪽으로 눈길을 두고 싶지 않아서 샴페인 잔을 들려고 했지만, 손에 아무런 힘이 들어가지 않았다.

결국 고개를 들고 래빙턴을 쳐다보았다. 래빙턴은 여전히 정중한 눈길로 그를 바라보고 있었다. 팩슨의 심장을 옥죄던 힘은 느슨해졌지만, 그는 래빙턴 뒤의 남자가 계속 라이너를 응시하는 모습을 볼 수 있었다.

"팩슨 씨, 저와 닮은 사람을 보셨나요?"

만약 팩슨이 보았다고 말한다면…, 그 남자가 고개를 돌려 팩슨을 바라볼까? 팩슨은 목이 바싹 타는 것 같았다.

"아니요."

"아! 절 닮은 사람이 열 명은 넘을 겁니다. 저는 정말로 평범하게 생겼으니까요." 래빙턴은 계속 말을 이어갔다. 하지만 그 뒤의 남자는 여전히 라이너에게서 시선을 떼지 않았다.

"그게…. 잠시, 기억이 헷갈렸나 봅니다…." 팩슨이 더듬거리며 대답했다.

래빙턴이 의자를 뒤로 밀며 일어서자 그리스벤이 별안간 몸을 앞으로 숙이며 외쳤다.

"래빙턴! 우리가 정신을 쏙 빼놓고 있었네. 라이너의 건강을 빌며 건배하는 걸 잊고 있었어!"

그러자 래빙턴이 다시 앉았다. "이런, 피터스! 한 병 더 갖고 오도록." 그가 조카를 보며 말했다. "이런 중요한 일을 놓치다니, 내가 건배사를 해서는 안 될 것 같구나. 라이너, 너도 이해하겠지? 자, 그리스벤이 해주겠나!"

라이너는 외삼촌의 말을 듣지 않았다. "안 돼요, 안 돼, 외삼촌! 그리스벤 씨도 괜찮다고 생각하실 거예요. 꼭 외삼촌이 해주셔야 해요. 오늘은요!"

집사가 다시 술을 따랐다. 그가 마지막으로 래빙턴의 잔을 채우자, 래빙턴이 작은 손으로 술잔을 쥐고 들어 올렸다. 팩슨은 그 순간 고개를 돌려버렸다.

"뭐, 그렇다면…. 이제까지 너에게 오직 좋은 일만 일어나길 바랐단다. 네게 앞으로 다가올 날도 건강하고, 행복하고, 오래오래…. *오래오래* 이어지길!"

팩슨은 다른 사람들도 술잔을 잡으려고 손을 뻗는 모습을 보았다. 그 역시 기계적으로 손을 뻗었지만, 테이블에서 눈을 떼지 않았다. 온몸을 덜덜 떨면서 속으로 계속 중얼거렸다.

'고개를 들지 않을 거야! 절대로…, 절대로….'

그는 손가락으로 잔을 움켜쥐고 입가까지 들어 올렸다. 다른 사람들도 똑같이 움직이는 모습이 보였다.

그리스벤이 유쾌하게 "옳소! 옳소!" 외치는 소리가 들렸다.

볼치가 힘없이 따라 외치는 소리도 들렸다. 팩슨이 술잔을 입술에 가져다 대며 속으로 되뇌었다.

'고개를 들지 않을 거야! 절대로 들지 않을 거야!'

결국 그는 고개를 들고 래빙턴 쪽을 바라보았다. 샴페인이 넘칠 듯 가득 찬 술잔을 계속 입에 대고 있으려니 몹시 힘겨웠다.

끔찍한 시간이 얼마간 흐른 후에야 잔을 다시 테이블에 내려놓을 수 있었다. 술은 한 모금도 삼키지 않았다. 샴페인 잔을 놓쳐선 안 된다는 생각이 고맙게도 그를 구했다.

술잔은 그가 비명을 지르지 않도록, 정신을 놓지 않도록, 앞에서 입을 쩍 벌리고 있는 끝 모를 심연 속으로 굴러떨어지지 않도록 붙잡아줬다. 샴페인 잔을 꼭 붙잡고 있으면 자리에 버티고 앉아 몸을 움직이고 다른 사람들과 어울릴 수 있을 것 같았다.

그러나 술잔이 테이블에 닿는 순간, 그를 붙잡고 있던 마지막 안전장치의 고리가 툭 하고 끊어졌다. 팩슨은 벌떡 일어나 식당 밖으로 뛰쳐나갔다.

라이너가 팩슨을 따라 회랑으로 나왔다. 팩슨은 라이너를 돌아보며 따라오지 않아도 괜찮다고 손짓했다. 잠시 어지러운 것뿐이며 곧 돌아가겠다고 더듬거리며 둘러댔다. 라이너는 따뜻한 표정으로 고개를 끄덕이더니 식당으로 들어갔다.

팩슨은 계단 발치에서 우연히 하인과 마주치자 바짝 마른 입술로 물었다. "웨이무어로 전화 좀 할 수 있을까요?"

"죄송합니다만, 전화선이 모두 먹통입니다. 저희도 래빙턴 씨 지시로 한 시간 전부터 뉴욕에 전화하려고 애쓰고 있습니다."

팩슨은 당장 침실로 뛰어 들어가 문을 잠갔다. 램프 불빛이 가구와 꽃, 책을 비췄다. 벽난로의 잿더미에 파묻힌 장작에서는 희미하게 불이 깜박이고 있었다.

그는 소파에 털썩 주저앉아 얼굴을 감싸 쥐었다. 침실에는 정적만 감돌았다. 온 집이 고요했다. 무슨 일이 일어나고 있는지 짐작할 만한 실마리는 어디에도 없었다. 어두컴컴하고 조용한 방에서 눈을 감자 망각과 안도감이 밀려오는 듯했다.

하지만 안도감은 순식간에 사라지고 말았다. 그는 다시 눈을 뜨고 소름 끼치는 광경과 마주했다. 그 광경은 그의 눈에 찍혀 있었고, 영영 그의 일부가 되었다. 절대 지울 수 없는 공포가 그의 몸과 머릿속에서 타들어 갔다.

왜 그에게…, 오로지 그에게만 이런 일이 일어났을까? 왜 그만이 *그것을* 보게 되었을까? 도대체 *그에게* 무슨 문제가 있었던 걸까? 그리스벤이나 볼치처럼 현명하고 박식한 사람이었다면 그 공포를 마주하더라도 극복했을 것이다.

하지만 그는 무방비한 관찰자일 뿐이었다. 그가 두 눈으로 똑똑히 본 것을 털어놓더라도 다른 사람들은 결코 믿어주지도 이해해주지도 않을 것이다. 오로지 *그만이* 이 무시무시한 재앙의 희생양으로 지목되었다!

팩슨은 벌떡 일어서서 귀를 기울였다. 누군가 계단을 오르는 소리가 들렸다. 틀림없이 누군가 그의 상태를 확인하러 오고 있었다. 괜찮다면 같이 내려가서 함께 담배를 피우자고 권할 것이다. 그는 조심스럽게 문을 열었다. 팩슨의 짐작이 맞았다. 라이너가 계단을 올라오고 있었다.

팩슨은 복도를 내다보면서 계단이 하나 더 있다는 사실을 떠올렸고, 그곳을 향해 쏜살같이 달려갔다. 그저 래빙턴의 집에서 벗어나고 싶었다. 더는 단 한 순간도 이 집의 기이한 공기를 들이마시고 싶지 않았다!

도대체 *그에게* 무슨 문제가 있는 걸까?

팩슨은 아래층 계단의 반대편 끝에 이르렀다. 그 너머로 그가 들어왔던 오크 홀이 보였다. 홀은 텅 비어 있었다. 홀에 놓인 긴 테이블 위에 그의 코트와 모자가 놓여 있었다. 코트를 걸치고 문의 빗장을 벗겼다. 그리고 모든 공포를 깨끗이 씻어낼 밤 속으로 뛰어들었다.

어둠이 짙었다. 매서운 추위 탓에 잠시 숨을 쉴 수가 없었다.

곧 그는 가느다란 눈발이 떨어지고 있다는 사실을 깨달았다.

팩슨은 도망치기로 굳게 마음먹었다. 눈을 밟아 다져놓은 가로수길이 대문까지 뻗어 있었다. 그는 서둘러 성큼성큼 발을 옮겼다. 눈길을 걷다 보니 머릿속에서 세차게 요동쳤던 격한 감정이 서서히 가라앉았다.

도망치고 싶다는 충동이 여전히 그를 앞으로 이끌었지만, 실재하는 공포가 아니라 스스로 만들어낸 공포에서 달아나고 있다는 생각이 들었다.

절박하게 도망치고 싶었던 것도 그저 평정을 되찾을 때까지 자기 상태를 감추고 다른 사람의 눈을 피하고 싶었기 때문이었다.

팩슨은 노스리지까지 기차를 타고 오는 내내 맥빠지는 인생사를 헛되이 곱씹어보았었다. 웨이무어에서 썰매를 보내지 않았다는 사실을 깨달았을 때는 쓰라린 마음이 짜증과 분노로 변하기까지 했다.

정말 황당한 일이었다. 컴 부인의 건망증을 두고 라이너와 농담을 주고받기는 했지만, 고용인이 자기를 잊어버렸다고 털어놓는 일은 정말로 비참했다.

상황을 이 지경으로 만든 것은 결국 한 곳에 뿌리내리지 못하고 떠도는 그의 인생이었다. 정처 없이 떠돌아야 했기 때문에 이렇게 사소한 일에도 감정이 속수무책으로 휘둘렸다.

그렇다. 그의 인생과 추위, 피로, 절망감, 세상살이에 서투르다는 괴로운 생각, 이 모든 것들이 그를 위태로운 절벽으로 끌고 갔다. 겁에 질린 그의 마음은 절벽에 매달려 있었다.

그게 아니라면, 도대체 무슨 이유로 그저 낯선 이에 불과한 그가 이런 일을 겪도록 지목당했겠는가? 이 일은 대체 무슨 의미일까? 그는 어떻게 연관된 걸까? 그에게도 관련된 사연이 있는 걸까?

어쩌면 그가 단순한 낯선 사람, 어디서나 만날 수 있는 낯선 사람이 아니기 때문에 이런 일을 겪게 된 것일지도 모른다. 그에게는 사생활이라는 게 없었다. 방금 같은 일을 겪지 않도록 막아줄 자기중심주의라는 따뜻한 보호막도 없었다.

그래서 그는 다른 사람들의 우여곡절에 비정상적일 만큼 민감하게 반응하게 되었을 것이다.

생각이 여기에까지 미치자 그는 전율하며 멈춰 섰다. 안 돼!

그런 운명은 너무나도 끔찍하다! 그의 내면에 깃든 강인한 힘이 그런 운명을 거부했다. 자기 자신이 그런 재앙을 목격하고 경고해야 할 운명이라고 생각하는 것보다는 차라리 정신이 나약하고 흐트러져서 망상에 빠졌다고 생각하는 편이 백 배, 천 배 더 나았다!

그는 대문에 이르렀고, 어둠에 휩싸인 경비실 앞에 멈췄다.

더 거세진 바람에 흩날리는 눈발이 그의 얼굴을 때렸다. 추위가 그를 칭칭 옭아맸다. 그는 어찌해야 할 줄 모르고 멍하니 서 있었다. 돌아가서 정신이 온전한지 시험해봐야 할까?

그는 돌아서서 별장 건물까지 뻗어 있는 가로수길을 바라보았다. 길에는 어둠이 내려앉아 있었다. 건물에서 흘러나오는 한 줄기의 빛만이 나무 사이로 비쳤다.

그 빛을 보자 밝은 조명과 꽃, 그 무시무시한 방에 둘러앉아 있던 사람들의 얼굴이 떠올랐다. 그는 다시 몸을 돌려 대문 밖 큰길로 달려 나갔다.

마부는 오버데일 별장까지 1.5킬로 정도 남았을 무렵 손을 뻗어 노스리지로 향하는 길을 알려줬었다. 팩슨은 마부의 말을 떠올리고 그 방향으로 걷기 시작했다.

큰길에 접어들자 얼굴로 강풍이 불어닥쳤고, 콧수염과 눈썹에 달라붙은 눈송이가 즉시 얼음으로 변했다. 송곳 같은 얼음이 그의 목구멍과 폐로 밀려드는 것 같았다. 그는 따뜻한 오버데일 별장의 모습에 쫓기면서 계속 앞으로 나아갔다.

길에는 눈이 울퉁불퉁하게 높이 쌓여 있었다. 썰매 자국이 팬 곳에 발이 걸려서 넘어졌고 눈더미에 처박혔다. 세찬 바람이 돌팔매질처럼 느껴졌다. 그는 이따금 멈춰 서서 헉헉거리며 가쁜 숨을 내쉬었다. 보이지 않는 손이 그의 몸에 쇠줄을 감아 놓고 바짝 졸라매는 것 같았다.

뼛속까지 시려오는 한기에 맞서 굳게 마음을 먹고 다시 걸었다. 헤아릴 수 없는 어둠이 마치 장막처럼 온 하늘을 뒤덮은 가운데 눈이 그칠 줄 모르고 쏟아져 내렸다.

한두 번쯤 멈췄다가 다시 출발하기를 반복했다. 갑자기 길을 잘못 들어선 것 같다는 불안감이 엄습했다. 길 어디에서도 표지판은 볼 수 없었다. 그는 계속 걸었다.

마침내 1.5킬로 이상 걸었다고 확신하며 잠시 멈춰서 뒤를 돌아보자 안도감이 몰려왔다. 바람을 등지고 설 수 있었기 때문이었다. 또 큰길 저 멀리서 희미하게 어른거리는 랜턴 불빛이 나타났기 때문이기도 했다. 말이 끄는 썰매가 오고 있었다.

어쩌면 그 썰매를 얻어 타고 노스리지 마을로 갈 수 있을 것이다! 희망에 기운이 솟은 그는 불빛을 향해 걸어갔다.

불빛은 종잡을 수 없이 지그재그로 움직이고 가다 서기를 반복하면서 아주 천천히 다가왔다. 심지어 불빛과 몇 미터 정도로 가까워졌을 때도 썰매에 달린 종소리가 전혀 들리지 않았다. 그러더니 불빛이 갑자기 길가에 멈춰서 움직이지 않았다.

아무래도 썰매가 아니라 사람이 랜턴을 들고 걷다 추위에 지쳐 멈춘 것 같았다.

팩슨은 발걸음을 재촉했다. 잠시 후 그는 누군가 눈더미에 몸을 기대고 미동도 없이 웅크리고 있는 모습을 발견했다. 랜턴은 땅바닥에 떨어져 있었다. 팩슨은 두려운 마음으로 랜턴을 주워들고 그 사람의 얼굴 가까이에 불빛을 비춰보았다. 라이너였다.

"라이너! 도대체 여기서 뭐 하고 있어요?"

파리하게 질린 라이너가 팩슨을 바라보며 미소를 지었다. "그러면 *당신은요*? 오히려 제가 묻고 싶네요." 그가 이렇게 쏘아붙이더니 팩슨의 팔을 꽉 붙잡고 벌떡 일어났다. "그야, 당신을 찾고 있었죠!" 그의 말투는 쾌활했다.

팩슨은 어리둥절해서 가만히 서 있었다. 심장이 덜컥 내려앉는 느낌이었다. 라이너의 얼굴은 잿빛으로 변해 있었다.

"제정신이에요?"

"당연하죠. 당신은 도대체 뭘 하고 있었죠?"

"저요? 뭘 하다니? 그게…, 저는…, 저는 그저 산책하고 있었어요…. 원래 밤에 자주 산책하거든요…."

라이너가 웃음을 터뜨렸다. "이런 밤에도요? 그럼 갑자기 달아난 게 아닌 거죠?"

"달아났다고요?"

"저 때문에 뭔가 기분이 상해서요…. 외삼촌은 그렇게 생각하세요."

팩슨이 라이너의 팔을 붙잡았다. "외삼촌께서 절 찾아보라고 보내셨어요?"

"음…, 아까 식당 밖 복도에서 몸이 안 좋다고 말씀하셨을 때 방까지 모셔다드리지 않았다고 호되게 혼내셨죠. 나중에 방에 가보니 안 계셔서 우리 모두 깜짝 놀랐어요. 외삼촌이 무시무시하게 화내셨어요. 그래서 이렇게 찾으러 나온 거죠…. 그럼 어디 불편하지는 *않으신* 거죠, 그렇죠?"

"불편하다고요? 아니요, 정말로 괜찮아요." 팩슨이 랜턴을 쥐고 말했다. "자, 돌아갑시다. 그 식당이 너무 더웠어요."

"그래요. 그냥 더워서 나가신 거길 바랐어요."

두 사람은 몇 분 동안 아무 말 없이 터덜터덜 걸었다.

팩슨이 입을 뗐다. "피곤하지는 않아요?"

"오, 괜찮아요. 바람을 등지니까 훨씬 낫네요."

"좋아요. 이제는 말하지 말고 계속 갑시다."

그들은 앞으로 나아갔다. 이번에는 길을 비출 랜턴 불빛도 있었지만, 팩슨이 혼자서 강풍을 뚫고 걸었을 때보다 나아가는 속도가 느렸다. 라이너가 눈더미에 걸려서 넘어지자 팩슨이 결국 다시 입을 열었다. "내 팔을 잡아요."

라이너가 팩슨의 팔을 잡으며 헐떡거렸다. "바람에 날려갔어요!"

"나도 그래요. 누군들 안 그렇겠어요?"

"덕분에 이게 무슨 난리예요! 우연히 회랑에서 당신을 본 하인이 아니었더라면…."

"그래요, 맞아요. 자, 그럼 이제 입 좀 다물래요?"

라이너는 웃으면서 팩슨에게 매달렸다. "저는 추위에는 끄떡없거든요…."

팩슨은 라이너를 만나고 처음 얼마간은 그의 몸 상태가 너무 걱정스러워서 다른 생각을 떠올릴 수도 없었다.

하지만 힘겹게 발을 움직여 가며 도망쳐 나왔던 곳으로 점점 가까이 다가가자 도망쳤던 이유가 끈질기게 그의 머릿속을 맴돌았다. 그 이유가 더 불길하게 느껴졌다.

팩슨은 멀쩡했다. 그의 정신은 온전했고, 망상에 빠지지도 않았다. 그는 재앙을 경고하고 사람들을 구하는 존재로 지목된 것이 맞았다. 이제 그는 거부할 수 없는 힘에 이끌려 도망쳐 나왔던 곳으로 돌아가고 있었다. 심지어 그 희생양을 파멸시킬 운명 앞으로 데려가고 있었다!

팩슨은 이런 생각에 사로잡힌 나머지 더는 발을 떼지 못하고 멈췄다. 그가 무엇을 할 수 있을까? 무슨 말을 할 수 있을까?

지금 그는 무슨 수를 써서라도 라이너를 따뜻한 곳으로, 집으로, 침대로 데려가야 했다. 그런 후에야 어떤 식으로든 행동할 수 있을 것이다.

눈발이 굵어졌다. 두 사람이 탁 트인 벌판 사이로 뻗어 있는 길에 이르자 바람이 비스듬히 불어왔다. 바람이 바늘 박힌 가죽끈으로 얼굴을 후려치는 것 같았다. 라이너가 멈춰서 잠시 숨을 들이마셨다. 팩슨은 라이너가 자기 팔을 더 세게 붙잡는 것을 느꼈다.

"대문 옆에 있는 경비실에 도착하면 마구간으로 전화해서 썰매를 보내 달라고 할 수 없을까요?"

"다들 자고 있지만 않다면요."

"그럼, 제가 어떻게든 해볼게요. 자, 이제 말하지 말아요!"

두 사람은 느릿느릿 걸었다. 마침내 랜턴이 나무 그늘이 짙게 드리워진 길에 곡선을 그리고 있는 썰매 자국을 비췄다.

팩슨이 기운을 되찾았다. “저기 대문이 있어요! 5분 안에 도착할 거예요.”

그때 팩슨은 별장을 에워싼 울타리 너머로 어두운 가로수길 저 끝에서 어슴푸레 반짝이는 불빛을 보았다. 그의 머릿속에서 아주 사소한 부분까지 생생하게 타올랐던 그 장면을 비추었던 바로 그 불빛이었다. 그러자 팩슨은 두려운 현실을 다시 깨달았다.

안 돼, 라이너를 집으로 데려가서는 안 돼!

그들은 드디어 경비실에 다다랐다. 팩슨이 문을 쿵쿵 두드리며 속으로 생각했다.

‘일단 라이너를 안으로 데려가서 따뜻한 음료를 마시게 해야지. 그런 다음 핑곗거리를 찾아보자. 찾아낼 수 있어.’

아무리 문을 두드려봐도 안에서는 대답이 없었다. 잠시 후 라이너가 말했다. “저…, 그냥 가는 게 나을 것 같아요.”

“안 돼요!”

“전 갈 수 있어요. 정말로요.”

“집으로 가면 안 돼요, 내 말 들어요!” 팩슨은 훨씬 더 세게 문을 두드렸다. 마침내 안에서 누군가 걸어오는 소리가 들렸다.

라이너는 기둥에 기대어 섰다. 문이 열리고 실내에서 흘러나온 빛이 라이너의 창백한 얼굴과 멍하니 움직이지 않는 눈을 비췄다. 팩슨은 라이너의 한쪽 팔을 붙들고 안으로 들어갔다.

“바깥이 정말 추웠어요.” 라이너가 한숨을 내쉬며 말했다.

그 순간, 보이지 않는 가위가 단숨에 그의 근육을 모조리 잘라버리기라도 한 듯 라이너가 몸을 틀더니 팩슨의 품으로 풀썩 쓰러졌다. 그는 발밑에 아무것도 없는 것처럼 그대로 고꾸라졌다.

팩슨과 경비원은 라이너를 살펴보고 번쩍 들어 올렸다. 그들은 라이너를 부엌으로 데리고 들어가 난로 옆 소파에 뉘었다.

경비원이 더듬거리며 말했다. “제가, 집으로…, 전화하겠습니다!”

그가 황급히 부엌을 빠져나갔다. 팩슨은 경비원이 하는 말을 제대로 듣지 못했다. 이제 불길한 징조는 아무런 상관도 없었다. 지금 팩슨의 신경은 온통 라이너에게 쏠렸다.

팩슨은 라이너 곁에 무릎 꿇고 앉아 모피 목도리를 벗겨냈다. 그때 팩슨은 자기 손에서 따뜻하고 축축한 무언가를 느꼈다. 손을 들어 올려 살펴보았다. 손이 붉게 물들어 있었다.

누런 강을 따라서 야자나무가 끝없이 늘어서 있었다. 작은 증기선이 부두에 떠 있었다. 팩슨은 목조 호텔의 베란다에 앉아 인부들이 배와 육지 사이에 걸쳐놓은 판을 오가며 화물을 나르는 모습을 느긋하게 구경했다.

그는 지난 두 달 내내 이런 장면을 구경했다. 그가 노스리지 기차역에서 내려 눈을 부릅뜨고 웨이무어까지 타고 갈 썰매를 기다린 후로 거의 다섯 달이 지났다. 웨이무어라….

그는 결코 웨이무어에 도착하지 못했다!

지난 다섯 달이, 특히 초반 몇 달이 어떻게 흘렀는지 여전히 기억이 흐릿했다. 심지어 지금도 그는 자기가 어떻게 보스턴으로 돌아가서 사촌 집에 도착했는지, 그리고 어떻게 다시 정신병원의 격리실로 옮겨졌는지 알 수 없었다.

팩슨은 병실 창밖으로 앙상한 나무 아래 눈이 쌓여 있는 모습을 바라보았다. 그는 똑같은 그 장면을 아주 오랫동안 바라보았다.

그러던 어느 날, 하버드에서 알고 지냈던 친구가 찾아와서 자기 사업을 도와 말레이반도에 함께 가자고 부탁했다.

"자네는 끔찍한 일을 겪었어. 말레이반도로 떠난다면 그런 일에서 벗어나는 데 굉장히 도움이 될 걸세."

다음날 그를 진찰하러 온 의사가 여행 계획을 이미 전해 들었다면서 가도 좋다고 허락했다. "1년 동안은 한가하게 지내야 합니다. 가서 빈둥거리면서 경치나 구경하세요."

팩슨의 마음속에서 어렴풋한 호기심이 일었다. "어쨌든, 제 문제가 도대체 뭐였죠?"

"뭐, 과로죠. 그런 것 같습니다. 틀림없이 지난 12월 뉴햄프셔로 떠나기 전에 심각한 신경쇠약에 시달렸을 겁니다. 거기에 그 가여운 청년의 죽음을 목격하고 이렇게까지 문제가 악화했던 거죠."

아, 그렇지. 라이너가 죽었지…. 팩슨이 기억을 더듬었다.

팩슨은 동양으로 떠났다. 그의 지친 몸과 무기력한 머리에 활기가 천천히, 알아차릴 수 없을 정도로 서서히 돌아왔다. 그의 친구는 참을성이 강했고 사려 깊었다. 두 사람은 천천히 이동했고 대화도 거의 나누지 않았다.

처음에 팩슨은 무엇이든 낯익은 대상을 마주할 때마다 소스라치게 놀라서 움츠러들었다. 웬만해서는 신문도 펼쳐보지 않았다. 또 편지를 열어볼 때마다 심장이 오그라드는 것 같았다.

불안에 떨어야 할 특별한 이유라도 있는 것은 아니었다. 그저 여기저기에서 짙은 어둠의 흔적을 보았기 때문이었다. 그는 심연을 너무 깊이 들여다보았다.

팩슨은 차츰 건강과 원기를 되찾았다. 그러자 세상사에도 조금씩 호기심이 느껴졌다. 세상이 어떻게 돌아가는지 궁금해지기 시작했다.

호텔 직원으로부터 선박에 실려 온 우편 가방에 자기 앞으로 도착한 편지가 없다는 말을 들었을 때는 뚜렷한 실망감마저 느꼈다.

친구는 정글로 떠났고, 한참 후에야 돌아올 것이다. 그는 외로웠다. 할 일이 전혀 없는 게 건강에는 좋을지 모르지만 무료했다. 그는 일어서서 퀴퀴한 서재로 어슬렁어슬렁 걸어갔다.

호텔 서재에서 도미노 게임 세트와 이리저리 잘려 나간 그림 퍼즐, 〈시온 헤럴드〉 몇 부, 뉴욕과 런던의 신문 더미를 발견했다.

신문을 훑어보았지만, 생각보다 더 오래전에 발행된 신문이라는 사실을 알고 실망했다. 틀림없이 더 운이 좋은 어떤 투숙

객이 최근 발행호를 가지고 가버렸을 것이다. 그는 멈추지 않고 신문 더미를 뒤적거리다가 미국 신문을 먼저 집어 들었다. 하필 미국 신문이 가장 오래된 신문이었다. 신문이 나온 날짜는 지난 12월과 1월이었다.

팩슨은 자기가 정말로 죽을 뻔했던 시기를 다룬 그 신문이 굉장히 새롭게 느껴졌다. 그는 자기가 기억을 잊어버린 그 기간에 바깥세상에서 무슨 일이 일어났는지 단 한 번도 궁금해하지 않았다. 하지만 지금, 그 당시의 일을 알고 싶은 충동이 불쑥 솟았다.

그는 더 오랫동안 기쁨을 느끼고 싶어서 날짜순으로 신문을 정리하고 가장 먼저 나온 신문을 펼쳤다. 신문 위에 적힌 날짜가 마치 자물쇠에 꽂힌 열쇠처럼 그의 의식에 박혔다.

12월 17일. 그가 노스리지에 도착한 다음 날이었다. 1면을 훑어보다 대문짝만하게 적힌 제목을 읽었다.

> 오팔 시멘트 회사 도산.
> 존 래빙턴이 도산에 연루되다.
> 충격적인 부패 폭로가 월가를 바닥까지 뒤흔들다.

팩슨은 첫 번째 신문을 다 읽고 두 번째 신문을 펼쳐 들었다.

두 번째 신문은 사흘 늦게 발간되었지만, 여전히 오팔 시멘트 '수사'가 중심 화두였다. 그는 기업가의 탐욕과 파산을 폭로하는 복잡한 기사를 읽고 나서 부고 기사를 들여다보았다.

라이너가 뉴햄프셔주 노스리지에서
갑자기 목숨을 잃었다.
프랭크 존 라이너는 세상을 뜬…,

그의 눈앞이 흐려졌다. 신문을 내려놓고 얼굴을 손에 파묻은 채 오랫동안 앉아 있었다.

한참 후 고개를 들어보니 그가 주저앉으면서 밀친 다른 신문들이 탁자에서 떨어져 발 근처에 흩어져 있었다. 가장 위에 놓인 신문은 활짝 펼쳐져 있었다. 그의 눈길이 다시 신문지를 천천히 훑었다.

존 래빙턴이 회사를 재건할 계획을 제시했다.
그는 개인 자산 천만 달러를 투입하겠다고 제안했다.
지방 검사가 그의 제안을 검토하는 중이다.

개인 자산, 천만 달러…. 하지만 존 래빙턴은 파산했을 텐데?

팩슨이 소리를 지르며 벌떡 일어섰다. 그거였다. 그게 바로 그 경고의 의미였다!

만약 그가 도망치지 않았더라면,

이성을 잃은 채 밤의 어둠 속으로 달려가지 않았더라면,

그랬다면 그 부당한 주문을 깨뜨릴 수 있었을 것이고 어둠의 힘이 승리하지 못했을 것이다!

그는 신문 더미를 움켜쥐고 머리기사만 훑어보았다.

유언장이 공증되다.

그는 마지막 신문에서 찾고 있던 기사를 발견했다. 그 기사는 죽어가는 라이너의 눈처럼 그를 응시했다.

그 일…, *그 일이* 바로 팩슨이 저지른 일이었다!

연민의 힘은 라이너에게 경고할 사람, 라이너를 구할 사람으로 팩슨을 지목했다.

그런데 팩슨은 연민의 호소에 귀를 닫았고,

라이너의 일에서 손을 뗐고,

도망쳤다.

그는 라이너의 일에서 손을 뗐다!

그 기사는 마법의 주문처럼 과거의 기억을 불러냈다. 팩슨은 오버데일 별장의 경비실에서 겪었던 그 끔찍한 순간을 돌이켜 보았다.

그가 라이너의 곁에 서서 손을 내려다보자, 그의 손은 붉게 물들어 있었다.

6화 충만한 삶

그녀는 몇 시간 동안 나른하게 누워있었다. 푹푹 찌는 한여름 열기에 새와 풀벌레까지 입을 다무는 고요한 낮이 찾아오면 누구라도 느끼는 그런 기분 좋은 나른함과 비슷했다. 무성하게 자라난 풀숲에 털썩 드러누워서 단풍잎 사이로 드넓은 하늘을 올려다보았다. 하늘은 구름 한 점 없이 맑고 새파랬다.

이따금, 아주 가끔, 따끔거리는 느낌이 찾아왔다. 콕콕 찌르는 듯한 통증은 한여름의 하늘을 길게 갈라놓는 번개처럼 순식간에 사라져버리는 탓에 잠결에 취한 그녀를 깨우지 못했다.

그녀는 평온하고, 달콤하고, 끝도 없이 이어지는 듯한 혼수상태에 점점 더 깊이 빠져들었다. 이 아득한 상태에서 벗어나고 싶다는 충동, 점점 희미해져 가는 의식의 끝자락을 붙들어야겠다는 생각조차 들지 않았다.

한때는 혼미한 상태에서 벗어나려고 격렬하게 저항해봤지만, 이제 그런 노력도 모두 끝나버렸다.

그녀는 오랫동안 기괴한 환영에 시달렸다. 서서히 떠나고 있는 삶의 단편적인 장면들, 가슴이 에일 듯한 시 구절들, 과거에 보았던 이미지가 뒤섞인 불길한 예감, 강과 탑, 둥근 지붕에 대한 흐릿한 인상들이 그녀의 마음속에 몰려들었다가 반쯤 잊혔다. 지금 마음속에서 꿈틀대는 것이라고는 어렴풋한 만족감이라는 원초적 감각뿐이었다.

그녀는 희미한 만족감에 젖어 들었다. 독약을 마지막 한 모금까지 마셔버렸기 때문이었다. 다시는 남편의 부츠, 그 무시무시한 부츠가 삐걱거리는 소리를 듣지 않아도 될 것이다. 아무도 내일 저녁 메뉴나 정육점 장부에 관해 꼬치꼬치 캐물어 보며 귀찮게 굴지 않을 것이다.

마지막 순간이 되자 이 희미한 감각마저 사라지고, 짙은 어둠이 그녀를 감쌌다. 옅은 장밋빛 노을이 영원히 부드럽게 일렁일 것 같았던 하늘은 이제 짙은 남색으로 어둡게 물들어갔다.

별 하나 찾아볼 수 없는 여름날 밤하늘의 색깔이었다. 그녀는 어둠 속으로 차츰 빠져들었다. 아래에서 누군가 부드럽게 떠받쳐주는 것 같은 안정감마저 슬며시 밀려왔다.

안정감은 미지근한 물결처럼 그녀를 감싸고 점점 더 높이 솟아오르더니 축 늘어진 그녀의 몸을 부드럽게 껴안았다. 이제 그녀의 가슴과 어깨까지 물속에 잠겼다. 물은 서서히…, 절대 돌이킬 수 없다는 듯 계속해서 밀려들었다. 물이 그녀의 목을 지나 턱을, 귓가를, 입술을 덮었다. 물이 너무 높이 차올랐다.

물속에서 벗어나고 싶다는 충동이 다시 찾아왔다. 입속이 물로 가득 찼다. 숨을 쉴 수가 없었다…. 살려줘요!

"다 끝났어요." 간호사가 눈을 감겨주며 말했다. 직업상 늘 하는 일이라 그런지 평정을 잃지 않은 태도였다.

시계가 3시를 알렸다. 그들은 이 시간을 앞으로도 기억할 것이다. 누군가 창문을 열었고, 한밤중과 새벽 사이를 흐르는 바람이 훅 밀려 들어왔다. 아무런 특징도 없지만, 어딘가 기이한 바람이었다.

누군가 남편을 다른 방으로 데려갔다. 남편은 부츠로 삐걱대는 소리를 내며 멍하니 걸어갔다. 그 모습이 꼭 눈먼 사람 같았다.

그녀는 문턱에 섰다. 적어도 그런 것 같았다. 하지만 넘어갈 수 있는 문 같은 것은 존재하지 않았다. 그녀의 눈앞에는 오로지 빛뿐이었다. 어슴푸레하게 깜박이는 무수한 별빛을 한데 모은 것처럼 부드럽지만 강렬한 빛만이 서서히 넓게 퍼져갔다. 빛은 그녀가 막 헤치고 나온 깊은 어둠과 대조되어 더없이 눈부시고 아름다웠다.

그녀는 발을 앞으로 내디뎠다. 두렵지는 않았지만, 괜히 망설여졌다. 자신을 둘러싸고 주변을 가득 메운 빛에 눈이 익숙해지자 풍경을 알아볼 수 있었다.

처음에는 안개처럼 덧없이 사라져버릴 형체들이 오팔처럼 뿌연 빛 속에서 헤엄치는 듯했다. 점차 형상들이 또렷하게 눈에 들어왔다. 햇빛이 비치는 평원이 드넓게 펼쳐져 있었고, 그 위로 산들이 하늘 높이 솟아 있었다.

계곡에서는 은빛 강물이 초승달 모양으로 흘러나왔다. 굽이진 강가를 따라 푸른 나무들이 늘어서 있었다. 풍경에 녹아 있는 빛깔은 말로 표현하기 어려울 만큼 기묘하게 매혹스럽고 신비로웠다.

레오나르도 다 빈치의 그림 속 하늘빛 배경을 연상시키는 색조가 눈길을 유혹했다. 저 풍경 속에 믿기지 않는 환희가 가득할 것만 같은 상상의 나래가 절로 펼쳐졌다.

눈 앞에 펼쳐진 광경을 가만히 바라보다 놀라움과 황홀감을 느꼈다. 심장이 고동치기 시작했다. 그녀는 투명한 유리알처럼 맑은 하늘이 보낸 소환장에서 더없이 아름다운 약속을 읽었다.

"그러니까 죽음이 끝은 아니구나!" 그녀는 기쁨에 젖어 큰소리로 외쳤다. "죽음이 끝일 리가 없지! 그럴 줄 알았어. 물론 나는 다윈의 진화론을 믿지만…, 다윈도 영혼에 관해서는 확신할 수 없다고 했잖아? 게다가 월리스(영국의 박물학자이자 진화론자. 찰스 다윈에 앞서 자연선택에 의한 진화를 주장하는 논문을 발표한 것으로 유명-옮긴이)는 사람이 죽은 후에도 영혼이 남아 있다고 믿었지. 마이바트(영국의 생물학자. 다윈의 학설을 반대하고 종교와 과학의 조화를 시도-옮긴이)도 마찬가지였고."

그녀의 시선은 저 멀리 떨어져 있는 천상의 숲들 사이에서 길을 잃었다.

"너무나 아름다워! 정말로 흐뭇하구나!" 그녀가 중얼거렸다.

"산다는 게 도대체 무엇인지 이제야 진심으로 알 것 같아."

그때 그녀의 심장이 별안간 훨씬 더 크게 고동치기 시작했다.

그녀가 심장박동을 느끼고 위를 올려다보자 *생명의 영이* 서 있었다.

"산다는 게 무엇인지 이제까지 전혀 몰랐다는 말인가?" 생명의 영이 질문했다.

"몰랐습니다." 그녀가 대답했다. "우리 모두 삶의 충만함을 알 수 있다는 걸 몰랐어요. 물론 제 인생에도 충만한 삶의 의미를 암시하는 단서들이 군데군데 숨어 있었습니다. 이를테면 머나먼 바다 건너 불어오는 대지의 향기 같은 것들이요."

"그렇다면 그대는 충만한 삶이 무엇이라고 생각하는가?"

"오, 그 의미를 모르는 이에게는 말해줄 수 없답니다." 그녀가 말했다. 생명의 영을 나무라는 듯한 태도였다. "수많은 말로 삶의 의미를 정의할 수 있다고들 하지요. 사랑과 공감은 충만한 삶을 이야기할 때 사람들이 가장 흔하게 들먹이는 말이고요. 하지만 저는 사랑과 공감이 적절한 단어인지 모르겠습니다. 게다가 사랑과 공감의 의미를 진정으로 아는 사람조차 거의 없죠."

"그대는 결혼했었지." 생명의 영이 다시 말을 꺼냈다. "그런데 결혼생활에서 충만한 삶의 의미를 발견하지 못했던가?"

"오, 세상에. 전혀 아니랍니다." 그녀가 답했다. 이번에는 생명의 영을 무시하는 듯한 태도를 전혀 숨기지 않았다. "제 결혼생활은 그야말로 불완전했죠."

"그래도 그대의 남편에게 애정을 느꼈겠지?"

"정확한 표현이군요. 그래요, 저는 남편에게 애정을 느꼈습니다. 할머니에게 애정을 느끼듯이, 태어나고 자랐던 고향 집에 애정을 느끼듯이, 어릴 적 보모에게 애정을 느끼듯이요.

아, 저는 남편을 좋아했습니다. 모두 우리를 행복한 부부라고 여겼죠. 하지만 여자의 본성이란 방으로 꽉 찬 커다란 집과 같은 게 아닐까요.

이 집에는 현관이 있죠. 이곳으로 모두가 드나들 수 있어요.

응접실도 있답니다. 격식을 차려서 손님들을 맞을 수 있는 곳이죠. 또 거실도 있고요. 식구들이 내킬 때마다 편하게 오갈 수 있는 공간이에요.

그런데 거실 너머 깊숙한 안쪽에는 다른 방들도 있어요. 아무도 그런 방의 문을 열 수 없죠. 그 방으로 가는 길조차 모르고요. 가장 안쪽에 있는 방, 가장 성스러운 지성소(기독교 구약시대에 성전 또는 막 안의 하나님이 있는 가장 거룩한 곳-옮긴이)에는 영혼이 홀로 앉아 있답니다. 결국 찾아오지 않을 발걸음을 기다리면서요."

"그렇다면 그대의 남편은…," 생명의 영은 잠시 침묵을 지키더니 다시 입을 열었다. "거실 너머 안쪽에 있는 방에는 절대로 들어가지 못했나?"

"단 한 번도요." 그녀가 냉큼 대답했다. "게다가 최악은 그가 그저 거실에만 머무는 데 만족했다는 겁니다. 남편은 거실이 완벽하고 아름다운 곳이라고 생각했습니다. 그는 호텔 라운지에서 쉽게 찾아볼 수 있는 의자나 테이블처럼 대수롭지 않고 흔해 빠진 거실 가구를 감탄하며 바라보곤 했어요.

그럴 때면 저는 그에게 고래고래 소리치고 싶었죠.

'이 어리석은 사람! 당신은 진귀한 보물이 미어터지게 들어차 있는 방이 코앞에 있다는 걸 짐작조차 못 하지? 인간이 단 한 번도 본 적 없는 보물이라고. 아직 아무도 그 방에 들어간 적이 없다니까. 어쩌면 그 방은 당신의 방일지도 몰라. 하지만 당신이 그 방의 문고리를 찾아낼 수는 있을까?'"

"그러면…," 생명의 영이 질문을 이어갔다. "그대가 조금 전에 말했던 그 순간들, 충만한 삶의 의미를 암시하는 단서처럼 보였다는 순간들을 그대의 남편과 함께한 적은 없었나?"

"오, 절대요. 전혀 없었습니다. 그는 달랐어요. 늘 부츠로 삐걱거리는 소리를 내면서 걸어 다니고, 문을 쾅 닫는 사람이었습니다. 시시한 싸구려 소설이나 신문에 실린 스포츠 광고 말고는 읽는 책도 없었죠. 그러니까 한 마디로 우리는 서로를 눈곱만큼도 이해하지 못했습니다."

"그렇다면 그대는 어디서 그런 강렬한 감각을 느꼈지?"

"어떻게 말해야 할지 모르겠군요. 가끔은 꽃향기를 맡으면서 그런 감각을 느꼈습니다. 때로는 단테의 시나 셰익스피어의 희곡을 읽을 때였고, 혹은 그림이나 노을을 볼 때였습니다.

바닷가에서 한적한 나날을 보낼 때도 그런 감각을 느꼈죠.

텅 빈 푸른 진주 속에 누워있는 느낌이 들 때가 있거든요. 제가 느끼고는 있지만 표현하지 못하는 것을 다른 사람이 꼭 알맞을 때 정확하게 말하는 순간에도 그런 감각을 느낀답니다.

다만 이런 순간은 드물죠."

"그대의 마음을 정확하게 표현하는 이는 그대가 사랑하는 사람인가?"

"저는 아무도 사랑하지 않았습니다. 사람들이 흔히 말하는 방식으로는요." 그녀가 다소 울적하게 대꾸했다. "아주 잠깐이지만 제 존재라는 악기의 현을 건드리는 사람이 있기는 했습니다. 제 영혼 안에 잠들어 있는 독특한 선율의 음을 딱 하나씩은 연주했죠. 그런 사람이 둘, 아니면 셋쯤 되는 것 같군요. 하지만 사람들이 제 영혼을 울리는 일은 정말로 드물었답니다.

어느 날 저녁 피렌체의 오르산미켈레 성당을 보았을 때만큼 강렬한 환희를 안겨준 사람은 한 명도 없었어요."

"그 순간이 어땠는지 말해보게."

"부활절 주간이었습니다. 봄비가 부슬부슬 내렸던 오후가 지나고 해가 뉘엿뉘엿 넘어갈 무렵이었답니다. 어디선가 불어온 바람에 구름이 모두 걷혔어요.

성당 안으로 들어가니 저 높이 불타는 듯한 스테인드글라스가 어스름한 땅거미 사이로 등불처럼 빛났습니다. 중앙 제단에 사제가 한 명 서 있었죠. 어둠 속에서 푸르스름한 향의 연기가 자욱하게 피어오르는 가운데 사제복이 유달리 새하얗게 보였습니다.

그의 머리 주변에서는 촛불이 반딧불이처럼 깜박거렸고요.

몇 명이 제단 주변에 무릎을 꿇고 있었습니다. 우리는 발소리를 죽이며 그들 뒤로 다가가서 오르카냐(이탈리아의 화가이자 조각가, 건축가-옮긴이)가 만든 감실 근처 신도석에 앉았습니다.

그 이전에도 피렌체에 가본 적이 있었지만, 성당을 방문한 것은 그때가 처음이었습니다. 참 이상한 일이죠.

마법처럼 공간을 채우는 빛 속에서 무늬를 새겨넣은 계단, 세로로 홈이 파인 기둥, 얕은 돋을새김 조각, 경이로운 제단에 드리워진 캐노피를 처음으로 보았어요. 시간의 섬세한 손길에 은은하게 닳은 대리석이 장밋빛 색조를 띠고 있었습니다.

그 색깔은 말로 설명할 수가 없답니다. 아테네의 파르테논 신전에 서 있는 꿀 색깔 기둥을 어렴풋하게 연상시키지만, 더 신비롭고 복잡했어요. 끝없이 내리쬐는 햇살의 키스가 만들어낸 색깔이 아니었죠.

지하의 비밀스러운 어스름과 순교자의 무덤을 비추는 촛불, 비취와 루비 빛깔을 품은 스테인드글라스 너머로 들어오는 희미한 노을빛이 만들어낸 색깔이었습니다.

그 색깔을 만들어낸 빛은 시에나 대성당의 피콜로미니 도서관에 놓인 기도서를 비추는 빛과 같았습니다. 베네치아의 일 레덴토레 성당에 놓인 조반니 벨리니(이탈리아의 화가로 초상화와 풍경묘사에 특히 뛰어났고, 베네치아 화파를 창시한 인물-옮긴이)의 성모 그림에서 은은히 타오르는 빛과도 같았고요. 중세의 빛, 그리스의 투명한 햇살보다 더 풍부하고 엄숙하며 의미심장한 빛이었죠.

성당 안은 고요했습니다. 사제가 기도문을 중얼거리는 소리만 들렸죠. 이따금 의자가 마루에 끌리는 소리가 들리기도 했지만, 저는 그 신비로운 빛에 젖어서 넋을 잃은 채 눈앞의 대리석 조각을 바라보았습니다.

성화를 안치한 감실은 절묘하게 조각된 상아와 보석 같은 상감 세공으로 장식되어 있었습니다. 흐린 금빛이 은은하게 흘러나왔죠. 그때 저는 거센 물결에 실려 앞으로 나아가는 듯한 느낌을 받았습니다.

이 어마어마한 격류는 태초에서 시작해 인간의 격정과 분투가 모두 뒤섞인 물줄기를 하나로 모아 흘러가는 것 같았습니다. 성당의 곳곳에는 아름다움과 기이함이 다양하게 표현되어 있었죠.

제가 움직이자 그곳에 깃들어 있는 생명이 저를 둘러싸고 운율에 맞춰 조화로운 춤 동작을 엮는 듯했습니다. 인간의 정신이 지나간 곳에 저도 한때 발을 디뎠다는 사실을 깨달았답니다.

오르카냐가 만든 대리석 감실을 가만히 응시하는데, 돋을새김 장식이 녹아서 원초적 형태로 바뀌는 것 같았습니다. 나일강에서 막 피어난 연꽃과 그리스의 아칸서스 잎이, 북유럽 룬 문자 모양의 매듭과 물고기 꼬리가 달린 괴수 형상과 뒤얽혔죠.

갠지스강부터 발트해까지 전 세계 각지 인간들이 손으로 빚어낸 공포와 아름다움의 이미지들이 성모에게 바치는 오르카냐의 걸작 속에서 흔들리며 뒤섞였습니다.

그때 저는 강물에 실려서 흘러갔습니다. 아득히 먼 고대 문명의 낯선 얼굴들과 친숙한 고대 그리스의 경이로운 유적들을 지나쳤죠. 그러다 맹렬하게 휘몰아치는 중세의 물길을 만나서 헤엄쳤어요. 중세의 물결에는 신을 향한 뜨거운 마음이 거세게 소용돌이치고, 천국을 슬쩍 보여주는 시와 그림이 한가득 둥둥 떠다니고 있었답니다.

장인들의 망치가 금세공인의 작업장과 성당의 벽에서 박자에 맞춰 쿵쿵 울리는 소리도 들었습니다.

칼을 든 패거리가 좁은 골목길에서 아우성치는 소리, 단테의 시에서 흘러나오는 오르간 선율, 브레시아의 아르놀드(중세 초기의 교회 개혁가로 교회의 세속화를 강하게 비판하다 파문당한 후 화형에 처해진 인물-옮긴이)가 올라선 화형대에서 타닥타닥 불꽃이 타오르는 소리, 성 프란치스코의 설교를 방해하는 제비들이 지저귀는 소리, 귀부인들이 언덕에 올라가 흑사병이 덮친 피렌체를 내려다보며 〈데카메론〉 속 재치 있는 구절을 읽고 깔깔대는 소리까지 들었습니다.

귀를 더 기울이자 오래된 과거 먼 곳에서 흘러나온 목소리들이 합세해 신비로운 화음을 만들어냈죠. 격렬하며 때론 열정적인 부드러운 선율이 어우러져 만든 화음은 너무나도 경이로웠습니다. 새벽 별들이 함께 부르는 노래가 아닌가 생각했을 만큼요. 그 노랫소리는 제 귓속에서 울려 퍼지는 것 같았습니다.

그때 제 심장이 어찌나 빨리 뛰는지 숨이 막힐 것 같았지요.

어느새 눈가에 고인 눈물은 눈꺼풀이 타들어 갈 정도로 뜨거웠고, 그 기쁨, 그 신비로움은 차마 견디기 어려울 만큼 거대했습니다.

귓가에 들리는 노래를 단 한 마디도 이해할 순 없었지만, 누군가 제 곁에서 함께 그 노래를 들었다면 우리는 그 노래를 해석해낼 실마리를 찾았을지도 몰라요.

저는 제 옆에 앉아 있던 남편을 돌아보았습니다. 그 사람은 아무런 흥미도 없다는 듯 그저 손에 들고 있던 모자 바닥만 들여다보고 있었습니다. 그러더니 일어서서 뻣뻣해진 다리를 쭉 펴고 상냥하게 말을 건넸죠. '이만 가야 하지 않을까? 여기에는 볼 게 별로 없네. 그리고 정찬이 6시 반이잖아.'"

그녀가 기나긴 이야기를 마쳤다. 잠시 적막이 감돌았지만, 이내 생명의 영이 입을 뗐다.

"그대의 욕망을 채워줄 보상이 기다리고 있다네."

"오, 그러면 당신은 *정말로* 저를 이해하시는군요? 그 보상이 뭔지 알려주세요. 이렇게 간청드립니다!"

"지상에서 자기 자신과 비슷할 뿐만 아니라, 가장 내밀한 자기 존재를 숨김없이 드러내 보일 수 있는 영혼을 애타게 찾아 헤매다 실패한 모든 영혼은 이곳에서 바로 그 짝을 찾게 된다네. 그리고 그 짝과 영원토록 하나가 될 수 있지."

그녀의 입술에서 기쁨의 탄성이 터져 나왔다.

"아! 드디어 제가 그런 사람을 만나나요?" 그녀는 행복에 겨워 어쩔 줄 모르며 소리쳤다.

"그가 바로 여기 있다네."

그녀는 이리저리 돌아보다 근처에 서 있는 남자를 발견했다.

신비로운 천상의 빛 속에서 그의 영혼이 얼굴보다 더 또렷하게 보이는 것 같았다. 그녀는 저항할 수 없는 힘에 이끌려 그 영혼에 다가갔다.

"당신이 바로 그 사람인가요?" 그녀가 속삭였다.

"내가 바로 그 사람이오."

그녀는 그의 손을 덥석 잡더니 계곡 위로 튀어나온 난간을 향해 그를 이끌었다.

“나와 함께…,” 그녀가 물었다. “눈부시게 아름다운 저 마을로 내려가지 않을래요? 가서 똑같은 두 눈으로 마을을 함께 바라보고, 무엇을 느끼고 생각했는지 똑같은 언어를 써서 이야기하지 않겠어요?”

“그것은…,” 그가 대답했다. “나 역시 오랫동안 바라고 꿈꿔왔던 바요.”

“정말인가요?” 그녀가 기쁨에 겨워 되물었다. “그러면 당신도 나를 찾아다녔나요?”

“평생 그랬소.”

“세상에! 그러면 당신도 이승에서 당신을 이해해주는 사람을 한 명도…, 단 한 명도 찾지 못했나요?”

“당신처럼 나를 완전히 이해해주는 사람은 아무도 없었소.”

“그럼 당신도 내 심정을 알겠군요? 오, 정말 행복해요.” 그녀가 한숨을 쉬듯 말했다.

두 사람은 손을 맞잡고 서서 계곡 난간 아래를 내려다보았다.

희미한 빛이 어른거리는 풍경이 저 아래로 사파이어처럼 푸른 공간까지 펼쳐져 있었다.

생명의 영은 천상의 문턱 근처에서 그들을 지켜봤다. 이따금 두 사람이 주고받는 말소리가 바람에 실려 드문드문 들려왔다.

마치 남쪽으로 날아가던 도중 거센 바람을 만나 무리에서 떨어져나온 제비 두 마리 같았다.

“당신도 나와 같나요? 해 질 녘이 되면…,”

“그렇소. 하지만 이제까지 그렇게 말한 사람은 아무도 없었지. 당신은?"

"단테의 〈신곡〉 지옥 편에 나오는 세 번째 장편 시에서 그 구절을 기억하나요?"

"아! 그 구절. 내가 가장 좋아하는 시구라오. 그게 바로…,"

"니케 압테로스 신전(그리스 아테네의 아크로폴리스에 세워진 아테나 신전-옮긴이)에 새겨진 조각 중 허리를 구부리고 있는 승리의 여신 조각을 알고 있나요?"

"샌들을 고쳐 신는 니케 조각을 말하는 거요? 당신도 그 조각을 눈여겨보았군. 부드럽게 물결치는 듯한 여신의 옷 주름 사이에 훗날 탄생할 보티첼리와 만테냐의 작품이 잠자고 있다고 생각하지 않소?"

"당신도 본 적이 있나요? 가을 무렵 폭풍우가 지나가고 나면…,"

"맞소. 꽃향기를 맡으면 특정한 화가들이 떠오르니 참 신기한 일이오. 카네이션 향기를 맡으면 레오나르도 다 빈치가 떠오르지. 장미 향기는 티치아노, 튜베로즈 향기는 크리벨리를 연상시키고…,"

"그 사실을 알아챈 사람이 또 있는 줄은 꿈에도 몰랐어요."

"당신도 그렇게 생각해본 적이 있는지 궁금하군. 왜 그…,"

"오, 맞아요. 정말 자주 그래요. 하지만 다른 사람도 저와 같이 생각하는 줄은 전혀 모르고 있었죠."

"그렇다면 당신도 틀림없이…,"

"그래요! 그러면 당신도…,"

"정말 아름답군! 정말 놀라워!"

두 사람의 목소리는 커졌다 작아지기를 반복하며 계속 이어졌다. 꽃이 흐드러지게 피어난 정원 양쪽 끝에 서 있는 분수대 두 개가 서로에게 화답하듯 물줄기를 졸졸 뿜어댔다.

한참이 지난 후 그가 그녀를 돌아보며 말을 걸었다. 조바심을 숨기지 못하는 태도였다. "내 사랑, 여기에 계속 머무를 필요가 있겠소? 우리 앞에는 영겁의 세월이 펼쳐져 있소. 함께 저 아름다운 전원으로 내려갑시다. 햇빛을 받아 반짝이며 흘러가는 강가 옆 푸른 언덕 위에 손수 집을 지어봅시다."

그가 이야기를 꺼낸 순간, 그녀가 줄곧 잡고 있던 손을 갑자기 놓았다. 구름이 몰려와 환히 빛나던 그녀의 영혼을 가리웠다.

"집이라면…," 그녀가 느릿느릿하게 대답했다. "당신과 내가 영원토록 살아갈 집이요?"

"어떻소, 내 사랑? 나는 당신의 영혼이 그토록 찾아 헤맸던 짝 아니오?"

"맞아요, 그래요. 하지만 당신은 모르시겠죠. 나에게 집은 집처럼 느껴지지 않을 거예요. 내가 원하는 조건이 채워지지 않는다면…,"

"조건이라니?" 그가 궁금해하며 대답을 재촉했다.

별안간 변덕스럽게 굴고 싶다는 충동이 그녀에게 찾아왔다.

그녀는 대답하지 않고 한동안 홀로 생각에 잠겨 있다 입을 뗐다. "당신이 문을 쾅 닫고 부츠로 삐걱거리는 소리를 내지 않는다면, 집이 집 같지 않을 거예요."

그는 다시 그녀의 손을 잡았다. 그리고 계곡 아래로 향하는 빛나는 계단 쪽으로 그녀를 슬며시 데려갔다.

"이리 와요! 내 영혼의 단짝이여." 그가 열정적으로 애원했다. "뭘 망설이는 거요? 분명히 그대도 나처럼 우리의 행복을 붙잡아두기에는 영원 그 자체가 너무도 짧다고 느끼지 않았소.

우리의 집이 벌써 눈에 선하다오. 늘 꿈에서 우리 둘만의 집을 보곤 했소. 푸른 언덕 위의 새하얀 집이라오, 내 사랑.

반짝반짝 윤이 나는 기둥이 늘어서 있고, 벽면은 아름답게 조각되어 있소. 정원에는 월계수와 협죽도가 작은 숲을 이루고 있고, 장미 덤불이 집을 둘러싸고 있지.

노을이 질 무렵이면 나와서 거닐 수 있는 테라스도 있소. 테라스에 서면 울창한 숲과 푸르른 초원이 훤히 보인다오. 숲에는 고목이 우거져 있고, 초원에는 시냇물이 부드럽게 졸졸 흐르다가 강물과 만난다오.

집 안에는 벽마다 우리가 가장 좋아하는 그림이 걸려 있소.

방에는 가지런히 정돈된 책으로 가득하고.

생각해보시오, 내 사랑. 마침내 우리는 그 수많은 책을 모두 읽을 수 있는 시간을 얻게 된 거요. 무슨 책부터 읽으면 좋겠소? 자, 내게 한 권 골라줘요.

괴테의 〈파우스트〉가 좋겠소, 아니면 단테의 〈신생〉이 좋겠소? 셰익스피어의 〈템페스트〉와 뮈세의 〈마리안의 변덕〉도 있소. 〈신곡〉의 천국 편에 나오는 서른한 번째 장편 시를 읽어도 좋고, 퍼시 셸리의 시 「에피사이키디온」이나 존 밀턴의 시 「리시다스」를 읽어도 좋소. 그대가 골라주시오, 어떤 책이 좋겠소?"

그는 그녀가 얼른 대답하고 싶어 못 견디겠다는 듯 즐겁게 입술을 달싹이는 모습을 보았다. 하지만 그녀는 아무 대답 없이 침묵을 지킨 채 가만히 서 있기만 했다. 그가 그녀의 손을 잡고 부드럽게 흔들며 대답을 재촉해보아도 묵묵부답이었다.

"왜 그러는 거요?" 그가 애원하듯 말했다.

"잠시만요…," 그녀가 드디어 입을 뗐다. 그녀의 목소리에는 어딘가 이상한 망설임이 묻어나왔다. "이것 먼저 말해줘요. 당신은 당신의 존재를 확신하나요? 이승에서 알고 지냈던 사람 중 기억나는 사람은 아무도 없어요?"

"당신을 본 이후로는 그 누구도 기억나지 않소."

그의 말은 사실이었다. 그는 정말로 모두 잊어버렸다. 그녀는 여전히 가만히 서 있기만 했다. 그는 그녀의 영혼에 그림자가 짙게 드리워진 것을 보았다.

"내 사랑…," 그가 그녀를 가볍게 나무랐다. "당신이 고민하는 문제는 이게 아니지 않소? 나는 레테의 강을 건넜소. 과거의 모든 기억은 달 앞의 구름처럼 흩어져버렸다오. 나는 그대를 보고 나서야 비로소 다시 살아났소."

그가 애원하듯 말했지만, 그녀는 대답이 없었다. 한참이 흐른 후 그녀는 깊은 생각에서 깨어나더니 등을 돌려 생명의 영에게 다가갔다. 생명의 영은 여전히 천상의 문턱 근처에 서 있었다.

"묻고 싶은 게 있어요." 그녀가 걱정스러운 목소리로 말을 꺼냈다.

"물어보시게."

"조금 전에…," 그녀가 느릿하게 말하기 시작했다. "지상에서 영혼의 짝을 찾지 못한 사람은 누구든 이곳에서 자기 짝을 찾는다고 알려주셨죠?"

"그대는 이곳에서 영혼의 짝을 찾지 못했나?"

"찾았습니다. 그런데 제 남편의 영혼도 이곳에서 어울리는 영혼을 찾게 되나요?"

"아니. 그대의 남편은 그대를 만나고 영혼이 통하는 짝을 찾았다고 믿었기 때문이지. 천상의 영원은 그런 착각을 치유할 수 없다네."

그녀가 작게 탄성을 내뱉었다. 실망의 탄식이었을까, 아니면 승리의 함성이었을까?

"그렇다면…, 그 사람이 이곳에 오면 어떻게 되나요?"

"그건 알려줄 수 없네. 그도 이곳에서 틀림없이 해야 할 일과 더불어 행복을 찾게 되어 있네. 그의 능력에 어울리는 일과 행복이지."

그녀가 말을 자르고 끼어들었다. 잔뜩 화가 난 것 같았다.

"제가 없다면 그 사람은 절대 행복하지 않을 거예요!"

"너무 자신하지 말게."

그녀는 그 말을 무시했다. 그러자 생명의 영이 다시 말을 이어갔다. "그는 이곳에 오더라도 전혀 달라지지 않는다네. 지상에서 그대를 이해하지 못했던 것처럼 여기에서도 그대를 이해하지 못할 테지."

"상관없습니다." 그녀가 말했다. "고통받는 사람은 저 하나면 돼요. 그는 늘 저를 이해한다고 생각했죠."

"여기서도 그의 부츠가 삐걱거리는 소리를 낼 텐데."

"괜찮습니다."

"게다가 그는 이곳에서도 문을 쾅쾅 닫겠지."

"그 역시 괜찮습니다."

"또 여전히 싸구려 소설이나 읽을…,"

그녀가 참지 못하고 끼어들었다. "그보다 더 끔찍한 일을 하는 남자들도 많죠!"

"하지만 조금 전에 말하지 않았나. 그대는 남편을 사랑하지 않았다고."

"맞아요." 그녀가 순순히 대답했다. "하지만 정말 모르시겠어요? 저는 그 사람이 없으면 집이 집 같지 않다니까요. 한 주, 두 주 정도야 그 사람이 없어도 잘 지내겠죠.

하지만 영원히 그렇다면!

결국에는 그 사람 부츠가 삐걱거려도 괜찮았어요. 머리 아플 때만 빼고요. 그런데 *이곳* 천상에서 머리가 아플 것 같지는 않군요.

또 그이는 문을 쾅 닫을 때마다 진심으로 미안해했어요. 다만 앞으로는 문을 살살 닫아야 한다는 걸 기억하지 *못했을* 뿐이에요.

게다가 그 사람을 어떻게 보살펴야 하는지 저 말고는 아무도 모를 거예요. 그이는 혼자서 할 수 있는 게 하나도 없거든요.

스스로 잉크병을 채워놓는 법이 없었죠. 우표나 명함도 다 떨어지기 일쑤였고요. 툭하면 우산을 어딘가에 두고 왔고, 물건을 사기 전에 가격을 먼저 물어보는 것조차 깜박하곤 했어요. 아니, 무슨 소설을 읽어야 할지도 몰랐어요. 그래서 그이가 좋아할 만한 책으로 제가 늘 골라줘야 했답니다. 살인범이나 위조범, 명탐정이 나오는 소설로 골라줬어요."

그녀는 곁에 와 있던 영혼의 단짝을 불쑥 돌아보았다. 그는 충격과 실망으로 가득한 얼굴이었다.

"이제 알겠어요?" 그녀가 물었다. "저는 당신과 함께 갈 수 없어요."

"그러면 어찌할 생각인가?" 생명의 영이 질문했다.

"어찌할 생각이냐고요?" 그녀가 못마땅한 듯 대꾸했다. "그야 당연히 제 남편을 기다려야죠. 만약 *그 사람이* 여기에 먼저 왔더라면 몇 년이고 저를 기다렸을 겁니다. 여기서 저를 찾지 못한다면 그이의 가슴이 무너져 내릴 거예요."

그녀는 손가락을 뻗어 마법 같은 풍경을 가리켰다. 투명하게 빛나는 산맥을 향해 비탈져 있는 언덕과 골짜기를 모두 경멸하는 표정이었다. "저를 찾지 못한다면 그이는 저런 게 안중에도 없을 거예요."

"하지만 잘 생각해보게." 생명의 영이 경고했다. "지금 그대가 하는 *선택은* 영원토록 이어진다네. 진지하게 결정해야 해."

"선택이라니!" 그녀가 슬픔이 어려 있는 미소를 지었다. "이곳에선 선택이라는 낡은 거짓말을 여전히 믿나요? 생명의 영이라길래 더 잘 아는 줄 알았는데….

제가 뭘 할 수 있겠어요? 그는 이곳에 오면 저를 만날 수 있다고 기대할 거예요. 제가 다른 사람과 함께 떠나버렸다는 말을 들어도 절대 믿지 않을 겁니다. 절대로, 절대로요."

"그렇다면 뜻대로 하지. 지상과 마찬가지로 이곳에서도 각자 *스스로 결정해야* 한다네."

그녀는 영혼의 단짝을 향해 돌아서서 따뜻한 눈길로 바라보았다. 그와 헤어져야 한다는 사실이 애석하기라도 한 듯한 눈빛이었다.

"미안해요. 다시 당신을 만나 함께 이야기할 수 있다면 얼마나 좋을까요. 하지만 당신도 이해하겠죠. 당신도 다른 사람을 찾을 거예요. 훨씬 더 똑똑한 영혼으로…."

그녀는 그의 대답을 기다리지도 않고 손을 흔들어 작별 인사를 건네더니 냉큼 천상의 문턱으로 돌아섰다.

"남편이 곧 올까요?" 그녀가 생명의 영에게 질문했다.

"그대에게는 알려줄 수 없네."

"괜찮습니다." 그녀가 쾌활하게 말했다. "이곳에서는 영원히 살 수 있으니까요. 얼마든지 기다릴 수 있죠."

그녀는 홀로 천상의 문턱에 앉아서 남편의 부츠가 삐걱거리는 소리를 놓치지 않으려고 귀를 기울였다.

7화 페리에 탄산수 한 병

아테네에서 일하는 젊은 미국인 고고학자 메드퍼드는 툭하면 고장 나서 멈추는 '고물 자동차'를 타고 위험천만한 길을 이틀간 달렸다. 그런 후에도 성미가 고약한 노새를 타고 이틀을 더 가야 했다. 메드퍼드는 가는 내내 유별난 영국인 친구 헨리 앨모덤이 대체 왜 사막에서 살기로 마음먹었는지 궁금했다.

메드퍼드는 낡은 건물의 옥상 난간에 기대어 섰다. 반쯤은 기독교식 요새이고, 반쯤은 아랍식 왕궁인 그 건물은 앨모덤이 사막에 살고 싶은 이유랍시고 내세우는 구실이었다.

해가 낮게 가라앉아 있었고, 옥상 아래 안뜰에서 산들바람이 일었다. 사막을 지나는 순례자들에게는 더없이 시원할 바람이 야자수 사이를 스치자 빗방울이 대지를 두드리는 듯한 소리가 울렸다.

오래 묵은 무화과나무 한 그루가 하얗게 회칠한 우물 지붕 너머로 고개를 숙이고 있었다. 거대하고 무성한 나무는 건물의 유일한 수원으로 보이는 우물에서 생명을 빨아들였다. 담벼락 너머에는 불가사의한 모래가 사방으로 펼쳐져 있었다. 모래는 햇빛을 받으면 희망을 품은 듯 황금빛으로 반짝였다가 햇빛이 사라지면 위협적인 검푸른 색으로 물들었다.

메드퍼드는 전율하며 뒷걸음질 쳤다. 해안에서 출발해 사막에 이르는 여정에 지치기도 했고, 세상을 가득 메운 듯한 사막의 존재감을 처음으로 절감하며 경외심이 들었기 때문이었다.

확실히 사막은 학자와 여성 혐오자에게 완벽한 도피처였다.

아니, 사막에 은신하려는 사람은 학자인 동시에 여성 혐오자여야만 할 것이다.

"집을 한 번 둘러볼까…."

인간의 손이 빚어낸 사물을 당장 보아야 마음이 놓일 것 같았다. 어느 정도 예상은 했지만, 집은 텅 비어 있었다. 눈치 빠른 집사와 두건 달린 아랍식 겉옷을 걸친 하인 두어 명이 메드퍼드의 짐가방을 방으로 옮겨놓고 조용히 물러났다.

전 세계를 떠돌아다녔다는 집사는 오래된 런던 사투리와 지중해 지역 언어와 사막 방언을 모두 말할 줄 알았다. 그는 영국인일까, 이탈리아인일까? 아니면 그리스인일까?

집사는 앨모덤이 외출 중이라고 알려줬다. 앨모덤은 친하게 지내는 베르베르족(북아프리카의 지중해 연안이나 사하라 사막에서 사는 토착 민족-옮긴이)의 부족장에게서 느닷없이 연락을 받고 아직 아무도 탐험하지 않은 남쪽 유적지를 향해 새벽에 떠났다고 했다.

그가 급히 나서는 바람에 친구에게 직접 편지를 쓰지는 못했지만, 집사를 통해 사과한다는 말을 남겼다. 그는 그날 밤늦게, 아니면 다음 날 아침에 돌아올 예정이었다.

메드퍼드는 앨모덤이 늘 고고학 유적지를 탐험하고 다닌다는 사실을 잘 알았다. 유적지 탐험은 앨모덤이 이렇게 외딴 사막에 정착한 표면상의 이유였다. 그동안 앨모덤은 되는 대로 이리저리 사막을 돌아다니며 조사하다가 굉장히 흥미로운 초기 기독교 유적을 몇 군데나 발견했다.

메드퍼드는 친구가 격식을 차려 손님을 맞지 않아서 기뻤다.

그리고 앞으로 몇 시간 동안 홀로 고독을 즐길 수 있어서 꽤 안도했다. 지난여름 말라리아에 걸린 이후 쇠약해져 있었기 때문이었다.

게다가 코르크로 만든 모자조차 사막의 햇볕을 모두 막아주지 못한 탓에 사막을 이동하는 내내 햇볕에 시달려야 했다. 그는 이상하리만큼 손가락을 까딱할 힘조차 없을 정도로 피곤했다. 하지만 마음속 깊이 만족스러웠다.

앨모덤의 집은 또 얼마나 아늑한지! 바깥세상과 동떨어진 그곳은 한없이 고요했고, 광막한 사막에는 거칠 것이 없었다!

메드퍼드는 황무지 한가운데서 푸르른 야자수 잎과 시원한 물, 안락함을 모두 누릴 수 있었다. 그는 집으로 들어서다가 야자수 아래에 고리버들을 엮어서 짠 커다란 의자가 놓여 있는 것을 봐두었다. 정말로 인간적이고 아늑한 공간이었다.

메드퍼드는 이제 앨모덤을 이해할 수 있었다. 늘 초조하게 사람을 몰아세우는 서구 문화에 지친 사람이라면 누구나 사막이라는 이 요새에서 평화를 맛볼 수 있었다.

메드퍼드는 사다리 같은 계단을 밟고 옥상에서 내려가다 집사가 옥상으로 천천히 올라오는 모습을 보았다.

메드퍼드가 서 있는 자리에서는 집사의 휑하게 벗겨진 정수리가 내려다보였다. 그의 누르스름한 정수리에는 하얀 흉터가 대각선으로 길게 움푹 패어 있고, 은빛이 도는 옅은 금발이 그 주변을 고리처럼 감싸고 있었다.

메드퍼드는 이제까지 집사의 얼굴만 봤을 뿐, 정수리를 보는 것은 처음이었다. 그의 얼굴은 정수리처럼 누르스름했지만 그래도 제법 젊어 보였다. 메드퍼드는 집사가 늘 기묘한 표정을 짓고 있어서 이상하다고 생각했다.

집사는 메드퍼드를 발견하자 옆으로 살짝 비켜섰다. 메드퍼드는 왜 그가 놀란 표정을 짓고 있는 것처럼 느껴지는지 알아차렸다. 집사는 밝은 금색 속눈썹이 있는 짙은 파란 눈을 다른 사람들보다 훨씬 더 크게 뜨고 있었다. 그 눈이 아니라면 아무런 특징도 없는 평범한 얼굴처럼 보였을 것이다.

"아, 여쭤볼 게 있어서 왔습니다. 저녁 식사 때 어떤 와인을 준비할까요? 샴페인이 좋으십니까, 아니면…."

"와인은 준비하지 않아도 괜찮습니다."

집사의 정중해 보이는 입가에 비난인지 비꼼인지 모를 희미한 미소가 감돌았다.

"정말로 와인을 준비하지 않아도 되겠습니까?"

메드퍼드도 미소를 지으며 대답했다. "네, 몸 상태가 그다지 좋지 않아서요. 술을 마시지 말라는 충고도 받았고요."

집사는 쉽게 물러서지 않았다. "그러면 모젤 와인을 물에 조금만 타 드릴까요?"

"아니, 와인은 필요 없습니다." 메드퍼드는 피곤해졌다. 그는 여전히 요양 중이었고, 식사 메뉴를 두고 다른 사람과 실랑이를 벌이는 일이 짜증스러웠다.

"아, 그나저나 이름이 어떻게 됩니까?" 집사의 제안을 퉁명스럽게 물리친 메드퍼드가 분위기를 풀어보려고 질문했다.

"고슬링입니다." 생각지도 못했던 대답이었다. 물론 메드퍼드는 집사의 성이 무엇일지 짐작조차 하지 못했다.

"그러면 영국인입니까?"

"아, 네. 그렇습니다."

"그래도 이곳에 꽤 오래 살았나 보죠?"

고슬링이 그렇다고 대답했다. 그는 마음에도 없이 너무 오랫동안 이곳에서 지냈다고 설명하더니 태어난 곳은 몰타라고 덧붙였다. "그래도 제게 영국은 낯익은 곳입니다." 그는 다시 메드퍼드를 비난하는 듯한 표정을 지었다. "솔직히 말씀드리자면, 웸블리 박람회를 정말로 구경해보고 싶었습니다. 앨모덤 씨께서 웸블리에 보내주신다고 약속하셨었죠. 그런데…,"

그는 고용인과 있었던 일을 *함부로* 입 밖에 낸 것을 슬그머니 덮고 넘어가고 싶은 듯했다. 한껏 격식을 차려 방 열쇠를 내어달라고 요청하고 언제 식사하고 싶은지 질문했다.

그런데 그는 대답을 듣고도 물러나지 않고 서성였다. 그의 얼굴은 조금 전보다 더 놀란 표정으로 보였다.

"그러면 생수만 준비하면 되겠습니까?"

"오, 네. 아무거나요."

"페리에 탄산수를 한 병 준비할까요?"

사막에서 페리에 탄산수라니! 메드퍼드는 좋다는 뜻으로 미소를 짓고 열쇠를 건넨 다음 계단을 내려갔다.

앨모덤의 집은 메드퍼드가 생각했던 것보다 더 작았다. 주거 공간도 예상보다 좁았다. 금방이라도 허물어질 것처럼 갈라져 있는 누런 돌담 위로 회반죽을 칠한 방이 층층이 쌓여 있었다.

삼나무 기둥을 세우고 진홍색 덧문을 달아놓은 방들도 곧 무너질 것 같았다.

치장 벽토가 뒤죽박죽으로 들러붙은 이 오래된 석조 요새에 마지막으로 살았던 기독교도와 이슬람교도는 건물 중심부에 방을 모아두었다.

방들은 안뜰을 향해 나 있었다. 안뜰에는 바람에 흔들리는 야자수가 늘어서 있고, 구불구불 휘감겨서 자란 무화과나무가 담장 위로 솟아 있었다.

안뜰 바닥에 깐 대리석은 군데군데 금이 가 있었고, 그 위에 의자와 낮은 테이블이 무리 지어 있었다. 갈라진 석판 사이로 제라늄과 파란 나팔꽃 몇 송이가 자라고 있었다.

하얀 치마를 입은 소녀가 조심스러운 눈길로 꽃에 물을 주고 있었다. 그런데 메드퍼드가 가까이 다가가자 소녀는 연기처럼 사라지고 말았다.

앨모덤의 집 전체가 꿈처럼 비현실적으로 느껴졌다. 안뜰을 향해 나 있는 복도식 방도 비현실적이었다. 그 방은 페르시아

융단으로 만든 쿠션과 가젤 가죽을 씌운 긴 의자, 사막 부족의 투박한 카펫으로 꾸며져 있었다. 오래된 〈타임스〉 신문과 프랑스, 영국의 최신 비평 잡지가 쌓여 있는 테이블마저 비현실적이었다.

투명한 대기는 손님을 조롱하는 듯했다. 모든 것이 사막 여행자의 환상 속에서 탄생한 것처럼 보였다. 메드퍼드는 무화과나무 아래에 놓인 의자에서 깜빡 잠이 들었다.

다시 눈을 떠보니 하늘로 솟아 있는 새파란 돔 지붕이 별빛을 받아 반짝거리고 있었다. 야자수 잎이 산들바람에 흔들리며 소곤거리고 있었다.

휴식, 아름다움, 평화….

앨모덤이 정말로 현명했구나!

앨모덤은 정말로 현명했다! 25년 전 앨모덤은 고고학계에 몸담아 발굴 작업을 진행했다. 결과는 다소 실망스러웠지만, 그는 오랫동안 발굴을 진행하면서 십자군의 요새를 손에 넣었다.

그리고 고대 유적에서 중세 유적으로 관심을 돌렸다. 메드퍼드는 앨모덤이 여유로운 시간이라는 마법에 걸린 탓에 새로운 관심사인 중세 유적마저 내킬 때만 가끔 조사했으리라 생각했다.

메드퍼드는 지난겨울 이집트의 룩소르에서 앨모덤을 처음 만났다. 두 사람은 연로한 스워즐리 대령의 집에서 함께 저녁을 먹었다. 그날 저녁상을 차렸던 테라스에서는 향긋한 향기가 풍겼고, 별빛이 부서지는 나일강이 내려다보였다.

앨모덤은 젊은 미국인 친구에게 흥미를 느꼈는지 이듬해 사막으로 놀러 오라고 초대했다.

두 사람이 함께한 시간은 그날 저녁이 유일했다. 나이가 지긋한 스워즐리 대령은 추억에 잠긴 눈길로 그들을 바라보았다.

룩소르 시내의 윈터 팰러스 호텔에 머문다는 매력적인 여자 두세 명이 수다스럽게 재잘거렸다. 메드퍼드와 앨모덤은 달빛을 받으며 룩소르 시내로 돌아갔다. 가는 길에 메드퍼드는 헨리 앨모덤의 본성을 알아냈다.

타고나기를 음울하지만, 감상적인 사람.

고질적으로 게으르지만, 이따금 대단히 지적인 활동에 전념하는 사람.

자기 불신에 시달리면서도 은밀한 자화자찬으로 마음을 달래는 사람.

완벽한 고독을 갈망하지만, 그 고독을 오래도록 참고 견딜 힘은 없는 사람.

이것 말고도 더 있을 것이다. 앨모덤에게서는 빅토리아 시대의 낭만이 흘렀다. 그는 고립된 환경, 누구도 쉽게 접근할 수 없는 곳에 은거했다는 사실에 만족했다.

그리고 자기 이름을 널리 떨친 것("알잖아, 그 십자군 요새에 사는 사람!")에도 만족했다. 그는 청춘처럼 보이는 사고방식에 서서히 갇혀서 그대로 중년이 되어버렸다.

메드퍼드는 앨모덤에게 더 깊고, 어두운 면도 있으리라 짐작했다. 어쩌면 그런 특이한 방식으로 살아간다는 사실 자체가 생명을 위협할 정도로 치명적인 상처를 남기고 괴로움에 몸부림치게 했던 오랜 기억을 치유했을지도 모른다.

무엇보다도 메드퍼드는 앨모덤에게서 정신적이고 도덕적인 무력함을 눈치챘다. 그의 머뭇거리는 움직임, 부스스한 잿빛 머리칼 아래 뚜렷한 이목구비가 두드러지는 그을린 긴 얼굴, 꿈결에 잠긴 표정에서 무기력함이 드러났다. 틀림없이 이 낭만적인 성채에서 살아가는 삶이 무력증을 만들어냈을 것이다.

"일단 여기 오면 어떻게 쉽게 떠날 수 있겠어…." 메드퍼드가 혼잣말을 내뱉었다.

"저녁 식사가 준비되었습니다." 고슬링이 식사 시간을 알렸다.

식탁은 응접실에서 바깥으로 트여 있는 아치문 아래 놓여 있었다. 갓을 씌운 촛불 램프가 어둠 속에서 불그스름한 빛을 드리웠다. 흰 재킷과 벨벳 신발 차림의 고슬링은 촛불 빛을 받자 그 어느 때보다 더 유능해 보였다. 동시에 그 어느 때보다 더 놀란 표정으로 보였다.

식탁에는 진수성찬이 상다리가 부러질 만큼 차려져 있었다.

요리사도 몰타 출신일까? 메드퍼드가 묻자 고슬링이 고개를 치켜들고 그렇다며 미소를 지었다. 그러더니 메드퍼드의 유리잔에 샤블리 와인을 따르기 시작했다.

"와인은 필요 없어요." 메드퍼드가 참을성 있게 말했다.

"죄송합니다. 하지만 사실은…,"

"페리에 탄산수가 있다지 않았나요?"

"그렇습니다만, 찾아보니 한 병도 없었습니다. 요즘 날이 지독하게 더워서 앨모덤 씨가 다 마셨나 봅니다. 탄산수는 다음

주에야 새로 들어올 겁니다. 남쪽으로 가는 상인들 행렬에서 물품을 공급받거든요."

"아무래도 괜찮습니다. 그러면 생수를 주시죠. 술보다는 물이 훨씬 더 나아서요."

그러자 고슬링의 놀란 얼굴이 경악으로 바뀌었다. "생수는 없습니다. 생수라뇨…, 이 지역에서요?"

메드퍼드는 다시 짜증이 치솟았다. "물에 무슨 문제라도 있습니까? 그러면 끓여서 주세요. 이건 됐습니다." 그는 반쯤 차 있는 와인잔을 옆으로 밀었다.

"오, 끓여서요? 알겠습니다." 고슬링의 목소리가 줄어들었다. 마치 속삭이는 것 같았다. 그는 식탁에 육즙이 풍부한 양고기 요리와 밥을 내려놓더니 물러났다.

메드퍼드는 몸을 뒤로 기울여 의자에 깊숙이 앉았다. 밤과 신선한 공기, 야자수 잎을 간지럽히는 바람에 젖어 들었다.

맛 좋은 요리가 계속 이어졌다. 마지막 요리가 나왔을 때쯤 메드퍼드는 목이 타는 것처럼 말랐다. 바로 그때 고슬링이 식탁에 물병을 올려놓았다. "끓인 물입니다. 레몬즙을 살짝 넣었습니다."

"좋아요. 여름이 끝날 무렵이니 이곳 물이 조금 탁해졌겠죠?"

"그렇습니다. 하지만 이 물은 괜찮을 겁니다."

메드퍼드가 물을 한 모금 맛보았다. "페리에보다 맛이 더 좋군요." 그는 물잔을 깔끔하게 비운 뒤 의자에 기대앉아 주머니를 뒤적거렸다.

그러자 고슬링이 메드퍼드 앞에 놓인 쟁반에 곧바로 시가와 담배를 올려두었다. "담배 피우십니까?"

메드퍼드는 대답 대신 시가를 입에 물고 라이터를 쥔 고슬링의 손 쪽으로 고개를 내밀었다. "저건 뭐죠?"

"아, 별것 아닙니다. 좀 종류가 다른 담배입니다." 고슬링은 식탁 근처에 놓인 낮은 테이블을 슬쩍 바라보며 은근히 권하듯 대답했다. 테이블에는 옥과 호박으로 만든 아편 파이프가 놓여 있었다.

메드퍼드는 제안을 거절했다. 저 아편 파이프는 앨모덤의 비밀일까? 저런 비밀이 더 많이 있을까? 메드퍼드는 앨모덤에게 비밀이 더 많으리라고 짐작했다. 그리고 어떤 비밀이든 주의 깊은 집사의 감시 아래 안전하게 지켜지리라고 확신했다.

"앨모덤 씨에게서는 아직 아무런 소식이 없습니까?"

고슬링은 능숙한 손길로 접시를 챙길 뿐 아무 대답도 없었다. 메드퍼드의 질문을 듣지 못한 것 같았다.

은은한 촛불 너머로 그가 불쑥 대답했다. "소식이요? 소식을 전하기 어려울 겁니다. 사막에는 전화가 없으니까요. 런던과 다르죠." 그의 정중한 말투에서 빈정거림이 슬쩍 묻어났다.

"그래도 내일 저녁에는 앨모덤 씨를 만나실 겁니다." 고슬링이 잠시 말을 멈추더니 메드퍼드에게 더 가까이 다가와 식탁 위에 떨어진 음식 부스러기를 손으로 빠르게 쓸어냈다. 그리고 망설이면서 마지막 말을 덧붙였다. "그때까지…, 여기에 머무를 수 있으시지요?"

메드퍼드가 웃음을 터뜨렸다. 그윽한 밤이 메드퍼드의 지친 몸을 달래며 마치 날개라도 달린 듯 메드퍼드의 마음속에 날아와 앉았다. 시간은 쏜살같이 흘렀다. 이제 아무런 근심 걱정도 없었다. "머무를 수 있냐고요? 해야 한다면 일 년이라도 머무를 겁니다!"

"오, 일 년이라도요?" 집사가 장난스러운 말투로 대꾸하더니 디저트 접시를 챙겨 떠났다.

메드퍼드는 일 년이라도 앨모덤의 집에서 머물 수 있다고 말했지만, 다음 날 아침이 되자 그렇게 무심코 내뱉은 말은 아무 의미도 없다는 사실을 깨달았다.

사막 같은 곳에서는 시간을 측정할 수가 없었다. 메드퍼드의 멍청한 손목시계가 알려주는 숫자는 무의미했다. 허물어진 담벼락 위로 서서히 회전하는 별자리는 그저 지구가 공전한다는 사실을 가리킬 뿐이었다. 인간이 돌발적으로 하는 행동은 아무런 의미가 없었다.

배꼽시계가 알려주는 배고프다는 사실 자체도 희미해져 그저 말린 과일과 꿀로 잠재울 수 있을 어렴풋한 허기로 줄어들었다. 이곳에서는 인생도 시간도 영원히 단조롭고 평온하게 흘렀다.

해 질 무렵이 되자 메드퍼드는 낯선 공간이 주는 이 기묘한 감각을 떨쳐내려 옥상으로 올라갔다. 그는 저 멀리 사막에서 앨모덤이 나타나는지 주의 깊게 바라보았다.

남쪽에는 눈처럼 새하얀 석회암 산이 솟아 있었다. 산은 빛줄기가 어른거리는 푸른 베일처럼 보였다. 노을이 지는 서쪽에는 커다란 불기둥이 치솟는 것 같았다. 노을빛에 깃털 구름 조각들이 붉게 물들었고, 하늘이 장미 꽃잎으로 가득한 샘처럼 보였다. 그 아래에서 모래가 황금빛으로 반짝였다.

모래벌판에서는 아무도 보이지 않았다. 메드퍼드는 밤이 내려앉을 때까지 집을 떠난 집주인을 기다렸지만 헛수고였다. 고슬링이 저녁 시간에 딱 맞춰 나타나 식사하라고 알렸다.

메드퍼드는 저녁에 멍하니 잡지를 뒤적거렸다. 석 달 전에 나온 잡지는 이미 진부해서 읽어 볼 마음이 들지 않았다. 그는 잡지를 던져놓고 기다란 의자에 털썩 누웠다. 분명 앨모덤도 꿈을 꾸며 많은 시간을 보냈을 것이다.

메드퍼드가 나른하게 잠결에 빠져들던 찰나 고슬링이 섬세한 은세공 덮개를 씌운 잔에 담긴 터키식 커피를 들고 나타났다.

"마구간에 말이 있습니까?" 메드퍼드가 불쑥 질문했다.

"말이요? 짐 나르는 말만 몇 마리 있습니다. 가장 훌륭한 승마용 말 두 마리는 앨모덤 씨께서 데리고 떠나셨거든요."

"말을 타고 앨모덤 씨를 마중 나갈까 생각했었습니다."

고슬링이 잠시 생각해보고 대답했다. "그렇게 하시죠."

"앨모덤 씨는 어느 방향으로 갔죠?"

"정확히는 모르겠습니다. 베르베르족 부족장의 부하가 길을 안내해서요."

"같이 간 사람도 있습니까?"

"이곳 하인 중 한 명이 같이 갔습니다. 앨모덤 씨와 하인 모두 순종 말을 타고 갔지요. 순종 말이 한 마리 더 있긴 한데…,

다리를 절뚝입니다." 고슬링은 잠시 멈추더니 다시 말을 이어갔다. "그런데 길은 아십니까? 무례하게 들릴 수도 있지만, 예전에 이곳에서 선생님을 뵌 적이 없는 것 같아 드리는 말씀입니다."

"맞습니다." 메드퍼드가 인정했다. "여기에 처음 와 봤습니다."

"아, 그러시다면…," 고슬링이 과장된 표정을 지었다. "가장 훌륭한 말을 탄다고 하더라도 별 도움이 안 될 겁니다."

"앨모덤 씨는 오늘 밤에 오시겠죠?"

"아마 그럴 겁니다. 내일 아침에는 두 분이 함께 이곳에서 식사하시겠죠." 고슬링이 유쾌하게 대답했다.

메드퍼드는 커피를 한 모금 홀짝였다. "이곳에서 저를 한 번도 본 적이 없다고 말씀하셨는데, 여기에 얼마나 오래 있었습니까?"

고슬링은 이곳에서 지낸 기간을 단 한 번도 잊어본 적이 없다는 듯 즉시 대답했다. "모두 11년하고도 7개월입니다."

"거의 12년 아닙니까! 정말 긴 시간이군요."

"그렇지요."

"이곳을 자주 떠나지는 못할 텐데요?"

고슬링은 쟁반을 들고 나가려다 멈춰서 돌아섰다. 그리고 말 한마디, 한마디에 힘을 주어 분명하게 대답했다. "단 한 번도. 이곳을 떠난 적이 없습니다. 앨모덤 씨께서 저를 이곳으로 데려오신 이후로는요."

"맙소사! 휴일이 단 하루도 없었습니까?"

"단 하루도요."

"하지만 앨모덤 씨는 가끔 멀리 떠나시잖아요. 작년에 이집트 룩소르에서 뵀는데."

"그렇지만 그분은 언제나 저를 필요로 하십니다. 이곳에 계실 때는 제가 시중을 들어야 하고, 밖에 나가 계실 때는 제가 다른 하인들을 감독해야 하니까요. 보시다시피요."

"그렇군요, 알겠습니다. 거의 12년이라니…, 지독하게 긴 시간 같겠군요."

"긴 시간이지요."

"그러면 다른 사람들은요? 다른 하인은 완전히 믿을 만하지 않다는 말입니까?"

"글쎄요, 선생님. 다른 하인들은 그냥 아랍인입니다." 고슬링은 아무렇지 않게 모욕적인 말을 내뱉었다.

"그렇군요. 그러면 오래 일해서 믿을 만한 사람은 한 명도 없습니까?"

"믿을 만하다는 말은 이들에게 어울리지 않습니다, 선생님."

메드퍼드는 시가에 불을 붙였다. 불을 붙이고 고개를 드니 고슬링이 여전히 몇 발자국 떨어진 곳에 서 있었다.

"약속이 전혀 없었던 것은 아닙니다." 고슬링은 왈칵 화가 솟구치기라도 한 듯 말했다.

"약속이요?"

"휴가를 보내주겠다는 약속 말입니다. 몇 번이고 약속하셨습니다."

"그런데 휴일은 결코 오지 않았고요?"

"단 한 번도요. 그저 하루하루가 흘러갔습니다. 마치…."

"그래요. 무슨 말인지 알아요. 어쨌거나 저 때문에 괜히 자지 않고 대기할 필요는 없습니다." 메드퍼드가 마지막으로 한마디 덧붙였다. "저는 여기서 앨모덤 씨를 기다릴 생각입니다."

고슬링은 눈을 휘둥그레 뜨고 메드퍼드를 빤히 바라보았다.

"여기서요? 여기 안뜰 말씀이십니까?"

메드퍼드가 고개를 끄덕였다. 고슬링은 가만히 서서 그를 물끄러미 바라보았다. 달빛을 받은 고슬링은 불안에 떠는 희뿌연 유령, 단 하루도 휴가를 누려보지 못하고 죽은 인내심 강한 집사의 유령처럼 보였다.

"밤새도록 여기 안뜰에 계시겠다고요? 이곳은 외따로 떨어진 곳입니다. 저를 부르시더라도 제가 못 들을 텐데요. 침실로 가시는 게 더 나을 겁니다. 공기도 좋지 않아서 다시 열이 날 수도 있습니다."

메드퍼드는 웃으면서 기다란 의자에 드러누웠다. '확실히 저 친구에게는 변화가 필요해.' 그는 속으로 이렇게 생각하며 큰소리로 대답했다. "오, 전 괜찮습니다. 지금 쉬어야 할 사람은 그쪽인 것 같군요. 앨모덤 씨가 돌아오면 좋게 말해보겠습니다. 집사님한테 휴가 좀 주라고요."

고슬링은 아무 말도 없이 꼼짝 않고 서 있다가 다시 입을 뗐다. "그러면 부탁드리겠습니다, 선생님. 그렇게 해주시겠습니까?" 그는 다 갈라진 목소리로 헐떡거리며 말하더니 웃음을 터뜨렸다. 짧고 날카롭게 키득거리는 그 소리는 마음 놓고 웃을 일이 오랫동안 없었던 사람의 웃음이었다.

"고맙습니다. 편히 쉬십시오." 그가 물러났다.

"제가 마시는 물은 늘 끓이죠?" 메드퍼드가 물잔을 집어 들려다 물었다.

고슬링을 굳게 믿는 듯 다정한 말투였다. 메드퍼드는 앨모덤에게서 휴가를 받아주겠다고 성급하게 약속한 뒤로 어쩐지 고슬링이 친밀하게 느껴졌다. 심지어 고슬링과 진짜 친구가 된 듯했다.

"끓이냐고요? 항상 끓입니다, 선생님. 당연한 일이지요."

고슬링이 살짝 비난하는 투로 대답했다. 메드퍼드가 한층 더 깊어진 그들의 관계를 무시했다고 생각해서 마음이 상한 듯한 말투였다. 그는 커다랗게 뜬 눈으로 메드퍼드를 세심히 살펴봤다.

"아, 그게 말이죠. 오늘 아침 화장실에 갔더니…,"

고슬링은 미끄러지듯 움직이는 아랍인 하인에게서 군침 도는 냄새를 솔솔 풍기는 쿠스쿠스(북아프리카 전통 요리. 밀가루를 손으로 비벼서 만든 좁쌀 모양의 작은 파스타-옮긴이) 요리를 건네받았다.

그는 목소리를 낮추고 하인에게 벌컥 성을 냈다. "이 망할 아랍 자식. 접시 하나 똑바로 못 들어? 어!" 하인은 욕설을 듣고 그대로 물러났다.

고슬링은 차분하고 섬세한 손길로 접시를 메드퍼드 앞에 내려놓았다. "저들은 하나같이 저렇습니다." 그는 리넨 셔츠 소맷자락으로 접시에 묻은 기름 자국을 꼼꼼히 닦았다.

"아, 그게 말이죠. 오늘 아침 화장실에 갔더니 고약한 냄새가 나서요." 메드퍼드가 숟가락과 포크로 음식을 집으며 말했다.

"침실에 있는 화장실, 말씀입니까?" 고슬링은 '침실에 있는 화장실'이라는 말에 힘을 실어 강조했다. 메드퍼드를 바라보는 그의 눈은 충격이라는 감정이 가득했다. "이제 다시는 그런 일이 일어나지 않도록 하겠습니다." 그가 자책하듯 말했다.

"여기에는 우물이 하나뿐입니까? 안뜰에 있는 우물 말고는 더 없죠?"

고슬링은 손님의 불평을 듣고 깊은 생각에 잠겨 있다 깨어났다. "네, 그것 하나뿐입니다."

"그 우물은 어떤 식으로 만들어진 겁니까? 물은 어디에서 나오죠?"

"아, 그냥 물탱크입니다. 빗물을 저장하죠. 다른 우물이나 수조는 전혀 없습니다. 제가 아는 한 없습니다. 그런데 여름이 되면 가끔 물이 이상해지더군요. 다른 아랍인 하인에게도 여쭤보세요. 다들 입만 열면 거짓말을 하지만, 그래도 물에 관해서는 거짓말하지 않습니다."

메드퍼드는 물을 한 모금 마시고 조심스럽게 물맛을 확인했다. "이건 괜찮은 것 같군요." 그가 선언하듯 분명히 말했다.

그러자 고슬링의 얼굴에서 진정한 만족감이 퍼져나갔다. "물 끓이는 것을 제가 직접 봤습니다. 항상 확인하죠. 그리고 내일이면 페리에 탄산수가 배달올 것 같습니다."

"오, 내일이라…," 메드퍼드가 두 번째 요리를 받아들고 어깨를 으쓱하며 대답했다. "아무래도 내일 페리에를 마시지 못할 것 같군요."

"아니, 떠나시는 겁니까?"

메드퍼드는 도무지 속을 헤아릴 수 없는 고슬링의 얼굴을 다시 바라보았다. 고슬링은 마치 충직한 개처럼 메드퍼드를 좋아하는 것 같았다. 메드퍼드는 고슬링이 자기를 이곳에 붙잡아두고 싶어 한다는 사실을 잘 알았다. 틀림없이 자기에게 인내심을 갖고 기다려 달라며 매달릴 것이다. 맹세라도 할 수 있었다.

하지만 동시에 고슬링의 표정에서는 안도감을, 목소리에서는 만족감을 느낄 수 있었다. 이것 역시도 맹세할 수 있었다.

"이렇게 일찍 떠나십니까?"

"음…, 오늘은 제가 도착한 지 닷새째 되는 날입니다. 그런데 앨모덤 씨에게서는 아직 아무런 소식도 없고요. 게다가 집사님도 말하지 않았습니까. 그분이 제가 온다는 사실을 까맣게 잊어버렸을 수도 있다고…."

"오, 그렇게 말씀드리지 않았습니다. 잊다니요! 다만 그 오래된 돌무더기에 정신이 온통 팔려계실 거라고 했지요. 그분은 자주 시간을 깜빡 잊곤 하십니다. 그런 뜻으로 말씀드린 겁니다. 여기서 하루하루는 꼭 꿈처럼 지나가지요. 아마 앨모덤 씨는 선생님이 이제 막 도착했다고 생각하실 겁니다." 그가 희미한 미소를 지었다.

메드퍼드는 처음으로 고슬링의 미소를 보았다. 하지만 엷은 미소 탓에 엄숙해 보이는 그의 얼굴은 오히려 더 심각해 보였다.

"아, 알겠습니다. 그래도…," 메드퍼드가 별안간 말을 멈췄다.

활기 없이 나른하고 평온하기만 한 그곳이 그에게 주문을 걸어 무기력한 상태에 빠지게 만든 것 같았다. 그의 본능적인 경계심이 그 주문에 맞서 싸웠다. "뭔가 이상하군요."

"이상하다니요?" 고슬링이 식탁에 말린 대추야자와 무화과를 내려놓으면서 뜻밖이라는 듯 되물었다.

"전부요." 메드퍼드가 대답했다. 그는 몸을 뒤로 젖혀 의자에 기대었다. 고개를 들어 아치문 너머 높은 하늘을 바라보니 한낮의 햇살이 파란색과 황금색으로 이루어진 폭포처럼 쏟아져 내리고 있었다.

앨모덤은 저 바깥 어딘가에 있을 것이다. 어쩌면 집사의 말처럼 꿈에 푹 빠져 있을지도 모른다. 이 땅은 마법의 주문으로 가득하니까.

"커피 안 드십니까?" 고슬링이 묻자 메드퍼드가 커피잔을 들었다.

"제게 이 사람들, 그러니까 아랍인들을 믿지 말라고 했었죠? 그것도 이상하거든요. 게다가 앨모덤씨가 오로지 신만이 아실 곳에서 혼자 아랍인들과 함께 있는데 집사님이 전혀 걱정하지 않는 것도 이상하단 말이죠."

고슬링은 메드퍼드의 말을 아무런 편견 없이 주의 깊게 생각해보더니 말뜻을 알아차렸다. "저, 선생님. 선생님께서 오해하신 것 같습니다. 아랍인을 언제 믿어도 좋은지, 또 언제 믿으면 안 되는지는 말로 설명해서 이해하기가 어려운 일입니다. 그들의 이익이 달린 문제일 때 조심해야 하죠. 또 그 종교라는 게 걸린 문제일 때도요. 그들은 그렇게 표현하더군요, 종교."

그는 거리낌 없이 모욕적인 말을 내뱉었다. "어쨌거나 아랍인들과 함께 살아 보셔야만 제가 왜 앨모덤 씨를 걱정하지 않는지 어렴풋하게나마 이해하실 수 있을 겁니다. 그리고 그들의 언어를 말할 줄도 아셔야 할 테고요."

"하지만…," 메드퍼드가 입을 떼더니 다시 멈추고 커피를 한 모금 마셨다.

"네, 말씀하십시오."

"저도 아랍인들과 함께 여행해본 적이 있어요."

"오, 여행이라!" 고슬링은 메드퍼드의 자랑을 듣더니 정중한 말투조차 꾸며내지 못하겠다는 듯 비웃으며 대꾸했다.

"어쨌든 오늘이 닷새째 되는 날입니다." 메드퍼드가 따지듯이 다시 말을 이었다. 한낮의 열기가 안뜰의 그늘진 구석까지 무겁게 짓눌렀고, 메드퍼드는 고집을 꺾지 않았다.

"알겠습니다. 선생님 같은 분들은 다른 일로 바쁘실 테니까요. 늘 시간에 쫓기시겠죠." 고슬링이 현명하게 물러났다.

고슬링은 식탁을 정리하면서 아랍인 하인의 품에 접시를 가득 안겨주었다. 곧 하인이 물러나고 고슬링도 자리를 떴다. 메드퍼드는 긴 의자에 털썩 드러누웠다. 이곳은 꿈으로 가득한 땅이었다.

오후의 햇살이 금실로 짠 커다란 천막 위로 내려앉았다. 천막은 총구멍을 낸 흙벽과 잎이 무성한 야자수 위로 느슨하게 늘어져 있었다.

햇빛에 물든 천막이 황금빛에서 마침내 보랏빛으로 바뀌고 서쪽의 모래벌판이 어둡게 변할 때쯤 메드퍼드는 잠을 떨치고 일어나 주변을 거닐었다. 이번에는 옥상으로 올라가는 대신 다른 방향으로 걸어갔다.

그는 5일 동안이나 이 집에서 집주인을 기다리며 어슬렁거렸는데도 이곳을 잘 모른다는 사실을 깨닫고 놀랐다. 어쩌면 오늘 저녁 마지막으로 이 집에서 혼자 지내게 될 것이다.

아치형 석조 복도를 지나 안뜰을 빠져나갔다. 복도 끝에서 벽으로 둘러싸인 공간이 또 나왔다. 그가 나타나자 쭈그리고 앉아 있던 아랍인 두어 명이 일어나더니 어느새 사라져버렸다.

꼭 단단한 돌벽 안으로 스며들기라도 한 것 같았다.

메드퍼드는 벽 너머에서 말발굽 소리를 들었다. 해 질 녘 마구간에서 한바탕 소동이라도 벌어진 것 같았다. 그가 다른 아치형 문을 통과해 나갔더니 말과 노새가 가득 있었다.

어스름한 빛 속에서 아랍인 한 명이 젊고 튼튼해 보이는 밤색 말을 빗질하고 있었다. 그 아랍인도 자리를 뜨려고 하길래 메드퍼드가 그의 옷소매를 붙잡았다.

"하던 일 계속하세요." 메드퍼드가 아랍어로 말했다.

아랍인 청년이 멈춰서 메드퍼드를 바라보았다. 그는 여윈 베두인족 얼굴에 근육질의 몸이었다.

"선생님께서 우리 말을 하실 줄은 몰랐습니다."

"아, 할 줄 알지요." 메드퍼드가 대답했다.

아랍인 청년은 잠시도 가만히 있지 못하는 말의 목에 한 손을 얹고 다른 손은 모직 허리띠를 움켜쥔 채 아무 말이 없었다. 그와 메드퍼드는 희미한 빛 속에서 서로를 찬찬히 살펴보았다.

"이 말이 다리를 절뚝인다는 그 말입니까?"

"절뚝인다고요?" 아랍인 청년이 말의 다리를 훑어보았다.

"오…, 네, 맞습니다…." 그가 모호하게 대답했다.

메드퍼드는 몸을 굽혀 말의 무릎과 말굽 위쪽을 쓰다듬었다.

"꽤 튼튼해 보이는데요. 괜찮다면 오늘 저녁에 이 말을 타고 가볍게 달릴 수 있을까요?"

청년은 생각에 잠겼다. 메드퍼드의 요구에 어찌 대답해야 할지 몰라 당황한 듯했다.

"선생님께서는 오늘 저녁에 말을 타러 나가고 싶으십니까?"

"아, 그냥 생각만 해본 겁니다. 나갈 수도 있고, 안 나갈 수도 있어요."

메드퍼드는 담배를 꺼내 불을 붙이고는 청년에게도 한 대 권했다. 미소 짓는 청년의 얼굴에서 새하얀 치아가 번득였다. 그는 메드퍼드가 들고 있는 성냥으로 불을 붙이려고 더 가까이 다가왔다. 그러자 쭈뼛거리던 그의 태도가 한결 부드러워진 것 같았다.

"앨모덤 씨가 직접 타는 말인가요?" 메드퍼드가 다시 물었다.

"네, 맞습니다. 가장 좋아하는 말입니다." 청년이 뿌듯한 표정으로 윤기가 흐르는 말의 어깨를 손으로 쓸어내렸다.

"가장 좋아하는 말이라고요? 그럼 이번에 멀리 떠나실 때 왜 이 말을 안 타고 가셨습니까?"

아랍인 청년은 다시 입을 다물고 바닥만 바라보았다.

"이상하지 않나요?" 메드퍼드가 재차 물었다.

청년은 자기가 관여할 일이 아니라는 투로 손짓했다. 파란 하늘이 빠르게 어둠으로 물들어가는 동안 두 사람은 말없이 잠자코 서 있었다.

마침내 메드퍼드가 입을 열고 무심하게 질문을 던졌다. "지금 앨모덤 씨는 어디에 있을 것 같습니까?"

타는 듯한 노을빛에 가려서 보이지 않았던 달이 순식간에 온 세상을 비췄다. 새하얀 달빛이 아랍인 청년의 흰 겉옷과 갈색 얼굴, 낙타 털 매듭 장식을 달아놓은 터번에 내려앉았다. 불안하게 흔들리는 청년의 눈이 보석처럼 반짝였다.

"알라께서 말씀해주신다면 알겠지요!"

"그래도 그분은 안전하시겠죠? 안 그런가요? 아직 사람을 보내서 앨모덤 씨를 찾을 필요는 없겠죠?"

아랍인 청년은 깊은 생각에 잠긴 듯했다. 메드퍼드의 질문에 놀란 것 같았다. 그는 말의 목에 갈색 팔을 두르고 안뜰의 자갈을 뚫어지도록 쳐다봤다.

"주인님께서 안 계시면 고슬링 씨가 주인이 됩니다."

"그러면 고슬링은 앨모덤 씨를 찾을 필요가 없다고 생각하고요?"

청년이 한숨을 쉬었다. "아직은요."

그는 다시 입을 다물었고, 메드퍼드가 계속 말을 이어갔다.

"하지만 앨모덤 씨가 훨씬 더 오랫동안 떠나 있다면…, 당신이 마부 중 책임자죠?"

"네, 맞습니다."

청년은 이렇게만 대답하고 더는 말이 없었다. 또 침묵이 흘렀다. 메드퍼드는 반쯤 돌아서다 멈추며 어깨너머로 질문했다.

"앨모덤 씨가 떠난 방향을 알고 있겠죠? 그분이 어디로 가셨는지도?"

"물론입니다, 선생님."

"그러면 나와 함께 말을 타고 앨모덤 씨가 떠난 방향으로 가봅시다. 동이 트기 한 시간 전까지 준비해두세요. 아무한테도 말하지 말고요. 고슬링 씨든 누구든. 다른 사람의 도움 없이 우리 둘이서 앨모덤 씨를 찾아내야 해요."

청년은 메드퍼드의 말을 듣자 눈을 반짝였다. 그가 미소 지으니 하얀 치아에서도 빛이 번득였다. "오, 선생님. 내일 밤이 되기 전에 저의 주인님과 만나실 수 있도록 책임지겠습니다. 그리고 아무에게도 말하지 않겠습니다."

'그도 나만큼이나 앨모덤 씨를 걱정하고 있었군.' 속으로 이런 생각을 하자 등줄기에 소름이 돋았다.

"좋아요, 그럼 준비하세요." 메드퍼드가 다시 한번 말했다.

그는 느긋하게 걸어서 다시 안뜰로 돌아왔다. 안뜰에는 아무도 없었다. 은색과 흰색이 뒤섞인 무화과나무의 잎사귀만 무성할 뿐이었다.

'어쨌거나…,' 그에게 문득 엉뚱한 생각이 떠올랐다. '고슬링에게 아랍어를 할 줄 안다고 말하지 않아서 다행이야.'

그는 의자에 앉아 고슬링을 기다렸다. 얼마 후 고슬링이 응접실에서 나와 한껏 격식을 차린 태도로 저녁 식사가 준비되었다고 알렸다. 이번이 다섯 번째였다.

메드퍼드는 침대에서 벌떡 일어났다. 별안간 낯선 이의 존재를 느꼈기 때문이었다. 그의 침실에 누군가 들어와 있었다. 달은 이미 저문 후였고, 밤이 완전한 적막에 휩싸인 탓에 메드퍼드는 아무것도 볼 수 없었다. 들을 수도 없었다.

하지만 자기를 둘러싼 보이지 않는 흐름이 미세하게 깨졌다는 사실은 느낄 수 있었다.

순식간에 잠이 달아났다. 메드퍼드는 손전등을 들고 불빛을 비추었다. 그러자 깜짝 놀란 것처럼 크게 뜬 두 눈이 보였다.

고슬링이 침대 곁에 서 있었다.

“앨모덤 씨가 돌아왔습니까!” 메드퍼드가 소리쳤다.

“아닙니다. 아직 돌아오시지 않았습니다.” 고슬링이 낮고 침착한 목소리로 대답했다.

고슬링이 너무나 태연해서 메드퍼드는 오히려 위협을 느꼈다.

이유도 알 수 없었고, 정확히 어떤 느낌인지 설명할 순 없었지만, 위험하게 느껴졌다. 그는 몸을 일으키고 앉아 고슬링을 빤히 쳐다봤다.

“그럼 뭐가 문젭니까?”

“음, 선생님. 아랍어를 할 수 있다고 제게 알려주실 수도 있었을 텐데요.” 고슬링의 말투는 이제 비난조로 바뀌어 있었다.

“셀림과 친해지시기 전에, 밤중에 사막으로 말을 타고 나가자고 모의하시기 전에요."

메드퍼드는 성냥을 더듬어 찾아 침대 근처에 놓아둔 초에 불을 붙였다. 고슬링을 쫓아내야 할지, 그가 하는 말을 들어봐야 할지 알 수 없었다. 하지만 곧 마음속에 호기심이 피어올랐다.

우선 고슬링의 말을 들어보겠다고 마음먹었다.

"정말 어리석었습니다! 처음에는 선생님을 제대로 가두었다고 생각했는데 말입니다. 지금도 그래야 할 것 같군요." 고슬링이 주머니에서 열쇠를 꺼내 들어 올렸다. "아니면 선생님을 보내드려야 할 수도 있고요. 어려운 일은 아니니까요. 하지만 웸블리가 있지 않습니까."

"웸블리?" 메드퍼드가 되물었다.

고슬링이 미친 것 같다는 생각이 들기 시작했다. 이렇게 시간이 더디게 흐르고 모든 것에 주문이 걸려 있는 곳에서 살다 보면 누구라도 미칠 것이다! 메드퍼드는 앨모덤도 살짝 정신이 나가진 않았는지 궁금해졌다.

"웸블리 박람회요. 앨모덤 씨께 말해서 제게 휴가를 얻어준다고 약속하셨잖습니까. 제가 영국으로 돌아가서 웸블리를 볼 수 있게요. 누구나 자기만의 욕망이 있는 법이죠, 안 그렇습니까?

웸블리는 저의 바람입니다. 앨모덤 씨께도 그렇게 말씀드렸죠. 몇 번이고 반복해서요. 하지만 제 말을 전혀 듣지 않으셨습니다. 그저 언젠가 휴가를 줄 것처럼만 말씀하셨죠.

'한번 생각해보지, 고슬링. 한번 생각해보겠네.' 하지만 말뿐이었습니다. 그런데 선생님은 다르셨죠. 약속하셨잖아요. 진지하게 약속하셨다는 거 압니다. 제 휴가 말입니다. 그래서 선생님이 떠나지 못하게 가둬야겠습니다."

고슬링은 태연하게 말했지만, 지중해 억양과 런던 사투리가 섞인 이상야릇한 목소리에서 소용돌이치는 감정을 느낄 수 있었다.

"날 가둔다고?"

"선생님께서 그 살인자 자식과 떠나는 걸 막아야죠. 그 자식과 나갔다가 살아서 돌아오지 못할 수도 있다는 생각은 안 해 보셨습니까?"

메드퍼드는 소름이 돋았다. 마구간에서 만난 아랍인 청년이 자기만큼이나 앨모덤을 걱정하는 것 같다고 생각했을 때처럼 등골이 서늘해졌다. 메드퍼드가 희미하게 웃으며 대꾸했다.

"도대체 무슨 말을 하는 건지 모르겠군. 하지만 나를 가둬둘 수는 없을 거요."

고슬링의 반응은 뜻밖이었다. 그는 발작하듯 얼굴을 찌푸렸다. 눈에서 눈물이 흘러나와 옅은 황금빛 속눈썹을 적시고 두 뺨을 따라 흘러내렸다. "그러니까 저를 믿지 못하시는군요." 그가 구슬프게 말했다.

메드퍼드는 베개에 몸을 기대고 생각에 잠겼다. 이렇게 기이한 일은 처음이었다. 고슬링의 표정은 놀려주고 싶을 만큼 우스꽝스러웠지만, 그의 눈물은 절대 가짜가 아니었다.

그는 이미 목숨을 잃은 앨모덤 때문에 우는 걸까? 아니면 이대로 뒀다가는 똑같은 무덤에 묻히게 될 메드퍼드 때문에 우는 걸까?

"다시 한번 당신을 믿어보지." 메드퍼드가 말했다. "앨모덤 씨가 어디에 있는지 말해준다면…."

고슬링의 얼굴은 평소처럼 신중한 표정으로 바뀌었다. 말라붙은 눈물 자국이 빛을 받아 반짝였다.

"그럴 수 없습니다, 선생님."

"내 그럴 줄 알았어."

"제가 어떻게 알고 말씀드리겠습니까?"

메드퍼드는 담요 아래로 권총을 쥐고, 한쪽 다리를 침대 밖으로 뻗었다.

"그럼 이제 나가시오. 열쇠는 테이블에 두고. 그리고 내 계획을 방해할 생각은 마시오. 어떤 식으로든 방해한다면 총을 쏘겠소." 그가 간단히 덧붙였다.

"오, 영국 시민을 쏘면 안 되시죠. 그러면 아주 난리가 날 겁니다. 물론 제가 상관할 바는 아니죠. 게다가 저 역시 총으로 자살할 생각도 해봤습니다. 시로코(북아프리카에서 유럽 남부로 부는 뜨거운 바람-옮긴이)가 불어오는 계절이 되면 그랬죠. 그러니 총을 쏘겠다는 협박은 전혀 무섭지 않습니다. 선생님을 보내드릴 수도 없고요."

메드퍼드는 침대 밖으로 나와서 섰다. 고슬링은 메드퍼드가 쥐고 있는 권총을 무심히 바라보았다.

"그러면 앨모덤 씨가 어디에 있는지 안다는 건가? 내가 찾지 못하도록 막을 작정이고?" 메드퍼드가 따지듯 물었다.

"셀림이 그렇게 작정한 겁니다. 다른 사람들도 전부 그렇고요. 다들 선생님을 *처리하고* 싶어 합니다. 그래서 그들이 자기

구역을 벗어나지 못하도록 제가 막아놓은 겁니다. 선생님 시중은 오로지 저 혼자서만 들면서요.

그러니 나가지 말고 여기에 머물러주시겠습니까? 제발 부탁드립니다! 모레면 상인들 행렬이 해안으로 돌아갑니다. 그들과 함께 돌아가세요. 그게 유일하게 안전한 길입니다!

선생님께서 이곳 하인 중 한 명과 함께 가도록 내버려 두지는 않을 겁니다. 말을 타고 해안으로 곧장 달려가서 이 일을 처리하겠다고 맹세하시더라도 보내드릴 수 없습니다."

"이 일? 무슨 일을 말하는 거요?"

"앨모덤 씨의 소재를 걱정하시는 것 말입니다. 선생님, 걱정할 일은 하나도 없습니다. 이 아랍인들도 다 알고 있습니다. 다만 분명한 사실이 하나 있습니다. 앨모덤 씨가 떠나신 후 이들이 그분의 돈을 훔쳤습니다. 제가 못 본 체하지 않았다면 저를 죽였을 겁니다.

이들은 선생님께서 말을 타고 앨모덤 씨를 뒤쫓아가시기를 바랍니다. 상인들이 지나다니는 길에서 좀 떨어진 모래 더미 아래에 선생님을 파묻어버릴 수 있게요. 별로 어려운 일도 아니죠. 이게 전부입니다, 선생님. 제가 드리고 싶은 말씀은 이게 전부예요."

오래도록 침묵이 흘렀다. 어렴풋한 촛불의 음영 속에서 두 사람은 서로를 바라보며 서 있었다. 불안감이 점점 옥죄어 오자 메드퍼드는 오히려 정신이 맑아졌다. 그는 이곳을 에워싼 미스터리를 이해해보려고 애썼다. 하지만 도무지 이해할 수 없었다.

이상하게도 그는 고슬링의 말은 절반도 믿지 않았지만, 그들의 관계 자체는 믿을 수 있다는 생각이 들었다.

메드퍼드는 권총을 테이블에 내려놓았다. "좋소." 그가 말했다. "앨모덤 씨를 찾으러 말을 타고 나가는 일은 하지 않겠소. 당신이 그러지 말라고 충고했으니까. 하지만 상인들과 함께 떠나지도 않을 생각이오. 그 대신 앨모덤 씨가 돌아올 때까지 기다리겠소."

그러자 고슬링의 누르스름한 피부가 새하얗게 질렸다. "오, 그러지 마십시오. 제가 언제까지 그들을 *막을 수 있을지* 장담할 수 없습니다. 모레 상인들과 함께 해안으로 가세요. 로튼 거리(런던 하이드 파크에 있는 승마용 도로-옮긴이)에서 말을 타는 것만큼 쉬울 겁니다."

"아, 그러면 앨모덤 씨가 내일모레까지 돌아오지 않는다는 말인가?" 메드퍼드가 말꼬리를 잡고 늘어졌다.

"저는 아무것도 모릅니다."

"그분이 지금 어디에 계시는지도?"

고슬링은 잠시 생각에 잠겼다. "너무 멀리 떠나셨을 겁니다. 제가 아는 것은 그것뿐입니다." 그가 방을 나가서 문을 닫았다.

메드퍼드는 다시 잠들 수 없었다. 창문에 기대어 별빛이 점차 흐려지고 신성한 해가 밝아오는 것을 지켜보았다. 오래된 성벽 사이에서 생명이 꿈틀거리며 깨어나는 시간이었다.

그는 하늘에서 솟아오르는 순수함과 그 아래 석조 건물에 박쥐처럼 매달려 있는 사악한 비밀이 이루는 대조를 보며 전율했다.

메드퍼드는 이제 누구를 무엇을 믿어야 할지 확신할 수 없었다. 앨모덤의 적이 그를 사막으로 꾀어냈고, 앨모덤의 하인들은 그 사실을 알고도 묵인한 걸까? 아니면 하인들에게 앨모덤을 없애버려야 할 이유가 있었을까? 메드퍼드도 똑같은 운명을 맞을지도 모른다는 고슬링의 말은 사실일까?

하늘이 밝아오자 메드퍼드는 기력을 되찾았다. 결코 이해할 수 없는 미스터리에 자극을 받은 그는 남아서 진실을 찾아낼 생각이었다.

이제까지 고슬링은 아침마다 메드퍼드의 침실 화장실에 물을 가지고 왔다. 그런데 그날 아침 고슬링은 물 대신 아침 식사를 담은 쟁반을 들고 나타났다.

메드퍼드는 고슬링의 얼굴이 핏기 하나 없이 창백한 데다 울기라도 했는지 눈가가 붉게 물들어 있다는 사실을 알아차렸다. 새하얀 얼굴과 붉은 눈가가 이루는 대조는 꽤 불쾌하게 느껴졌고, 메드퍼드는 고슬링에게 반감을 느끼기 시작했다.

"씻을 물은?"

"그게, 선생님. 어제 물 상태가 이상하다고 말씀하셔서…,"

"물을 못 끓인 거요?"

"끓였습니다, 선생님."

"그럼 괜찮겠군."

고슬링은 뚱한 표정으로 나가더니 이내 황동 단지를 들고 돌아왔다. “이맘때쯤이면 늘 이렇습니다. 애타게 비를 기다리고 있죠.” 그가 얼마 되지도 않는 물을 욕조에 부으면서 툴툴댔다.

‘그래, 우물의 수위도 꽤 낮아졌겠지.’ 메드퍼드가 속으로 생각했다. 끓인 물에서도 정도만 덜할 뿐 어제와 똑같은 불쾌한 냄새가 났다. 하지만 이런 날씨에 목욕은 필수였다.

메드퍼드는 하릴없이 자기 처지를 곰곰이 생각하면서 하루를 보냈지만, 별 소득이 없었다. 아침이 되면 좋은 생각이 떠오르리라고 기대했으나 용기와 위안만 찾을 수 있었을 뿐 뾰족한 수는 떠오르지 않았다.

그때 해안에서 출발해 남쪽으로 가는 상인들이 오후에 이 성 근처를 지나간다는 사실이 별안간 생각났다. 고슬링이 분명 오늘 오후에 상인들이 페리에 탄산수 한 상자를 가져올 것이라고 힘주어 말했었다.

‘그것참 반가운 소식이군.’ 메드퍼드가 몸을 살짝 움츠리며 생각했다. 아침에 목욕한 이후로 어딘가 역겨운 냄새와 끈적거리는 알 수 없는 물질이 그의 피부에 달라붙어 있는 것 같았다. 그 물을 또 마셔야 한다고 생각하니 속이 메스꺼웠다.

메드퍼드가 상인들을 반기는 가장 중요한 이유는 따로 있었다. 그는 상인들 행렬 중에 불안한 심경을 털어놓을 만한 유럽인이나 적어도 해안에서 온 현지 공무원이 있기를 바랐다.

메드퍼드는 안뜰을 어슬렁거리고 바깥에서 들려오는 소리에 귀를 기울이다 옥상으로 올라가 상인들이 지나는 길의 북쪽을 지그시 바라보았다.

눈부신 오후의 햇빛 속에서 상인들은 보이지 않았다. 짐을 잔뜩 실은 노새를 몰고 성으로 다가오는 베두인족 세 명만 눈에 들어왔다.

그들이 성채로 이어지는 가파른 경사로를 오르자 얼굴이 보였다. 메드퍼드는 그들이 앨모덤의 하인이라는 사실을 알아차렸다. 그는 상인들이 실제로 이 성채를 통과하는 것이 아니라는 사실을 깨달았다.

아마 하인들이 밖으로 나가서 모래 언덕 뒤에 숨어 있을 작은 오아시스 근처에서 상인들을 만나 물건을 받아왔을 것이다.

어리석게도 상인들을 직접 만나지 못할 가능성을 전혀 생각하지 못했다는 데 짜증이 치민 메드퍼드는 황급히 안뜰로 내려갔다. 그는 하인들이 앨모덤에 관한 소식이라도 가져왔기를 바랐다.

메드퍼드가 안뜰에 이르자 마구간 쪽에서 분노로 가득 찬 고함과 격렬한 비난 소리가 들려왔다. 그는 담벼락에 귀를 갖다 댔다. 사막 지방의 방언에 통달한 고슬링이 하인 여섯 명에게 고래고래 악담을 퍼붓고 있었다.

"그래서 안 가져왔다고? 그게 없었다고? 내가 있다고 말했잖아. 있다는 거 알았을 거 아냐! 분명히 해안에서 온 그 얍삽한 자식들이랑 노닥거리다가 모래더미에 빠뜨리고 왔겠지. 아니면 짐을 제대로 싣지 않아서 오는 길에 떨어뜨렸거나. 죄다 어디에 정신을 팔고 있었던 거야? 아, 이 더러워서 입에 담을 수도 없는 자식들! 당장 돌아가서 가져와!"

"알라와 예언자 무함마드의 무덤에 대고 맹세하는데 오해입니다. 정말로 오아시스에는 아무것도 없었습니다. 돌아오는 길에 빠뜨리지도 않았고요. 거기에 없었습니다. 정말 말 그대로 사실이에요."

"사실! 사실이라고? 이 빌어먹을 게으름뱅이들, 이 망할 거짓말쟁이들. 여기 오신 손님께선 물 말고는 다른 거 한 방울도 안 마신다고! 원래는 너희들이 그래야 하는 거잖아, 술이라면 환장하는 이 사기꾼들아!"

메드퍼드는 안도의 미소를 지으며 담벼락에서 물러났다. 겨우 페리에 탄산수 한 상자를 빠뜨린 일 때문에 다 큰 어른이 이렇게 펄펄 날뛰면서 목소리를 높이다니!

메드퍼드는 별일 아니라는 사실을 깨닫자 마음을 짓눌렀던 짐이 사라지는 것 같았다. 늘 차분하고 침착한 고슬링이 겨우 사소한 식료품 문제로 흥분하는 것을 보니 적어도 답답하고 고루한 사람은 아닐 것 같았다.

이렇게 평범한 사건 사고가 일어나는 곳인데…, 메드퍼드는 이곳을 얼마나 터무니없이 의심했던가!

메드퍼드는 고슬링의 배려에 감동했다. 하지만 자기가 동양의 신기루 같은 매력에 깜빡 속아 넘어갔었다는 사실에 짜증도 치솟았다.

앨모덤은 일 때문에 집을 떠났다. 하인들은 앨모덤이 어디에 있는지 그 일이 무엇인지 아마 잘 알고 있을 것이다. 만약 주인이 없는 틈을 타서 하인들이 돈을 훔쳤다고 하더라도, 또 훔친 돈을 놓고 다퉜다고 하더라도 메드퍼드가 할 수 있는 일은 아무것도 없었다.

어쩌면 괴짜 집주인이 성급하게 메드퍼드를 초대해놓고 후회하면서 따분한 손님맞이를 내팽개치고 달아났을지도 모른다.

따지고 보면 결국 메드퍼드는 앨모덤과 단 한 번 저녁 식사를 함께했을 뿐이었다. 혹시 앨모덤은 이 비밀스럽고 복잡한 집에서 사라져버린 것이 아니라 어딘가 숨어서 손님이 떠나기만을 기다리고 있는 것은 아닐까? 이제는 이런 생각마저 정말로 그럴듯해 보였다.

그러자 고슬링이 왜 자기를 상인들 행렬과 함께 떠나보내려고 했는지, 왜 그렇게 불안하고 모순되게 행동했는지 완전히 이해할 수 있었다.

메드퍼드는 자기가 너무 둔감했다는 사실을 알아차리고 허탈한 미소를 지으면서 내일 당장 떠나야겠다고 마음먹었다.

결정을 내리자 마음이 평온해진 그는 안뜰을 서성이다 땅거미가 어둑하게 깔릴 무렵 옥상으로 올라갔다. 오늘은 지평선을 응시하는 대신에 엿새나 머물렀지만 아는 바가 거의 없는 이 건물을 뚫어지도록 바라보았다.

그는 불규칙한 각도로 공중에 툭 튀어나온 방들과 덧문이 굳게 닫힌 창문들, 색칠된 유리창이 만들어내는 수수께끼를 보며 당황했다. 지금 이 순간 집주인은 어느 창문 뒤에 몸을 숨긴 채 손님을 감시하고 있을까?

이상야릇하고 변덕스러운 앨모덤, 그을린 긴 얼굴에 부스스한 백발을 한 앨모덤, 이기적이고 강압적인 태도와 병적인 자기도취에 물든 앨모덤이 사실 이 석조 건물 안에 숨어 있다는 생각이 들자 메드퍼드는 처음으로 날카로운 고독감을 느꼈다.

그는 달갑지 않은 손님이 되어 배척당했다고 느꼈다. 도무지 정체를 알 수 없는 존재가 살아가는 것 같은 이 집이 외롭고, 쌀쌀맞고, 위험하게 느껴졌다.

'내가 어리석었어. 그는 내가 집주인이 없다는 소식을 듣자마자 짐을 챙겨서 떠날 거로 예상했을 텐데!' 메드퍼드가 생각에 잠겼다. 그는 내일 떠나겠다고 굳게 마음먹었다.

고슬링은 오후 내내 보이지 않다가 느지막이 저녁상을 차리려고 나왔다. 그의 표정은 퉁명스럽다 못해 험악하게 느껴졌다.

메드퍼드는 고슬링의 그런 표정을 처음 보았다. 메드퍼드가 친근하게 "아, 벌써 식사 시간인가?"하고 말을 건네봐도 그는 대꾸조차 하지 않았다.

메드퍼드가 자리에 앉자 고슬링은 입을 꾹 다물고 접시를 식탁에 내려놓았다. 메드퍼드는 물잔이 비어 있기에 잔 윗부분을 톡톡 건드렸다.

"아, 물이 없습니다, 선생님. 하인들이 페리에 상자를 빼놓고 왔습니다. 아니면 어디에 떨어뜨려 놓고 짓밟았겠지요. 상인들이 페리에를 가져오지 않았다고 말하더군요. 그 이교도 놈들은 입만 열면 거짓말인데 무슨 영문인지 제가 알기나 하겠습니까!" 고슬링이 버럭 성을 내면서 소리를 질렀다.

고슬링은 들고 있던 접시를 힘없이 내려놓았다. 메드퍼드가 올려다보자 그는 열병을 앓는 사람처럼 온몸을 부들부들 떨고 있었다.

"세상에, 그게 뭐가 큰일이라고! 이러다 병이라도 나겠소."

메드퍼드가 고슬링의 팔에 손을 얹으며 말했다.

하지만 고슬링은 "망할, 내가 직접 갔어야 했는데…."라고 투덜거리더니 메드퍼드의 팔을 홱 뿌리치고 떠났다.

메드퍼드는 깊은 생각에 빠졌다. 확실히 고슬링은 신경쇠약에 걸린 것 같았다. 놀랄 일도 아니었다. 메드퍼드 역시 비현실적이고 기이한 이곳 때문에 숨이 막힐 것 같았다.

잠시 후 고슬링이 다시 나타났다. 여전히 입을 꾹 다물고 있었지만, 예의 바른 태도를 되찾은 듯했다. 그는 디저트 접시와 화이트와인 한 병을 들고 있었다.

고슬링이 조금 전 일을 사과하자 메드퍼드는 고슬링을 진정시키려고 와인을 한 모금 마신 뒤 일어서서 안뜰로 향했다. 그가 우물가의 무화과나무로 다가서는데 고슬링이 슬며시 다가오더니 고리버들을 엮어 만든 의자와 테이블을 안뜰의 다른 쪽 끝으로 옮겼다.

"이곳이 더 편하실 겁니다. 곧 산들바람이 불어올 테고요. 커피를 가져다드리겠습니다."

고슬링이 다시 자리를 떴다. 메드퍼드는 의자에 앉아 건물의 돌벽과 회반죽을 바라보았다. 그는 몰래 숨어 있는 감시자가 자기를 보지 못하도록 (혹은 잘 볼 수 있도록) 고슬링이 일부러 테이블과 의자를 옮긴 것은 아닌지 생각했다.

우물가 무화과나무 아래는 그가 가장 좋아하는 자리였다. 곧 고슬링이 커피를 가져다주고 물러났다.

메드퍼드는 한참 앉아 있다가 일어나 담배에 불을 붙이고 안뜰을 서성거렸다. 얼마 후 다시 자리에 돌아와서 앉았다.

그런데 앉자마자 몸을 숨긴 감시자가 붉게 타오르는 담뱃불을 질투하며 뚫어지게 쳐다보고 있을 것 같다는 생각이 들었다. 감시당한다는 느낌은 갈수록 불쾌해졌다.

앨모덤이 어둠 속 어딘가에서 유령 같은 긴 팔을 뻗어 자기를 움켜잡을 수 있을 것만 같았다. 그는 갓을 씌운 전등이 천장에 매달려 있는 응접실로 들어갔다. 하지만 공기가 잘 통하지 않는 응접실이 답답해서 결국 밖으로 나오고 말았다.

그는 늘 앉던 무화과나무 아래로 의자를 끌어다 놓았다. 앨모덤이 숨어 있을 법한 창가에서는 그 자리가 보이지 않았다.

그 자리는 바람이 통하지 않았다. 탁한 공기에 근처 우물에서 흘러나오는 악취가 섞여 있는 듯했지만, 그는 마음이 한결 편했다.

'우물의 수위가 아주 낮나 보군.' 희미하긴 했지만 메스꺼운 악취가 풍겨 왔다.

메드퍼드는 스르르 잠에 빠졌다.

그가 깨어나 보니 달이 담벼락에 크고 둥그스름한 오렌지색 빛을 드리우고 있었다. 달빛 덕분에 안뜰도 그리 어둡게 느껴지지 않았다.

한 시간 정도 잠든 것 같았다. 밤은 싱그럽고 달콤했다. 사막 한가운데가 아닌 것 같았다. 메드퍼드는 열병을 다시 앓는 것처럼 온몸을 떨었다. 그제야 밤에 안뜰에 나와 있으면 건강에 별로 좋지 않다고 했던 고슬링의 말이 생각났다.

'우물을 두고 하는 말이었나 보네…. 우물에 너무 가까이 앉아 있었어.' 그는 고슬링의 말을 곰곰이 생각해보았다.

머리가 지끈거렸다. 아침에 목욕한 이후로 계속 들쩍지근하면서도 기분 나쁜 냄새가 얼굴에 달라붙어 있는 것 같았다.

그는 일어서서 우물로 다가가 물이 얼마나 남아 있는지 들여다보았다. 달이 그리 높이 뜨지 않은 탓에 깊은 우물 안까지는 빛이 닿지 않았다. 그는 시커먼 우물 속을 가만히 바라보았다.

그 순간, 느닷없이 누군가 뒤에서 메드퍼드의 어깨를 움켜쥐고 우물 안으로 밀어 쓰러뜨리려는 듯 앞으로 밀쳤다. 메드퍼드가 즉시 저항하던 찰나 그를 밀치던 힘은 뒤로 강하게 잡아당기는 힘으로 바뀌었다. 그가 몸을 돌리자 고슬링이 보였다.

고슬링은 메드퍼드의 얼굴을 보자마자 어깨에서 손을 뗐다.

"선생님께서 이성을 잃은 줄로만 알았습니다. 우물 안으로 떨어지려고…, 하시는 것 같아서요…." 고슬링이 더듬거리며 말했다.

메드퍼드는 정신을 되찾았다. "우리 둘 다 제정신이 아니었나 보군. 나는 당신이 나를 밀어 넘어뜨리려는 줄 알았소." 그가 웃음을 터뜨리며 대답했다.

"제가요?" 고슬링은 놀랐는지 숨이 턱 막혔다. "저는 있는 힘껏 선생님을 잡아당겼습니다만…."

"물론, 나도 알아요."

고슬링은 입을 다물더니 한참 만에 다시 입을 열었다. "잠자리에 들지 않으십니까?"

"괜찮소." 메드퍼드가 말했다. "여기에 있고 싶소."

고슬링은 화난 표정을 지었다. "저, 선생님. 그러시면 안 됩니다."

메드퍼드가 다시 웃음을 터뜨렸다. "왜지? 앨모덤 씨가 밖에 나와서 바람을 쐴 시간이라서 그런가?"

고슬링의 반응은 뜻밖이었다. 그는 한두 걸음 뒤로 펄쩍 물러서더니 저도 모르게 터져 나오는 비명을 막으려는 듯 두 손으로 입을 틀어막았다.

"어디 한번 말해보지! 앨모덤 씨는 계속 *여기에* 있었지 않소. 실토하시오!" 메드퍼드가 소리쳤다.

"여기? '여기'라니 무슨 말씀이십니까? 그분을 뵌 적이 없으시죠? 아닙니까?" 그는 다시 입을 틀어막더니 휘청대다가 메드퍼드의 발치에 있던 흙무더기에 넘어졌다.

우물 지붕에 기대어 서 있던 메드퍼드는 쓰러진 사기꾼을 경멸하듯 내려다보며 미소 지었다. 그의 추측이 옳았다. "그만 일어나시지. 바보같이 굴지 말고! 앨모덤 씨가 밤에 여기를 걸어 다닌다는 사실을 내가 알아맞힌 건 당신 잘못이 아니니까."

"여기를 걸어 다닌다고요?" 고슬링은 여전히 쓰러진 채로 울부짖었다.

"아닌가? 당신이 전부 다 털어놨다고 해서 그가 당신을 죽이지는 않을 텐데?"

"죽여요? 저를 죽인다고요? 제가 *선생님을 죽였어야* 했는데!" 고슬링이 몸을 반쯤 일으켰다. 그의 얼굴은 공포로 창백하게 질려 있었다. "그럴 수 있었는데…, 정말 쉬웠을 텐데요!

제가 선생님을 우물 안으로 밀치는 줄 알았다고 하셨죠? 와서 한 번 살펴보십시오. 냄새도 한번 맡아보세요."

메드퍼드는 움직이지 않았다. 발 앞에 웅크리고 있는 고슬링의 비열한 태도를 보니 권력이라도 쥔 것 같았다.

하지만 고슬링의 마지막 외침을 듣자 문득 다른 생각이 들었다. 앨모덤이 이곳에 있는 것은 확실했다. 하지만 정확히 어디에 어떤 모습으로 있을까? 새로운 공포가 메드퍼드의 등줄기를 훑고 지나갔다.

"그래서 나를 우물 안으로 밀어 넣으려고 한 건가? 당신의 주인과 만날 수 있는 가장 빠른 길이라서? 그런 건가?"

메드퍼드의 말에 고슬링이 즉시 반응했다. 그는 일어섰지만, 자기를 비난하는 듯한 달빛을 향해 몸을 잔뜩 웅크렸다.

"아, 신이시여. 절반쯤은 넘어뜨렸었는데! 선생님께서도 제가 했다는 걸 아시죠? 그런데 선생님께서 웸블리 이야기를 하셨던 게 생각났습니다. 그게 절 도왔습니다. 선생님께서 진심으로 하신 말씀인 걸 알았거든요. 그래서 멈춘 겁니다."

고슬링의 얼굴은 눈물로 젖어 있었다. 메드퍼드는 그 눈물을 보고 혐오감을 느끼며 움찔했다. 고슬링의 눈물은 썩어버린 우물로 떨어진 시신이 튀긴 물방울 같았다. 메드퍼드는 아무 말도 하지 않았다. 그러자 고슬링이 계속해서 횡설수설 지껄였다.

"페리에가 오기만 했더라도…. 선생님께서 페리에를 떠올리실 줄은 몰랐습니다. 선생님이 페리에를 마실 수만 있었더라면 달라졌을 텐데요, 안 그런가요? 그분이 밤에 걸어 다닐 거라고 말씀하셨죠. 저도 압니다! 그런데 선생님께서 오신 그날, 제가 그분께 어찌해야 했겠습니까?"

메드퍼드는 여전히 꼼짝하지 않았다.

"그분이 저를 미치게 만들었어요, 선생님. 그날 아침 정신이 완전히 나갔다고요. 제 말을 믿어주시겠습니까? 원래라면 선생님께서 오시기 전 주에 저는 영국으로 떠나서 휴가를 즐겨야 했습니다. 한 달을 통째로요. 사실은 6주여야 공평한 건데 말입니다.

어쨌거나 사촌의 집에서 한 달을 꼬박 보낼 계획이었습니다.

웸블리도 실컷 구경하고요. 그런데 선생님께서 오신다는 소식이 날아든 겁니다. 그분은 여기가 지루하고 외로우셨죠. 선생님께서도 잘 아실 겁니다. 여기서 새로운 즐길 거리를 찾거나 아니면 아예 떠나버려야 했죠.

그런데 선생님께서 오신다는 겁니다. 그분은 단박에 우울증을 떨쳐냈습니다. 기뻐서 정신이 반쯤 나가버렸죠. 이렇게 말하더군요.

'그를 계속 여기에 *붙잡아둘* 생각이야. 참 대단한 젊은이라네, 고슬링. 딱 내 마음에 드는 사람이지.'

그래서 여쭤봤습니다. '제 휴가는 어떻게 할까요?' 그러니까 돌처럼 차가운 눈으로 저를 빤히 쳐다보더니 대꾸하더군요.

'휴가? 아, 그래 물론 보내줘야지. 내년에 가는 게 어떻겠나? 내년에 어떻게 될지 보자고.'

내년이라니요, 선생님. 심지어 제게 커다란 호의를 베푼다는 말투였습니다. 거의 열두 해를 그런 식으로 살았습니다.

이번에는 달랐을 겁니다. 선생님께서 오시지 않았다면 저는 분명히 휴가를 떠날 수 있었을 겁니다. 그분은 셀림이 시중드는 데도 익숙해지셨고, 건강도 그 어느 때보다 좋았거든요.

그래서 몇 번이고 말씀드렸습니다. 저도 제 권리가 있다고요,

제 젊은 날이 다 흘러가고 있다고요. 여기서 개처럼 모셨는데 매번 다음 해에, 그다음 해에 휴가를 보내주겠다는 말만 들었다고요.

그런데 선생님. 그분은 그저 웃기만 하셨습니다. 아니 비웃으셨죠. 담배에 불을 붙이시더니 마지막으로 한마디 하셨습니다.

'오, 고슬링, 그만하지.'

지금 선생님께서 계신 바로 그 자리에 그분이 서 있었습니다.

집 안으로 들어가려고 돌아서던 순간에 제가 밀쳤습니다. 그분은 몸무게가 꽤 나가셨거든요. 우물 가장자리에 부딪혀서 쓰러지셨죠.

언제라도 선생님 역시 밀어 넘길 수 있었는데. 오, 세상에!"

고슬링이 숨 가쁘게 웅얼거리더니 마침내 입을 다물었다.

메드퍼드는 고슬링의 마지막 말을 듣고 저도 모르게 움찔하며 뒤로 몇 걸음 물러섰다.

두 사람은 안뜰 한가운데 서서 아무 말 없이 서로를 바라보았다. 성벽 너머 높이 떠오른 달이 죄악으로 얼룩진 어두컴컴한 우물 속으로 빛줄기를 내려보냈다.

8화 매혹

굵은 눈발이 여전히 떨어지고 있었다. 론탑의 남쪽에서 농장을 경영하는 보즈워스는 러틀리지의 집 대문으로 작은 썰매를 몰고 갔다.

그는 다른 썰매 두 대가 먼저 러틀리지의 집에 도착해 있는 것을 보고 놀랐다. 먼저 도착한 썰매에서 겉옷으로 온몸을 감싼 사람 두 명이 내렸다.

보즈워스는 그들을 알아보고 훨씬 더 놀랐다. 한 명은 노스애쉬무어에 사는 히벤 집사였다. 다른 한 명은 론탑으로 가는 길에 있는 낡은 베어클리프 농장에서 아내를 여의고 쓸쓸하게 지내는 브랜드였다.

햄록 카운티 주민이 러틀리지의 집에 방문하는 일은 그리 흔치 않았다. 이렇게 추운 한겨울이라면 더더욱 드물었다. 지금 보즈워스는 러틀리지의 아내로부터 부름을 받고 가는 길이었다.

이곳처럼 주민들의 교류가 적은 지역에서 쌀쌀맞고 사교성이 떨어지는 여자로 통하는 러틀리지 부인이 이웃을 부르는 일은 거의 없었다. 그러니 지금 상황을 보면 보즈워스보다 상상력이 부족한 사람이라도 충분히 호기심을 느낄 법했다.

세로줄 무늬가 새겨진 도자기 장식이 꼭대기에 올라가 있는 새하얀 대문 기둥은 완전히 망가져 있었다. 보즈워스가 그 사이로 썰매를 몰고 들어가니 먼저 도착한 두 사람은 썰매를 끌던 말을 헛간으로 데려가고 있었다.

보즈워스도 말을 헛간으로 데려가서 말뚝에 매었다. 그제야 세 사람은 어깨에 쌓인 눈을 털어내고 뻣뻣하게 굳은 손을 비비면서 인사를 나눴다.

"잘 지내셨습니까, 히벤 집사님?"

"나야 잘 지내지, 보즈워스." 두 사람이 악수했다.

"반갑네, 보즈워스." 브랜드는 고개만 살짝 끄덕이며 인사했다. 브랜드는 언제나처럼 무뚝뚝한 태도였고, 이웃에게 인사를 건네는 와중에도 바쁘게 마구와 담요를 살펴봤다.

보즈워스는 세 사람 중에서 가장 나이가 적고 수다스러웠다.

그는 눈을 연신 깜빡거리는 히벤 집사의 기다란 얼굴을 다시 바라보았다. 히벤의 긴 얼굴은 얼룩덜룩한 반점이 기묘하게 흩어져 있어서 꼭 곰팡이가 핀 것처럼 보였다. 하지만 그 얼굴은 브랜드의 투박하고 거친 얼굴보다 덜 험악해 보였다.

"여기에서 이렇게 만나다니 이상하군요. 러틀리지 부인이 와 달라고 전갈을 보냈더라고요." 보즈워스가 먼저 입을 뗐다.

히벤 집사가 고개를 끄덕이며 대답했다. "나도 연락을 받았다네. 앤디 폰드가 어제 점심때 말을 전해줬지. 여기 별일이 없어야 할 텐데….”

히벤이 펑펑 쏟아져 내리는 눈송이 너머로 황량한 러틀리지 집의 정면을 힐끗 쳐다보았다. 소홀히 방치된 건물은 대문 기둥처럼 우아했던 과거의 흔적을 여전히 간직하고 있었기에 더 쓸쓸해 보였다.

한때 보즈워스는 노스 애쉬무어와 콜드 코너스 사이에 뻗어 있는 외딴 땅에 어떻게 저런 집이 지어졌을까 궁금해하곤 했다. 사람들 말로는 원래 근처에 다른 집도 몇 채 있어서 애쉬무어라고 불리는 작은 마을을 이루었다고 했다.

애쉬무어는 영국 왕당파 장교 애쉬무어 대령이 변덕을 부려 제멋대로 만들어낸 일종의 산촌이었다. 대령과 일가족 모두 미국 독립 전쟁이 일어나기 한참 전에 원주민들에게 살해당했다.

이 이야기가 진짜라는 사실을 알려주는 증거도 있다. 러틀리지의 집 근처 산비탈을 뒤덮은 수풀 아래서는 요즘에도 소형 주택의 지하실 폐허가 발견되곤 한다.

게다가 콜드 코너스의 다 쓰러져 가는 성공회 교회에는 애쉬무어 대령의 이름이 새겨진 성반(미사 때 성체를 모시는 금이나 은으로 만든 쟁반-옮긴이)도 있다.

대령은 오래전에 애쉬무어 교회에 성반을 기증했지만, 지금 그 교회는 흔적조차 없이 사라져버렸다. 애쉬무어 교회는 틀림없이 기반을 지지할 말뚝을 박아서 세운 소박한 건물이었을 것이다.

하지만 다른 주택을 모조리 불태워버렸던 대화재는 교회마저 잿더미로 만들어버렸다. 그 지역은 심지어 여름날에도 온통 음산하고 적막한 공기로 뒤덮여 있다. 그래서 사람들은 러틀리지의 아버지가 왜 그곳에 정착했는지 의아하게 여겼다.

"이 집만큼…," 히벤 집사가 말했다. "사람과 멀어 보이는 집은 아직 한 번도 못 봤네. 심지어 수 킬로 내에 정말 아무도 없기까지 하지."

"어디 몇 킬로 내에만 없겠습니까." 보즈워스가 대꾸했다.

보즈워스와 히벤은 브랜드를 앞세우고 건물 진입로를 걸어 현관문으로 다가갔다. 햄록 카운티 주민들은 자기 집이든 이웃집이든 현관문으로 드나드는 법이 거의 없었다.

보즈워스와 히벤, 브랜드 모두 이렇게 이례적인 상황에서는 평상시처럼 친근하게 부엌문으로 들어가는 일이 적절하지 않다고 느낀 듯했다.

그들의 판단이 옳았다. 히벤이 문을 두드리는 쇠고리를 채 들기도 전에 문이 열렸다. 문가에는 러틀리지 부인이 서 있었다.

"들어오세요." 러틀리지 부인이 여느 때와 다를 바 없는 딱딱한 말투로 말했다.

보즈워스는 다른 사람들을 뒤따라 실내로 들어가면서 생각했다. '무슨 일이 벌어지든 러틀리지 부인은 똑같이 무표정하겠지.'

러틀리지 부인이 어떤 식으로든 평소와 다른 표정을 지을 수 있는지 정말로 의심스러웠다. 그녀의 눈은 언제나 정면을 응시했다. 얼굴 근육은 못으로 고정해 놓은 듯 움직일 줄을 몰랐다.

그녀는 손님맞이에 어울리도록 흰 물방울무늬가 들어간 검은색 옥양목 원피스를 입고 있었다.

코바늘로 뜬 레이스 옷깃은 황금색 브로치로 고정해 놓았고, 어깨에 두른 회색 모직 숄은 팔 아래로 빼서 등 뒤로 묶어 놓았다.

작고 좁은 얼굴에서 유일하게 눈에 띄는 특징은 안경을 쓴 파리한 눈 위로 둥글게 툭 튀어나온 눈썹이었다. 검은 머리칼은 양 갈래로 가르마를 타서 귀 뒤로 깔끔하게 빗어넘긴 다음 하나로 땋아서 목덜미 부근에 둥글게 말아놓았다.

긴 목에서는 노끈 같은 목 근육이 도드라졌고, 그 사이가 움푹 패어 있었다. 이 가느다란 목 때문에 그 위에 자리 잡은 작은 머리가 훨씬 더 좁아 보였다. 눈동자는 차갑게 느껴지는 연한 회색이었다. 피부는 새하얗고, 나이는 서른다섯에서 예순 사이 그 어디에도 해당할 것처럼 보였다.

그녀는 손님 세 명을 앞쪽 응접실로 데리고 들어갔다. 아마 그 방은 원래 식당이었을 것이다. 벽난로 위의 낡은 목제 선반에는 섬세하게 홈이 새겨져 있고, 그 나무판에서 툭 튀어나와 있는 아연판에 벽난로가 설치되어 있었다.

벽난로의 불은 이제 막 피워놓았는지 힘없이 검은 연기만 토했다. 방안은 답답할 뿐만 아니라 뼛속까지 시릴 정도로 추웠다.

"앤디 폰드!" 러틀리지 부인이 집 뒤편에 있는 누군가를 향해 소리쳤다. "나가서 남편을 불러와. 아마 장작 헛간이나 외양간 근처에 있을 거야." 그녀가 말을 마치고 손님들에게 다가왔다. "편히 앉으세요."

보즈워스와 히벤, 브랜드는 러틀리지 부인이 가리킨 의자에 앉았다. 셋은 점점 마음이 거북해졌다. 러틀리지 부인은 당장이라도 무너져 내릴 것 같은 구슬세공 테이블 뒤에 놓인 의자에 꼿꼿하게 앉았다. 그녀는 손님들을 한 명씩 차례대로 힐끔 쳐다보았다.

"도대체 왜 제가 이곳까지 와달라고 부탁했는지 궁금하실 거예요." 그녀가 여전히 아무런 감정도 실리지 않은 딱딱한 말투로 말했다.

보즈워스와 히벤 집사는 그녀의 말에 맞장구치며 웅얼거렸고, 브랜드는 아무 말 없이 앉아 있었다. 브랜드의 무성한 눈썹 아래 박혀 있는 두 눈은 앞에서 흔들거리는 거대한 부츠 끝만 응시했다.

"물론 파티가 열릴 거라고 기대하지는 않으셨겠죠." 러틀리지 부인이 말을 이어갔다. 이 싸늘한 농담에 감히 대꾸하려는 사람은 아무도 없었다. "이곳에 문제가 생겨서요. 그게 이유예요. 조언이 필요하거든요. 그러니까 저희 부부가…," 그녀는 무정해 보이는 맑은 눈으로 앞을 똑바로 바라보며 목청을 가다듬더니 더 낮은 목소리로 말을 덧붙였다. "남편이 주문에 걸렸어요."

히벤이 고개를 홱 들었다. 그의 얇은 입술에 못 믿겠다는 미소가 슬그머니 피었다. "주문이요?"

"네, 그이가 뭔가에 홀렸어요."

세 명의 손님은 다시 침묵에 잠겼다.

세 명 중 가장 느긋하고 수다스러운 보즈워스가 농담으로 분위기를 풀어보려고 질문했다. "성경에 나오는 말뜻을 그대로 따라서 하는 말씀입니까, 부인?"

러틀리지 부인이 그를 힐끗 보더니 대답했다. "*그이가* 한 말을 전해드리는 거예요."

히벤이 헛기침을 하며 가르랑거리는 숨소리가 새어 나오는 목을 가다듬었다. "러틀리지가 오기 전에 어찌 된 일인지 더 자세히 설명해주시겠습니까?"

러틀리지 부인은 꽉 움켜쥔 두 손만 가만히 내려다보았다. 히벤의 질문을 듣고 생각에 잠긴 것 같았다.

보즈워스는 그녀의 쌍꺼풀 아래쪽이 나머지 피부처럼 새하얗다는 사실을 알아챘다. 그녀가 눈을 내리깔면 창백한 눈꺼풀에 반쯤 덮인 튀어나온 눈이 구슬이나 대리석 조각처럼 보였다. 보즈워스는 그 모습에 불쾌해져서 눈길을 돌리고 벽난로 위 선반에 놓인 글귀를 쳐다보았다.

죄짓는 자 죽을지어다.

"아니요." 그녀가 침묵끝에 대답했다. "그이가 올 때까지 기다릴게요."

그 순간 브랜드가 의자를 뒤로 밀면서 벌떡 일어섰다. "저는 잘 모르겠습니다." 그가 거칠고 낮은 목소리로 말했다. "성경에 나오는 신기한 이야기에 관해서는 특별히 아는 게 없어서요.

게다가 하필 오늘 매듭지어야 할 거래가 있어서 스타크필드에 나가봐야 합니다만…."

러틀리지 부인이 여위고 기다란 손을 들어 올렸다. 고된 노동과 추위에 시달려서 메마르고 주름진 그 손은 얼굴처럼 탁한 흰색이었다. "오래 걸리지 않을 거예요. 앉아주시겠어요?"

브랜드는 푸르스름한 아랫입술을 씰룩거리며 엉거주춤한 자세로 서서 말했다. "집사님도 계시니까요. 그런 일은 집사님이 더 잘 아실 겁니다."

"저는 브랜드 씨도 여기에 계셨으면 해요." 러틀리지 부인이 침착하게 대답했다.

그러자 브랜드가 다시 자리에 앉았다. 다시 침묵이 찾아왔다. 응접실에 앉은 네 사람은 러틀리지가 걸어오는 소리만 기다렸다. 하지만 아무런 소리도 들리지 않았다. 이윽고 러틀리지 부인이 불쑥 말을 꺼냈다.

"레이머 연못가에 있는 낡은 판잣집이었어요. 바로 거기서 *그들이* 만났어요."

브랜드의 얼굴을 보고 있던 보즈워스는 브랜드의 내면에서 왈칵 솟구친 감정 때문에 거친 가죽 같은 얼굴이 더 어두워진 것 같다고 생각했다. 히벤은 호기심 어린 두 눈을 반짝이며 몸을 앞으로 기울였다.

"그들이 누구죠, 러틀리지 부인?"

"제 남편 러틀리지요. 그리고 그녀…."

브랜드가 다시 몸을 일으킬 듯 의자에서 움직였다. "*그녀라니* 누구를 말하는 겁니까?" 그가 느닷없이 물었다. 마음속 깊은 곳의 혼잣말이 저도 모르게 튀어나온 것 같았다.

러틀리지 부인은 몸을 전혀 움직이지 않았다. 그저 고개만 스르르 돌려서 브랜드를 바라보았다.

"댁의 따님이요, 브랜드 씨."

브랜드는 휘청거리며 일어서더니 흥분해서 알아들을 수도 없는 말을 마구 쏟아냈다. "내…, 내 딸? 도대체 무슨 말을 하는 겁니까? 우리 딸? 거짓말이오! 그건, 그건…."

"*오우라 브랜드였어요*. 댁의 따님이요, 브랜드 씨." 러틀리지 부인이 느릿하게 말했다.

보즈워스는 등골이 오싹해졌다. 그는 본능적으로 브랜드에게서 시선을 돌려 히벤의 얼룩투성이 얼굴을 바라보았다. 히벤의 낯빛은 러틀리지 부인만큼이나 창백하게 질려 있었다. 핏기없는 얼굴에서 번뜩인 두 눈은 잿더미 속에서 깜박이는 숯덩이처럼 보였다.

브랜드는 너털웃음을 터뜨렸다. 녹슨 기계가 삐걱거리는 소음처럼 그 웃음은 절대로 즐겁고 유쾌해서 내는 소리가 아니었다. "우리 딸이라고요?" 그가 되물었다.

"네."

"*먼저 세상을* 뜬 우리 딸?"

"그이가 그렇게 말했어요."

"당신 남편이?"

"네, 제 남편 러틀리지가 그렇게 말했어요."

두 사람의 대화를 듣고 있으려니 보즈워스는 숨이 막힐 것 같았다. 마치 악몽을 꾸며 공포에서 벗어나려고 사투를 벌이는 기분이었다. 그는 충동을 이기지 못하고 또다시 브랜드의 얼굴을 쳐다보았다.

놀랍게도 브랜드는 평소의 침착한 얼굴로 되돌아와 있었다.

여전히 일어서 있는 브랜드는 러틀리지 부인을 경멸하듯이 말을 내뱉었다. "그게 전부입니까?"

"전부라뇨? 이 이야기면 충분하지 않나요? 여러분들, 러틀리지를 못 본 지 얼마나 됐죠? 누구라도 우리 남편을 최근에 보신 적 있나요?" 러틀리지 부인이 손님들에게 쏘아붙였다.

보즈워스는 러틀리지를 보지 못한 지 거의 1년은 된 것 같다고 말했다. 히벤은 지난가을에 노스 애쉬무어의 우체국에서 러틀리지와 우연히 마주쳤지만, 그저 잠깐 보았을 뿐이었다고 대답했다. 그리고 그때 러틀리지의 상태가 좋아 보이진 않았다고 인정했다. 브랜드는 아무 말 없이 엉거주춤하게 서 있었다.

"잠시만 기다리시면 직접 보시게 될 거예요. 그이가 다 알려드릴 테고요. 그래서 여러분을 이렇게 부른 거예요. 그이에게 무슨 일이 생겼는지 두 눈으로 보시라고요." 그녀가 브랜드 쪽으로 고개를 홱 돌리더니 한 마디 덧붙였다. "직접 보시고 나면 달리 생각하실 거예요."

히벤이 묻고 싶은 게 있는지 호리호리한 손을 들어 올렸다.

"러틀리지는 부인께서 이 문제로 우리를 불렀다는 사실을 알고 있소?"

러틀리지 부인이 고개를 끄덕였다.

"그러면 그가 동의한 겁니까?"

러틀리지 부인은 히벤을 차갑게 바라보았다. "동의해야만 했을 거예요."

보즈워스는 다시 등줄기에 소름이 돋았다. 그는 짐짓 활기찬 목소리로 오싹한 기분을 떨치려고 애썼다. "러틀리지 부인, 지금 말씀하시는 이 문제를 어떻게 알게 됐는지 설명해주시겠습니까? 그러니까…, 어쩌다가 그렇게 생각하셨는지?"

그녀는 보즈워스를 잠시 바라보았다. 그러더니 곧 허물어질 듯한 구슬세공 테이블 위로 몸을 기울였다. 그녀가 보즈워스를 무시하는 듯한 희미한 미소를 짓자 핏기없는 입술이 가늘게 늘어졌다.

"생각한 게 아니에요. 저는 알고 있어요."

"네…, 하지만 어쩌다가?"

그녀는 몸을 조금 더 숙이고 팔꿈치를 테이블에 얹더니 한층 더 낮아진 목소리로 대답했다. "제가 그들을 *봤어요*."

창문 너머 잿빛 하늘에서 눈송이가 쏟아지고 있었다. 어슴푸레한 빛을 받은 히벤의 찌푸린 작은 눈이 붉은 섬광을 번뜩이는 것 같았다. "남편과 죽은 사람을?"

"남편과 죽은 사람을요."

"러틀리지와 오우라 브랜드요?"

"그래요."

브랜드의 의자가 쿵 하며 뒤로 넘어졌다. 그는 얼굴이 시뻘겋게 달아오른 채 일어서서 욕설을 퍼부었다. "그건 빌어먹을 악마 새끼의 거짓말이야!"

"이봐 브랜드…, 브랜드!" 히벤이 그를 말리고 나섰다.

"당장 여기서 나가겠습니다. 직접 러틀리지를 만나서 말해야…,"

"뭐, 여기 왔네요." 러틀리지 부인이 대꾸했다.

바깥에서 문이 열리는 소리가 들렸다. 이윽고 익숙한 발걸음 소리가 들렸다. 응접실이 신성한 구역이기라도 한 듯 마지막으로 한 번 더 옷에서 눈을 털어내는 소리도 들려왔다. 그리고 러틀리지가 들어왔다.

러틀리지는 북쪽으로 난 창에서 들어오는 빛을 받으며 들어섰다. 보즈워스는 러틀리지를 보자마자 얼음판 밑에서 끌어 올린 익사한 사람 같다는 인상을 받았다. '정확히는 스스로 물에 뛰어들어서 익사한 사람이지….' 그가 속으로 생각했다.

하늘에서 떨어지는 눈과 빛은 그의 피부색, 심지어 이목구비의 모습까지 잔인하게 바꾸어 놓았다. 보즈워스는 일 년 전 진중하고 건장한 남자였던 러틀리지가 이렇게 초췌하고 비참해 보이는 데에는 틀림없이 눈과 빛이 어느 정도 작용했다고 생각했다.

히벤이 분위기를 풀어보려고 적당한 말을 고심했다. "아, 이런, 러틀리지. 자네 꼴을 보니 당장 난롯가로 와야 할 것 같군. 오한이라도 들었나 보지?"

히벤의 어설픈 시도는 아무런 소득이 없었다. 러틀리지는 움직이지도 대꾸하지도 않았다. 그는 아무 말 없이 입을 꾹 다물고 서 있었다. 꼭 죽었다가 되살아난 사람 같았다.

브랜드는 러틀리지의 어깨를 거칠게 움켜쥐었다. "그 애를 봤다니, 러틀리지! 아내에게 뭐라고 했길래 우리에게 이렇게 더러운 거짓말을 지껄이는 거야?"

러틀리지는 움직이지 않았다. "거짓말이 아닙니다."

브랜드가 러틀리지의 어깨에서 손을 뗐다. 브랜드는 황소같이 억센 사내였지만, 러틀리지의 표정과 말투에 말로 표현할 수 없는 공포를 느낀 것처럼 보였다.

"거짓말이 아니라고? 그렇다면 자네는 완전히 미친 거야, 아닌가?"

그때 러틀리지 부인이 입을 뗐다. "그이는 거짓말하는 게 아니에요. 미치지도 않았고요. 저도 그들을 *봤다고* 말씀드리지 않았던가요?"

브랜드가 다시 웃음을 터뜨렸다. "남편과 죽은 사람?"

"네."

"레이머 연못가에서?"

"네."

"그러면 그게 도대체 언제입니까?"

"그제요."

이상야릇한 이유로 모인 그들에게 침묵이 덮쳤다. 시간이 얼마간 흐르고 마침내 히벤이 브랜드에게 말을 걸었다. "브랜드, 내 생각엔 아무래도 이야기를 끝까지 들어봐야 할 것 같네."

브랜드는 잠시 생각에 빠져서 잠자코 서 있었다.

보즈워스는 두껍고 푸르스름한 아랫입술 가장자리에 자그마한 침방울을 달고서 언짢은 표정으로 멍하니 서 있는 브랜드가 어딘가 동물 같기도 하고 원시인 같기도 하다고 생각했다.

브랜드는 천천히 다시 의자에 앉았다. "끝까지 들어보도록 하지."

보즈워스와 히벤, 러틀리지 부인은 그대로 의자에 앉아 있었다. 러틀리지는 법정에 선 죄수처럼, 아니 더 정확히는 의사 앞의 환자처럼 그들 앞에 서 있었다.

보즈워스는 러틀리지의 야윈 얼굴을 자세히 뜯어보았다. 러틀리지의 피부는 햇볕에 심하게 탄 것처럼 시커멓게 변해 있었다. 알 수 없는 열병 때문에 얼굴이 안으로 폭삭 내려앉은 것 같았다.

그러자 보즈워스에게 어쩌면 러틀리지 부부가 진실을 말하고 있을지도 모른다는 생각이 서서히 떠올랐다. 지금 이 순간 러틀리지 부부는 금지된 불가사의의 가장자리에 위태롭게 서 있을지도 몰랐다.

이성적인 사람이라면 단칼에 거부했겠지만, 두 눈으로 러틀리지를 보고 그가 한 해 전에 어떤 모습이었는지 떠올리고 나니 더는 이 황당무계한 생각을 쉽게 거부할 수 없었다.

그렇다.

히벤 집사가 말했듯이 그들의 이야기를 끝까지 들어봐야 했다.

"그럼 앉게나, 러틀리지. 우리에게 다 말해주지 않겠나?" 히벤이 자연스럽게 말하려고 애쓰면서 러틀리지에게 제안했다.

러틀리지 부인이 의자 하나를 앞으로 밀자 러틀리지가 그 의자에 앉았다. 그는 두 팔을 뻗어서 거무튀튀하고 앙상한 손가락으로 무릎을 움켜쥐었다. 그렇게 앉더니 미동도 하지 않았다. 고개도 눈도 돌리지 않았다.

"자, 러틀리지…," 히벤이 계속 말을 이어갔다. "자네 아내의 말을 들어보니, 자네는 우리에게서 도움을 받을 수 있다고 생각하는 것 같던데. 이 문제가 뭐든지 말이야."

러틀리지가 회색 눈을 약간 더 크게 떴다. "아닙니다. 제 생각이 아니에요. 할 수 있는 일이라면 시도해보자고 했던 건 아내였습니다."

"그렇다고 하더라도 자네 역시 우리를 부르는 데 동의했겠지? 그러면 우리가 질문을 좀 해도 괜찮겠나?"

러틀리지는 잠시 말이 없더니 힘겹게 대답했다. "네…, 괜찮습니다."

"좋아. 자네는 아내가 하는 말을 들었나?"

러틀리지가 고개를 살짝 끄덕였다.

"그러면 자네는 뭐라고 말할 텐가? 어떻게 설명할 텐가?"

러틀리지 부인이 끼어들었다. "그가 어떻게 설명하겠어요? 제가 그들을 봤다니까요."

다시 침묵이 찾아왔다. 보즈워스가 기운을 북돋는 편안한 말투로 말하려고 애쓰면서 질문했다. "그게 사실인가요, 러틀리지 씨?"

"사실이라네."

브랜드가 언짢은 표정을 지으며 고개를 치켜들었다. "자네는 지금…, 우리 모두 앞에 앉아서 그런 말을…,"

히벤이 손을 들어 브랜드를 제지했다. "잠깐, 브랜드. 지금 우리 모두 사실을 확인하려고 하는 걸세, 안 그런가?" 그가 러틀리지를 바라보며 물었다. "우리 모두 자네의 아내가 하는 말을 들었어. 자네는 뭐라고 말할 텐가?"

"뭐라고 할 말이 있는지 모르겠군요. 아내가 우리를 발견했어요."

"그러면 자네와 함께 있었다는 사람이…, 자네가 말하는 사람이…," 히벤의 가냘픈 목소리가 더 가늘어졌다. "오우라 브랜드인가?"

러틀리지가 고개를 끄덕였다.

"죽은 사람과 만났다는 걸…, 자네도 알고 있나? 아니…, 안다고 생각하는 건가?"

러틀리지가 다시 고개를 끄덕였다.

바깥에서는 여전히 눈발이 쏟아져 내리며 창문을 때렸다. 보즈워스는 하늘에서 시신을 감싸는 하얀 수의가 떨어져 그들 모두를 덮고 이 집을 공동묘지로 만드는 것 같다고 느꼈다.

"자네가 지금 무슨 말을 하는 건지 생각해보게! 그건 우리 종교를 부정하는 말이야! 오우라…, 그 가여운 애는…, 1년도 더 전에 세상을 떴어. 내가 그 애 장례식에서 자네를 직접 보기까지 했는데. 러틀리지, 어떻게 그리 말할 수 있나?"

"그이가 뭐라고 할 수 있겠어요?" 러틀리지 부인이 끼어들었다.

다시 정적이 찾아왔다. 보즈워스는 할 말을 잃었다. 브랜드는 다시 깊은 생각에 잠겼다. 히벤은 덜덜 떨리는 손으로 깍지를 끼고 마른 입술을 핥았다.

"그제가 처음이었나?" 히벤이 물었다.

러틀리지는 고개를 가로저었다.

"처음이 아니라고? 그러면 언제…."

"1년 전 밤에, 그런 것 같습니다."

"맙소사! 그러면 그날 이후로 쭉?"

"뭐…, 그이가 지금 어떤 모습인지 한 번 보세요." 러틀리지 부인이 말했다.

손님 세 명은 모두 눈을 내리깔았다.

잠시 후 보즈워스는 애써 마음을 가라앉히며 히벤을 힐끗 쳐다보고 말했다. "러틀리지 씨에게 직접 이야기해보라고 하는 게 어떻겠습니까? 그러려고 여기에 왔으니까요."

"그래, 그게 좋겠군." 히벤이 동의하며 러틀리지에게 다시 말을 걸었다. "자네가 이야기해보겠나? 그…, 어떻게 이 일이 시작됐는지 말이야."

다시 침묵이 찾아왔다. 러틀리지는 뼈가 앙상한 무릎을 더 세게 움켜쥐었다. 정면만 빤히 바라보는 그의 시선은 기이하게도 초점이 없는 것 같았다.

이윽고 그가 입을 뗐다. "그게, 한참 전에 시작된 것 같습니다. 심지어 제가 결혼하기 전부터…."

러틀리지는 낮은 목소리로 기계처럼 말했다. 눈에 보이지 않는 존재가 러틀리지에게 대사를 불러주고 있는 것 같았다. 더 정확히는 그런 존재가 러틀리지 대신 말하는 것 같았다. "아시겠지만…," 그가 덧붙였다. "저는 오우라와 결혼하기로 되어 있었습니다."

브랜드가 고개를 치켜들더니 끼어들었다. "뭐라고? 똑바로 말해!"

"그러니까 우리가 가까웠다는 말입니다. 하지만 오우라는 너무 어렸죠. 그래서 제가 그녀를 떠나보냈습니다. 그녀는 거의 3년 동안 이 마을을 떠나 있었죠. 나중에야 돌아왔지만…, 그때는 제가 다른 여자와 결혼한 상태였습니다."

"그래, 그렇지." 브랜드가 대꾸하더니 다시 입을 다물었다.

"그러면 자네는 그녀가 돌아오고 나서 다시 만났나?"

"살아 있는 모습으로요?" 러틀리지가 되물었다.

그러자 방 안의 모두가 몸서리쳤다.

"음, 그렇지…." 히벤이 소심하게 대답했다.

러틀리지는 잠시 생각에 잠긴 듯했다. "한 번 만났습니다. 딱 한 번이요. 단둘은 아니었고, 주변에 다른 사람들도 많았습니다. 콜드 코너스 장날이었죠."

"그때 오우라와 대화도 했었나?"

"아주 잠깐이요."

"그녀가 뭐라고 하던가?"

러틀리지의 목소리가 더 낮아졌다. "병이 들어서 앞으로 살 날이 얼마 남지 않았다고 말했습니다. 죽으면 다시 저를 *찾아오겠다고* 했습니다."

"그래서 뭐라고 대답했나?"

"아무 말도요."

"그때는 그 말을 듣고 무슨 생각이 들었지?"

"글쎄…, 별생각이 없었습니다. 그녀가 눈을 감았다는 소식을 듣고 나서야 그 말을 다시 떠올리게 됐죠. 제가 그 말을 다시 생각해낸 후로 그녀가 저를 끌어낸 것 같습니다.” 그가 마른 입술을 혀로 핥아 적셨다.

“그 연못가의 폐가로 자네를 끌어냈다고?”

러틀리지는 고개를 살짝 끄덕였다.

히벤이 다시 물었다. “그녀가 자네를 부른다는 사실을 어떻게 알았나?”

“그녀가…, 그냥 저를 끌어냈습니다….”

이후로 오랫동안 침묵이 흘렀다. 보즈워스는 자기 자신은 물론이고 히벤과 브랜드마저 계속해서 물어봐야 하는 질문의 무게에 짓눌리고 있다는 사실을 눈치챘다.

러틀리지 부인은 두어 번쯤 작은 입을 열었다가 다시 다물었다. 바닷가로 떠밀려온 조개가 파도를 간절히 바라며 입을 뻐끔뻐끔 벌리는 것 같았다. 러틀리지는 아무 말 없이 다음 질문을 기다렸다.

“자, 그럼, 러틀리지. 하던 이야기를 계속해주겠나?” 히벤이 다시 말을 걸었다.

“이게 전부입니다. 더는 할 말이 없습니다.”

히벤이 낮은 목소리로 다시 물었다. “그녀가 그냥 자네를 끌어냈다고?”

“네.”

“자주?”

“그랬습니다….”

“그런데 말이야. 그녀가 늘 자네를 그 폐가로 끌어냈다고 하더라도 자네가 그곳을 멀리할 수 있었을 텐데?"

그러자 러틀리지가 처음으로 힘겹게 고개를 돌려서 히벤을 바라보았다. 그가 기괴한 미소를 짓자 핏기없이 창백한 입술이 얇아졌다. "아무 소용도 없었습니다. 그녀가 저를 쫓아다니니까요…."

또 정적이 내려앉았다. 그들이 무엇을 더 물어볼 수 있을까?

러틀리지 부인이 있는 자리에서는 더더욱 물어볼 수 없었다.

히벤은 문제에 집중해보려고 발버둥 쳤지만, 도저히 아무런 생각도 떠오르지 않는 것 같았다.

한참 후에 히벤이 더 권위적인 말투로 이야기했다. "이건 있어서는 안 되는 일이야. 자네도 알지 않나, 러틀리지. 기도는 해보았나?"

러틀리지는 고개를 저었다.

"지금 우리와 함께 기도해보겠나?"

러틀리지는 종교적으로 조언하려는 히벤에게 얼음장처럼 싸늘한 눈길을 던졌다. "기도하고 싶으시다면 따르겠습니다."

러틀리지가 대꾸하는데 그의 부인이 끼어들었다. "기도해봤자 아무런 도움도 안 돼요. 이런 상황에선 아무짝에도 쓸모가 없죠.

다들 아실 텐데요. 제가 히벤 집사님을 부른 건 집사님께서 이 교구에서 벌어진 비슷한 일을 기억하고 계시기 때문이에요.

30년 전 일이죠, 아마. 아시잖아요. 레퍼츠 내쉬요.

기도가 그의 문제를 해결해줬던가요?

그때 저는 아주 어렸지만, 겨울밤이면 부모님과 친척들이 내쉬에 관해 이야기하는 걸 듣곤 했어요. 레퍼츠 내쉬와 해나 코리. 사람들이 해나 코리의 심장에 말뚝을 박았죠. 그러고 나니까 내쉬가 멀쩡해졌어요."

"오!" 보즈워스가 비명을 질렀다.

브랜드가 다시 고개를 치켜들었다. "지금 이 문제가 그 옛날 일과 같다고 말하는 거요?"

"아닌가요? 지금 제 남편은 레퍼츠 내쉬처럼 시들어가고 있어요. 집사님께서는 아실 거예요."

히벤은 불안한 듯 의자에서 움찔거렸다. "이건 있어서는 안 될 일이야…." 그가 같은 말을 되풀이했다. "부인 말대로 지금 러틀리지는 자기가 유령에게 시달린다고 꽤 진지하게 믿는 것 같군요. 그래요, 그렇다고 칩시다. 하지만 그…, 죽은 여자가…, 그 가여운 아이의 유령이라는 증거가 어디에 있습니까?"

"증거라뇨! 그이가 말하지 않았나요? 그녀가 그이에게 말하지 않았던가요? 제가 그들을 봤다고 하지 않았나요?" 러틀리지 부인은 악을 쓰듯 소리쳤다.

보즈워스와 히벤, 브랜드는 말이 없었다. 그러자 러틀리지 부인이 다시 한번 불쑥 소리쳤다. "심장에 말뚝을 박아야 한다고요! 그게 오래된 해결책이에요. 유일한 방법이라고요. 집사님은 아시잖아요!"

"고인을 방해하는 건 우리 종교에 어긋나는 일이오."

"지금 제 남편처럼 다 죽어가는 사람을 이대로 죽게 내버려 두는 건 우리 종교에 어긋나는 일이 아닌가요?"

그녀는 벌떡 일어서더니 응접실 구석으로 달려가 성경책을 집어 왔다. 테이블에 책을 내려놓고 창백한 손가락 끝에 침을 묻히더니 빠르게 종잇장을 넘겼다. 원하는 페이지가 나오자 그녀는 손으로 책을 꾹 눌렀다. 그 손은 꼭 돌로 만든 문진처럼 보였다.

"여기를 보세요." 그녀는 침착하고 단조로운 목소리로 성경 구절을 크게 읽었다.

"*너는 마녀를 살려두지 말지니라*. 출애굽기에 나오는 말이에요. 여기에 나오잖아요." 러틀리지 부인은 증거를 보여주고 싶은지 성경을 그대로 펼쳐둔 채 덧붙였다.

보즈워스는 테이블에 둘러앉은 사람들의 얼굴을 차례대로 힐끔 바라보았다. 그는 그들 중 가장 젊었고, 마을 바깥의 현대적인 세상을 더 많이 겪어보았다.

그는 스타크필드나 필딩 하우스의 술집에서 다른 사내들과 어울려 떠들면서 유령이니 마녀니 하는 실없는 미신 이야기를 비웃곤 했다. 그러나 그도 어쩔 수 없는 론탑 출신이었다.

그는 춥고 황량한 론탑에서 태어나 청년 시절 내내 벌벌 떨고 굶주리면서 햄록 카운티의 혹독한 겨울을 보냈다. 양친이 세상을 뜨고 직접 농장을 꾸려야 할 처지가 됐을 때 그는 농장을 더 크게 키워놓았다.

더 발전한 농사법을 사용하고, 점점 늘어나는 여름철 하숙인에게 우유와 채소를 안겨주고 일꾼으로 고용한 덕분이었다. 젊은 나이에도 카운티에서 입지를 탄탄하게 쌓은 그는 노스 애쉬무어의 행정 위원으로도 뽑혔다.

그러나 먼 과거는 그의 내면에 여전히 깊게 뿌리를 내리고 있었다. 그는 어렸을 때 어머니와 함께 브랜드의 농장 뒤편에 있는 음산한 언덕 위 농장에 일 년에 두 번씩 방문했던 일을 잊지 못했다.

그 농장에는 크레시도라 체니 이모할머니가 창문에 쇠창살이 달린 춥고 휑한 방에 몇 년째 갇혀 있었었다. 이모할머니는 체구가 작고 창백한 노파였다. 그가 어머니와 함께 방문하는 날이면, 다른 이모할머니들이 그녀를 *얌전하게* 만들곤 했다.

어린 보즈워스는 왜 체니 이모할머니의 방에 쇠창살이 달려 있는지 궁금했다. 그는 어머니에게 이모할머니가 "새장 속 카나리아 같다"라고 말했다.

그러자 어머니는 생각에 잠겨 이야기했다. "다른 이모들이 체니 이모를 너무 외롭게 가둬두는 것 같아."

어린 보즈워스는 어머니의 손을 잡고 다시 언덕 위 농장을 방문했을 때 카나리아 한 마리를 작은 새장에 넣어서 가져갔다. 체니 이모할머니에게 줄 깜짝 선물이었다. 그는 이모할머니가 그 선물을 받으면 행복해하리라는 사실을 알았다.

새를 보자 늘 뻣뻣하게 굳어 있던 체니 이모할머니의 얼굴이 환하게 밝아졌다. 눈도 기쁨으로 반짝거렸다. "이건 내 거야."

이모할머니는 곧장 부드럽고 여윈 손을 새장으로 뻗었다.

"물론, 이모 거예요." 보즈워스의 어머니가 대답했다. 어머니의 눈에는 눈물이 고여 있었다.

카나리아는 노파의 손이 드리우는 그림자에 화들짝 놀라서 미친 듯이 날개를 파닥거렸다. 그러자 체니의 차분한 얼굴이 별안간 씰룩거리며 경련했다.

"너, 이 악마 자식!" 체니는 날카로운 고음으로 소리쳤다. 그녀는 새장 안으로 손을 거칠게 밀어 넣고 겁에 질린 카나리아를 꺼내더니 목을 비틀었다. 그리고 아직 온기가 가시지 않은 카나리아 사체에서 털을 잡아 뜯으면서 끽끽거리는 목소리로 고함쳤다. "악마야, 악마야!"

사람들이 어린 보즈워스를 그 방에서 끌고 나갔다. 집으로 돌아가는 길에 보즈워스의 어머니가 눈물을 펑펑 쏟으면서 말했다. "누구에게든 가여운 체니 이모가 미쳤다고 절대 말하면 안 돼. 안 그러면 사람들이 찾아와서 스타크필드의 정신병원에 이모를 가둬버릴 거야. 그 수치스러운 일이 우리 모두를 죽일 거란다. 그러니 약속하렴."

보즈워스는 절대로 이모할머니의 일을 입 밖에 내지 않겠다고 약속했다.

보즈워스는 지금 다시 그 장면을, 이모할머니를 둘러싼 불가사의한 비밀과 소문을 떠올렸다. 그 장면은 보즈워스의 의식 아래에 숨어 있다가 이제 새롭게 슬며시 떠오르는 생각들과 교차했다.

그는 자기가 알고 있던 노인들, '그런 것들을 믿는' 그 사람들이 결국에는 옳았다는 생각이 들었다.

노스 애쉬무어에서도 마녀를 화형에 처하지 않았던가? 요즘에도 여름철 여행객들이 마녀재판이 열렸던 예배당을 구경하러 가지 않던가? 마녀를 집어던졌던 연못, 마녀의 시신이 떠올랐던 그 연못을 구경하러 가지 않던가?

히벤 집사는 마녀 이야기를 믿고 있다. 보즈워스는 확신할 수 있었다. 아니라면, 가축이 해괴한 병에 걸리거나, 자식이 입에 거품을 물고 쓰러져서 어디 가둬야 할 때마다 왜 사람들이 히벤을 찾아가겠는가? 그렇다. 히벤 집사는 하나님을 믿지만, *알고 있었다*.

그러면 브랜드는? 보즈워스는 잊고 있던 기억을 또 하나 떠올렸다. 화형을 당했던 노스 애쉬무어의 그 여자 성씨도 브랜드였다. 브랜드와 같은 집안사람일 것이다. 브랜드 가문은 햄록 카운티에 백인이 이주해온 이후로 쭉 이곳에 살았으니 틀림없다.

보즈워스는 어렸을 때 부모님이 하던 말도 생각났다. 부모님은 브랜드가 사촌과 결혼하면 안 될 일이었다고 말하곤 했다.

근친혼이기 때문이었다. 하지만 브랜드 부부는 건강한 딸을 둘이나 낳았다. 브랜드의 아내가 점점 여위어가다가 마침내 세상을 떴을 때도 그녀의 정신에 문제가 있었다고 생각하는 사람은 아무도 없었다.

브랜드의 딸 오우라와 버네사는 인근에서 가장 아름다웠다.

브랜드도 그 사실을 잘 알았다. 그는 검소하게 생활하며 힘겹게 모은 돈으로 큰딸 오우라를 스타크필드로 보내서 회계를 배우게 했다. "언니가 시집가면, 너도 스타크필드로 보내주마."

그는 더 아꼈던 작은딸 버네사에게 이렇게 말하곤 했다.

오우라는 결혼하지 않았다. 그녀는 3년 동안 스타크필드로 나가서 생활했고, 그동안 버네사는 론탑의 언덕비탈에서 제멋대로 날뛰었다.

마침내 론탑으로 돌아온 오우라는 병을 앓다가 눈을 감았다.

얼마나 가여웠던지! 그 후로 브랜드는 더 사납고 무뚝뚝해졌다. 그는 근면한 농부였지만, 척박한 베어클리프 땅을 뼈 빠지게 일구어봤자 수확은 형편없었다.

그가 아내를 먼저 떠나보낸 후로 술독에 빠져 산다는 소문도 돌았다. 사람들은 이따금 스토츠베리의 지저분한 '싸구려 술집'에서 그와 마주치기도 했다. 물론 자주 있는 일은 아니었다.

브랜드는 돌투성이 농지에서 땀 흘려 일했고, 최선을 다해서 딸을 키웠다. 인적이 끊기다시피 한 콜드 코너스의 공동묘지에는 브랜드의 아내 이름이 새겨진 묘비가 비스듬히 기운 채 서 있다.

그리고 1년 전, 브랜드는 아내의 무덤 근처에 큰딸을 묻었다.

마을 사람들은 가을날 해 질 녘이면 그가 아내와 큰딸의 무덤 사이를 느릿느릿 걷거나 가만히 서서 묘비를 내려다보는 모습을 보곤 했다. 그는 무덤가에 꽃 한 송이 가져가는 일도 없었고, 무덤 근처에 꽃나무를 심는 일도 없었다. 버네사도 마찬가지였다. 버네사는 너무 거칠고 무식했다.

러틀리지 부인이 재차 말했다. "출애굽기에 나오는 말이라고요."

보즈워스와 히벤, 브랜드는 말없이 애꿎은 모자만 손에 쥐고 만지작거렸다. 손님들을 마주 보고 앉은 러틀리지는 텅 비어서 투명해 보이는 눈으로 앞만 빤히 응시했다. 보즈워스는 러틀리지의 눈이 무서웠다. 그는 도대체 *뭘 보*는 걸까?

"정말로 배짱 있는 분은 없는 건가요?" 러틀리지 부인이 발작이라도 하듯 다시 버럭 소리를 질렀다.

히벤이 고개를 들고 대꾸했다. "말도 안 되는 일입니다, 부인. 배짱이 있느냐 없느냐의 문제가 아니죠. 우리가 무엇보다 원하는 건…, 증거입니다…."

"저도 동의합니다." 보즈워스가 거들었다. 그의 마음속에서 안도감이 샘솟았다. 히벤의 말은 그의 가슴에 웅크리고 있던 시커먼 뭔가를 들어낸 것 같았다.

보즈워스와 히벤은 저도 모르게 브랜드를 힐끔 바라보았다.

브랜드는 자리에서 일어나 있었다. 그는 아무 말 없이 으스스한 미소만 짓고 있었다.

"자네도 동의하지 않나, 브랜드?" 히벤이 브랜드에게 대답을 요구했다.

"유령이 돌아다닌다는 증거 말입니까?" 브랜드가 비웃으며 대꾸했다.

"글쎄, 자네도 이 문제를 해결하고 싶어 하는 줄 알았는데?"

브랜드가 어깨를 똑바로 펴며 대답했다. "그렇죠, 저도 해결하고 싶습니다. 하지만 저는 심령론 같은 걸 믿지 않아서요. 이 문제를 도대체 어떻게 해결하신다는 겁니까?"

히벤이 곧바로 대답하지 못하고 머뭇거리다 날카로운 말투로 말했다. "한 가지 방법밖에 없는 것 같네. 러틀리지 부인이 했던 대로 할 수밖에 없어."

잠시 침묵이 이어졌다.

"뭐라고요?" 브랜드가 다시 비웃었다. "몰래 숨어서 지켜보자고요?"

히벤의 목소리가 더 낮게 가라앉았다. "만약 그 가여운 애가 정말로 이승을 돌아다닌다면…, 그게 정말로 자네의 딸이라면…, 자네가 가장 먼저 나서서 그 아이를 진정시켜야 하지 않겠나?

우리 모두 이와 비슷한 사건이 있었다는 걸 잘 알지 않나. 이승의 존재가 아닌 것들이 불가사의하게 나타나곤 하지. 여기서 누가 이 사실을 부인할 수 있겠어?"

"저는 그들을 분명히 봤어요." 러틀리지 부인이 또 끼어들었다.

다시 무거운 침묵이 감돌았다. 별안간 브랜드가 러틀리지를 뚫어지도록 노려봤다. "이봐, 러틀리지! 자네가 이 망할 중상모략을 해결해. 아니면 내가 그 속셈을 파헤칠 테니까. 자네는 먼저 간 내 딸이 자네에게 찾아왔다고 했지?"

브랜드가 힘겹게 숨을 몰아쉬더니 러틀리지에게 쏘아붙였다.

"언제야? 당장 말해 봐. 그러면 나도 그 폐가에 가보겠어."

러틀리지는 고개를 살짝 숙이고 창문에 눈길을 던졌다. "해질 무렵입니다. 대체로요."

"그 애가 부르기 전에 미리 알 수 있나?"

러틀리지가 고개를 끄덕였다.

"좋아, 그럼, 내일…. 내일 괜찮나?"

러틀리지가 다시 고개를 끄덕였다.

브랜드가 문가로 걸어가며 마지막 말을 남겼다. "내일 거기에 가 있겠네." 브랜드는 다른 이들에게 눈길조차 주지 않고 아무런 인사도 없이 그대로 성큼성큼 걸어서 밖으로 나갔다.

히벤 집사는 러틀리지 부인을 바라보았다. "우리도 내일 가도록 하지요."

러틀리지 부인이 아무 말도 하지 않았지만, 히벤은 그녀에게서 부탁을 받기라도 한 것처럼 말했다.

보즈워스는 그녀의 가냘픈 몸이 덜덜 떨리는 것을 보았다.

그는 히벤과 함께 눈이 내리는 집 밖으로 다시 나오자 기분이 한결 나아졌다.

보즈워스와 히벤은 브랜드가 혼자 있고 싶을 거로 생각했다.

그들은 브랜드가 말고삐를 풀고 먼저 떠날 수 있도록 일부러 헛간으로 곧장 가지 않고 문가에서 서성거렸다. 보즈워스는 담배를 피우고 싶은 마음이 전혀 없었지만, 괜히 주머니를 더듬어서 파이프를 찾았다.

그런데 브랜드가 보즈워스와 히벤에게 되돌아왔다. "내일 레이머 연못가에 오실 거죠? 다른 증인도 있었으면 해서요. 해 질 녘에 봅시다."

두 사람은 고개를 끄덕였다. 브랜드는 말을 썰매에 매고 채찍으로 옆구리를 철썩 쳤다. 말은 눈이 높이 쌓인 솔송나무 아래로 달려 나갔다. 보즈워스와 히벤은 그제야 헛간으로 걸어갔다.

"이 문제를 어떻게 하실 겁니까, 집사님?" 보즈워스가 침묵을 깨려고 말을 건넸다.

히벤이 고개를 가로저었다. "그는 병이 들었어. 그건 확실하지. 뭔가가 그에게서 생명의 기운을 *빨아들이고* 있어."

차가운 바깥 공기를 들이마시고 정신을 되찾은 보즈워스는 이성적으로 대꾸했다. "글쎄…, 제가 보기에는 학질에 심하게 걸린 것 같던데요."

"뭐, 그렇다면 정신이 학질에 걸렸다고 해야겠지. 그의 머리가 병든 거야."

보즈워스가 어깨를 으쓱했다. "햄록 카운티에서 이런 증상을 보인 사람이 러틀리지가 처음은 아니니까요."

"맞아." 히벤이 동의했다. "머릿속에 벌레가 있는 거야. 고독이라는 벌레."

"아무튼, 내일 이 무렵이면 알게 되겠죠."

보즈워스는 힘겹게 썰매에 올라탔다. 그가 말을 몰아 나서려는데 히벤 집사가 부르는 소리가 들렸다. 히벤은 말 편자가 하나 빠졌다고 설명하면서 괜찮다면 노스 애쉬무어 대장간까지 태워달라고 부탁했다.

그는 말이 편자도 없이 꽁꽁 얼어버린 눈 위를 위태롭게 달리게 두고 싶지 않다고 했다. 대장장이의 썰매를 타고 다시 러틀리지의 헛간으로 돌아와 편자를 갈아 끼울 생각이라고 덧붙였다.

보즈워스는 곰 가죽으로 만든 담요 아래로 히벤이 탈 자리를 만들었다. 두 사람을 태운 썰매가 출발했다. 뒤에서 히벤의 암말이 어리둥절한 채 히힝 하고 우는 소리가 들려왔다.

보즈워스는 집으로 가는 길이 아니라 다른 길로 말을 몰았다. 노스 애쉬무어 대장간으로 가는 가장 빠른 길은 레이머 연못 근처를 지나는 길이다.

대장간으로 가는 일이 급했던 보즈워스는 연못가를 지나칠 때 그 폐가를 보아야 한다는 사실을 개의치 않았다. 보즈워스도 히벤도 가는 내내 아무 말이 없었다.

어느새 눈이 그쳤다. 수정처럼 맑은 하늘에서 노을이 퍼져나가고 있었다. 썰매가 탁 트인 언덕마루로 올라가자 찌르는 듯한 얼얼한 바람과 흩날리는 얼음 조각이 얼굴로 날아들었다.

레이머 연못 근처 골짜기에는 공허한 적막만 감돌았다. 공기마저 텅 비어버려 종을 아무리 쳐도 절대 소리가 울리지 않을 것 같았다. 두 사람은 각자 생각에 잠겼다. 썰매는 느릿느릿 나아갔다.

"저게 그 집이로군…. 저기 멀리, 다 허물어져 가는 판잣집. 그렇지 않은가?" 썰매가 얼어붙은 연못 근처에 이르자 히벤이 말을 꺼냈다.

"네. 저 집입니다. 세상을 등지고 사는 별난 놈이 오래전에 지었답니다. 저희 아버지께서 알려주셨죠. 그 사람 이후로 집시 말고는 아무도 저 집을 이용하지 않았을 겁니다."

보즈워스는 고삐를 당겨 말을 멈춰 세웠다. 그는 노을에 보랏빛으로 물든 소나무 둥치 너머로 금방이라도 쓰러질 것 같은 집을 바라보았다. 탁 트인 땅에는 여전히 햇빛이 반짝였지만, 소나무 아래는 땅거미가 어둑하게 깔려 있었다.

보즈워스는 날카로운 소나무 가지 사이로 금성을 보았다. 금성은 푸른 바다에 뜬 하얀 쪽배처럼 보였다.

그는 깊이를 알 수 없는 하늘에서 시선을 돌려 눈이 울퉁불퉁하게 쌓인 땅을 바라보았다.

여기에, 이 시리도록 춥고 고독한 곳에, 그가 거들떠보지도 않고 지나치곤 했던 다 쓰러져 가는 폐가 안에, 상상할 수도 없을 만큼 깊고 어두운 미스터리가 벌어지고 있다고 생각하자 기이한 불안감이 밀려왔다.

바로 앞에 펼쳐진 언덕비탈 아래에는 콜드 코너스 공동묘지가 있었다. '오우라 브랜드'라고 불리는 존재가 그곳에서 일어나 이 연못가로 왔을 것이다. 보즈워스는 심장이 쿵쿵 뛰어서 숨이 막힐 것만 같았다. 그때 그가 불쑥 소리쳤다. "저것 좀 보세요!"

그는 썰매 밖으로 튀어 나가서 눈이 쌓인 언덕비탈을 향해 비틀거리며 달려갔다. 폐가로 이어지는 눈 덮인 길에서 여자 발자국을 발견했다. 발자국은 두 개, 아니 세 개였다. 아니 더 많았다. 히벤도 보즈워스를 따라서 허둥지둥 달려왔다. 그들은 발자국을 물끄러미 바라보았다.

"맙소사, 맨발이잖아!" 히벤이 헉하고 숨을 내쉬었다. "그러면 이게…, *죽은 그 아이의 발자국이군*…."

보즈워스는 아무 말도 하지 않았다. 그는 살아있는 사람이라면 아무도 맨발로 얼어붙은 언덕을 건너지 않으리라는 사실을 잘 알았다.

이 발자국, 그들이 두 눈으로 똑똑히 본 발자국은 히벤이 요구했던 증거였다. 이제 이 증거로 어찌해야 할까?

"더 가까이 가봐야 할 거 같네. 저 연못 쪽으로, 폐가에 더 가까이." 히벤이 흐리멍덩한 목소리로 말했다. "그러면 아마…."

두 사람은 잠시 마음을 진정시키고 다시 썰매에 올라타 말을 몰았다. 그들은 큰길에서 벗어나 덤불이 우거진 가파른 비탈 아래로 난 연못길로 들어섰다.

썰매는 200미터 정도 나아가다가 굽이진 연못을 따라 오른쪽으로 급하게 방향을 틀었다. 방향을 틀자마자 브랜드의 썰매가 보였다. 썰매는 비어 있었고, 말은 근처 나무 둥치에 매여 있었다. 보즈워스와 히벤은 다시 서로를 바라보았다. 레이머 연못을 통과하는 길은 브랜드의 집으로 이어지는 길이 아니었다.

틀림없이 브랜드도 두 사람과 똑같은 충동을 이기지 못하고 말을 멈춰 세웠을 것이고, 버려진 판잣집에 서둘러 왔을 것이다. 그가 유령의 발자국도 발견했을까? 어쩌면 그 발자국 때문에 썰매를 내버려 둔 채 폐가로 갔을지도 모른다.

보즈워스는 곰 가죽 담요를 덮고 있으면서도 온몸을 덜덜 떨며 중얼거렸다. "신이시여, 어둠이 다가오고 있지 않기를…."

보즈워스는 브랜드의 말 근처에 그의 말을 묶었다. 그와 히벤은 아무 말 없이 브랜드의 커다란 발자국을 따라 눈밭을 걸어갔다.

두 사람은 겨우 몇십 걸음 만에 브랜드를 따라잡을 수 있었다. 브랜드는 두 사람이 뒤따라오는지 전혀 모르고 있다가 보즈워스가 부르는 소리에 멈춰서 뒤돌아보았다.

브랜드의 투박한 얼굴이 흐릿하게 보였다. 어스름한 땅거미

속에서 그의 얼굴은 어두운 얼룩 같았다. 브랜드가 두 사람을 멍하니 쳐다보았다. 놀라는 기색은 아니었다.

"이곳을 한번 보고 싶어서." 브랜드는 이렇게만 말했다.

히벤이 헛기침을 했다. "잠시 둘러보게…, 그래. 우리도 그렇게 생각했다네. 하지만 가봤자 볼 게 없을 것 같군…." 그가 싱긋 웃으려고 애썼다.

브랜드는 히벤의 말을 듣는 것 같지 않았다. 그는 소나무 사이로 힘겹게 나아가기만 했다. 세 사람은 폐가 앞의 공터에 도착했다. 탁 트인 땅으로 나오니 어두운 밤을 소나무 그늘 아래 남겨두고 온 듯했다.

금성이 티끌 하나 없는 새하얀 눈 위에 빛을 둥그렇게 드리웠다. 그때 브랜드가 불쑥 멈춰 섰다. 그는 빛을 받고 서서 폐가로 이어지는 발자국을 가리켰다. 여자가 눈밭을 밟고 지나간 흔적이었다. 브랜드는 꼼짝 않고 서 있었다. 그의 얼굴이 씰룩였다. "맨발이야…."

히벤이 떨리는 목소리로 말했다. "죽은 그 아이의 발자국일세."

브랜드는 여전히 미동도 하지 않았다. "죽은 그 아이의 발자국…." 그가 히벤의 말을 되풀이했다.

히벤은 떨리는 손을 브랜드의 팔에 얹었다. "이만 가세, 브랜드. 제발 가세."

브랜드는 가만히 서서 눈에 찍힌 발자국을 내려다보았다. 그 발자국은 끝없이 펼쳐진 하얀 눈밭 위에 여우나 다람쥐의 발자국처럼 사뿐히 찍혀 있었다.

보즈워스는 생각에 잠겼다. '살아 있는 사람이 저렇게 가볍게 걸을 수는 없어. 오우라 브랜드도 살아 있을 때 저렇게 걷지는 못했을 거야.' 뼛속까지 한기가 밀려드는 것 같았다. 그의 이가 딱딱 맞부딪쳤다.

별안간 브랜드가 두 사람 쪽으로 고개를 홱 돌리며 소리쳤다. "지금 갑시다!" 그는 공격이라도 할 것처럼 달려들더니 굵고 짧은 목 위의 머리를 푹 숙였다.

"지금? 지금…, 저기에?" 히벤이 숨 막히는 듯 더듬었다. "도대체 무슨 소용이 있겠나? 러틀리지가 말한 날은 내일일세."

그는 사시나무 떨듯 온몸을 떨었다.

"저는 지금 갈 겁니다." 브랜드는 폐가의 문가로 성큼 다가가서 문을 밀었다. 문이 잘 열리지 않자 그는 육중한 어깨로 문을 밀쳤다. 그러자 문이 종잇장처럼 무너졌다. 브랜드는 판잣집의 어둠 속으로 휘청이며 들어갔다. 보즈워스와 히벤도 잠시 머뭇거리다가 따라 들어갔다.

보즈워스는 집 안으로 들어가고 나서 일이 어떤 순서대로 벌어졌는지 제대로 기억하지 못했다. 눈이 멀 것처럼 새하얀 눈밭에 있다가 실내로 들어서니 완전한 암흑으로 빠져든 기분이었다.

앞을 더듬으며 문턱을 넘다가 무너진 문에서 떨어져 나온 날카로운 나뭇조각을 건드렸다. 판잣집의 어두컴컴한 구석에서 유령 같은 허연 무언가가 갑자기 튀어나오는 것을 본 것 같았다.

그때 권총이 발사되는 소리가 들렸고, 보즈워스의 팔꿈치 쪽으로 총알이 빗겨 날아들었다. 그는 비명을 내질렀다.

브랜드가 보즈워스를 지나 햇빛이 희미하게 남아 있는 바깥으로 비틀거리며 나갔다. 나뭇가지 사이로 비치는 노을빛에 붉게 물든 브랜드의 얼굴은 피에 젖은 것처럼 보였다. 그는 권총을 들고 멍하게 주변을 둘러보았다.

"그러면 그들이 *정말로* 돌아다니는 게 맞군." 브랜드가 웃음을 터뜨렸다. 그는 고개를 숙이고 총을 꼼꼼히 살펴봤다. "공동묘지보다 여기가 더 낫지. *이제는* 그 아이 무덤을 파헤치지 못할 거야!" 그가 소리 질렀다.

보즈워스는 히벤과 함께 달려 나와서 브랜드의 양쪽 팔을 붙잡고 총을 빼앗았다.

며칠 뒤 보즈워스가 점심 식사 자리에 앉자 농장 살림을 돌봐주는 누이 로레타가 소식을 들었냐고 물었다.

보즈워스는 그날 오전 내내 장작을 팼다. 어젯밤부터 다시 폭설이 내린 탓에 날씨가 지독히 추웠지만, 그는 열병에서 회복한 사람처럼 땀에 푹 젖었다.

"무슨 소식?"

"버네사 브랜드가 폐렴으로 쓰러졌대. 집사님이 그 집에 가 있다더라. 그 애가 죽어가나 봐."

그는 무심한 눈으로 누이를 쳐다봤다. 누이가 아주 멀리 몇 킬로는 더 멀리 떨어져 있는 것처럼 보였다.
"버네사 브랜드?" 그가 되물었다.
"보즈워스, 넌 그 애 싫어하잖아."
"걔는 어리잖아. 아는 것도 별로 없어."
"어쨌든." 로레타는 아무런 악의 없이 나쁜 소식에 흥미를 느끼는 사람처럼 다시 이야기했다. "그 애가 죽어가나 봐…," 그녀는 잠시 말을 멈췄다가 덧붙였다. "그 애마저 잃으면 브랜드 아저씨가 못 버틸 거야. 농장에서 혼자 죽겠지."
보즈워스가 일어나며 말했다. "말한테 찜질 좀 해주러 가야겠어." 그는 그칠 줄 모르고 떨어지는 눈 속으로 걸어 나갔다.

버네사 브랜드는 사흘 후에 묻혔다. 히벤 집사가 장례식에서 기도문을 읊었다. 보즈워스는 관을 옮기는 역할을 맡았다. 눈이 그친 덕분에 마을 사람 모두 장례식에 참석했다.
사실 어느 계절이든 장례식은 놓칠 수 없는 외출 기회였다.
게다가 어리고 아름다운 버네사 브랜드가 그렇게 갑작스러운 죽음을 맞았기 때문에 다들 이 비극에 커다란 흥미를 느꼈다(그녀는 피부가 꽤 가무잡잡하긴 했지만, 그래도 그녀가 아름답다고 생각한 사람들은 적지 않았다).
"폐가 완전히 염증 덩어리였다고 하던데요. 전에도 기관지에 문제가 있었던 것 같더라고요…. 그래서 제가 그 집 딸 둘 다 허약하다고 늘 말한 거예요. 오우라를 생각해봐요…. 걔가 어떻게 말라갔는지! 게다가 브랜드네 농장이 바깥보다 더 춥잖아요. 그 애들 엄마도 그랬죠. *그 여자도* 그렇게 똑같이 시들어갔다니까요. 그 집 외가 쪽 사람들은 오래 살지를 못하잖아요.

저기 젊은 베들러가 있네. 버네사랑 약혼했다고들 하던데….

어머, 러틀리지 부인, 실례해요. 신도석으로 바로 들어가세요. 할머니 옆에 자리가 있어요."

러틀리지 부인은 으스스한 목조 교회의 좁은 통로 사이로 조심스럽게 나아갔다. 그녀는 가장 좋은 보닛을 쓰고 있었다. 그녀가 그 모자를 쓴 모습은 삼 년 전 어떤 부인의 장례식 이후로 처음이었다. 마을 여자들은 모두 기억하고 있었다.

가늘고 긴 목 위에 보닛을 쓴 그녀의 좁은 얼굴은 그 어느 때보다 더 창백해 보였다. 그녀 특유의 신경질적인 분위기는 애도하는 자리에 특히 잘 어울렸다.

'석공이 버네사의 묘비 위에 얹으려고 조각해놓은 얼굴 같군.' 보즈워스는 자기 앞을 유유히 지나가는 러틀리지 부인을 보며 속으로 생각했다. 그는 스스로 떠올린 이 음산한 생각에 소름이 끼쳤다.

러틀리지 부인이 성경 위로 고개를 숙이며 눈을 내리깔자 보즈워스는 다시 그녀의 눈이 대리석 조각처럼 보인다고 생각했다. 성경을 움켜쥔 그녀의 앙상한 손 역시 핏기없이 창백했다.

보즈워스는 체니 이모할머니가 파닥거리는 카나리아의 목을 비틀었던 때 이후로 그렇게 창백한 손은 본 적이 없었다.

장례식이 끝났다. 버네사 브랜드가 누운 관은 언니의 무덤 옆에 안치되었다. 이웃들이 서서히 흩어졌다. 상여꾼 역할을 맡았던 보즈워스는 비탄에 빠진 브랜드에게 뭐라고 위로의 말이라도 건네야 한다는 의무감을 느꼈다.

그가 잠시 기다리자 곧 브랜드가 히벤 집사와 함께 무덤에서 돌아섰다. 세 사람은 얼마간 그대로 서 있었다. 아무도 말을 꺼내지 않았다. 브랜드의 얼굴은 빗장을 질러서 잠근 문처럼 보였다. 그의 얼굴에 난 주름은 꼭 문을 잠그는 쇠고리 같았다.

마침내 히벤이 입을 뗐다. "주님께서…,"

브랜드는 고개를 끄덕이고는 몸을 돌려 말을 매어놓은 헛간으로 걸어갔다. 보즈워스가 그 뒤를 쫓아갔다. "집까지 태워다 드릴게요." 그가 제안했다.

브랜드는 고개를 슬쩍 돌려 뒤를 쳐다보았다. "집? 무슨 집?" 그 말에 보즈워스가 뒤로 물러났다.

남자들이 말 등을 덮은 담요를 걷고 말을 썰매에 매는 동안 여자들은 서로 이야기를 주고받았다. 로레타도 그들 사이에 끼어 있었다.

보즈워스는 몇 걸음 떨어진 곳에 서서 누이를 기다렸다. 그는 러틀리지 부인의 보닛이 아낙네들 사이에서 마치 잘난 체하듯 높이 솟아 있는 모습을 보았다. 뒤에서 러틀리지 농장의 일꾼인 앤디 폰드가 썰매를 준비하고 있었다.

"러틀리지 씨는 오늘 장례식에 안 왔나 보죠?" 마을 노파 한 명이 인정 많은 얼굴로 질문을 건넸다. 노파는 늙은 거북이처럼 보이는 주름진 얼굴을 이리저리 돌려서 주변을 살펴보더니 대리석 같은 러틀리지 부인의 얼굴을 올려다보고 눈을 깜빡거렸다.

보즈워스는 러틀리지 부인이 느리고 날카로운 말투로 대꾸하는 소리를 들었다.

"네, 그이는 안 왔어요. 원래는 오려고 했죠. 그런데 바로 오늘 스토츠베리에서 친척 아주머니의 장례식이 열렸답니다. 그이는 친척 장례식에 꼭 가야 했지요. 가끔은 우리 모두 죽음의 그림자 속으로 걸어가고 있는 것 같지 않으세요?"

앤디 폰드가 썰매에 올라타자 러틀리지 부인도 마차를 향해 걸어갔다. 그때 히벤이 주저하면서 그녀에게 다가갔다. 보즈워스는 자기도 모르게 그들에게 가까이 다가섰다.

곧 히벤이 말하는 소리가 들렸다. "러틀리지가 멀쩡히 외출할 수 있다고 하니 기쁘군요."

러틀리지 부인은 뻣뻣하게 치켜든 고개를 돌리고 대리석 조각 같은 눈꺼풀을 들어 올렸다.

"네, 아마 그이는 이제 더 조용히 잠잘 수 있겠죠. 어쩌면 *그녀도* 마찬가지일 테고요. 이제 *혼자 누워있지 않아도* 되니까요."

러틀리지 부인이 묘지에서 눈에 띄는 새 무덤의 검은 흙을 턱으로 가리키며 낮은 목소리로 대꾸했다. 그녀는 썰매에 올라타 냉철한 말투로 앤디 폰드에게 말했다.

"여기 나온 김에 가게에 잠깐 들러서 비누 한 상자를 사 가야겠어."

끝.

"문학이 들려주는 삶의 지혜와 즐거움"
RAINBOW PUBLIC BOOKS

이디스 워튼의 환상 이야기

발행일 초판 2쇄 2021년 9월 30일

발행인 박성범
지은이 이디스 워튼
옮긴이 성소희
편 집 강수진, 김호준
디자인 서은주
마케팅 이선영
발행처 레인보우 퍼블릭 북스
등 록 제2021-000021호

주 소 〔우06212〕 서울시 강남구 테헤란로 328, 4층 (역삼동, 동우빌딩)
전 화 02-415-9798
팩 스 0504-209-1941
이메일 submit@rpbooks.co.kr

ISBN 979-11-90978-08-8 (03840)